Exil-Italienerin Laura hat sich scheinbar ganz passabel eingerichtet in ihrem deutschen Leben: mit fester Beziehung, Kind und einem manchmal nervigen Job in der Pharmaindustrie. Doch dann gründet sie mit ihren Freundinnen »Frag mich nach Sonnenschein«, eine Agentur für italienischen Lifestyle. Und kaum geht es beruflich rasant bergauf, geht es privat rasant bergab: Freund Martin zeigt sich von seiner deutschesten, seiner penibelsten Seite. Laura flüchtet sich zu Freundin Ilaria – und lernt endlich den perfekten Mann kennen, natürlich einen Italiener. Ist das das Ende aller kulturellen Missverständnisse? Bis es so weit ist, muss Laura allerdings auf vielen Hochzeiten tanzen – natürlich auf deutsch-italienischen.

Dori Mellina, gebürtige Italienerin, ist aufgewachsen in der Nähe des Gardasees und lebt seit vielen Jahren mit deutschem Mann und deutsch-italienischem Kind in Süddeutschland. »Dolce vita für Fortgeschrittene« ist ihr erster Roman.

Dori Mellina

DOLCE VITA

für Fortgeschrittene

Roman

btb

MIX
Papier aus verantwortungsvollen Quellen
FSC® C014496
FSC
www.fsc.org

Verlagsgruppe Random House FSC® N001967

1. Auflage
Originalausgabe Juni 2017
btb Verlag in der Verlagsgruppe Random House GmbH,
Neumarkter Str. 28, 81673 München

Umschlaggestaltung: semper smile, München
Umschlagmotiv: © Shutterstock/Tatiana_Kost64; smithbaker
Satz: Uhl + Massopust, Aalen
Druck und Einband: GGP Media GmbH, Pößneck
cb · Herstellung: sc
Printed in Germany
ISBN 978-3-442-74810-5

www.btb-verlag.de
www.facebook.com/btbverlag
Besuchen Sie unseren LiteraturBlog www.transatlantik.de

A mia nonna, a chi se no?
(Für meine Oma, wen sonst?)

Preambolo

Obwohl ich dieses Buch auf Deutsch geschrieben habe, kam ich nicht umhin, an geeigneter Stelle die original italienischen Worte und die korrekten Mehrzahlformen zu verwenden. Würde ich »Pizzen« oder »Cappuccinos« schreiben, würde man mir wahrscheinlich binnen 24 Stunden die italienische Staatsangehörigkeit entziehen, und an der hänge ich nun mal. Die Dialoge mit der Familie, mit den italienischen Freundinnen und mit der Tochter müssen Sie sich einfach auf Italienisch vorstellen. Für die weniger bekannten Worte finden Sie die Übersetzung in der Fußzeile. Scusatemi[1]. Ach ja, sollte sich jemand in den beschriebenen Personen wiedererkennen, kann es sich nur um ein bedauerliches Missverständnis handeln!

1 Scusatemi: »Entschuldigt bitte.« Das »bitte« fehlt absichtlich, im Italienischen ist es nicht weiter schlimm, wenn man nicht nach jeder Aufforderung ein »bitte« hinzufügt. Das müssen Sie sich im Deutschen einfach dazudenken, bitte.

Prologo

Nonna!«, schrie ich ins Telefon.

»Schrei doch nicht so, macht man das in Deutschland?«, schrie meine Oma jenseits der Alpen zurück.

Nee, dachte ich, so macht man das in Italien. Komisch, jedes Mal, wenn ich zum Telefon greife und die magischen vier Vorwahlziffern 0039 für Italien eintippe, stellt sich meine Stimme automatisch um einige Dezibel lauter. Es ist fast so, als würde mich das Telefon binnen einer Sekunde von München an den Gardasee beamen.

»*Nonna*, ich habe jetzt eine eigene Agentur!«, prahlte ich in den Hörer.

»Deine Mutter hat vorhin angerufen«, antwortete meine Oma, wie immer meinen Gesprächsbeitrag ignorierend. »Aus Venedig. Sie sagt, es geht ihr gut, sie ist glücklich und genießt das Leben.« Es klang geringschätzig. »Als wenn es im Leben darum ginge …«

»*Nonna*, es geht aber doch darum!«, empörte ich mich.

»Pah! Glaubst du etwa, ich bin mit deinem *nonno* glücklich?«

»Äh, nein, *nonna*, das glaube ich nicht«, gab ich zu.

»Na, siehst du?«, sagte sie jetzt versöhnlicher. »Er ist aber auch so was von schwierig!«

Nicht, dass du besonders einfach wärst, sprach ich lautlos in meinen Kopf hinein. Aber hatte ich jetzt wirklich Lust darauf, mal wieder die katastrophalen Eheverhältnisse meiner Großeltern unter die Lupe zu nehmen? Gerade in diesem Moment, in dem ich eher Lob oder ein paar aufmunternde Worte gebraucht hätte? Nein, lieber hätte ich das Klo geputzt und zwei Tonnen Wäsche gebügelt. Ich musste also schnell die Handbremse ziehen.

»Äh, *nonna*, ich muss noch das Klo putzen und zwei Tonnen Wäsche bügeln! Also, *ciao, bacioni*[2]«, sagte ich, und noch bevor sie die üblichen Enttäuschungsbekundungen über ihre Ehe im Allgemeinen und über uns Enkeltöchter im Speziellen loswerden konnte, legte ich auf.

Was natürlich nicht sehr höflich gewesen war. Aber dafür notwendig. Denn ich brauchte jetzt meine gesamte Energie und Zuversicht, um mich in meine nagelneue Oroblú-Strumpfhose zu zwängen. Das Anziehen von Strumpfhosen benötigt ja, wie man (frau) weiß, schon prinzipiell eine Menge Energie und Zuversicht. Wenn sie dann aber auch noch in Größe S sind, und man normalerweise M trägt (und phasenweise zähneknirschend auf L ausweichen muss), dann handelt es sich um ein noch viel aufwendigeres Projekt.

Die ehrliche und aufmerksame Leserin wird sich jetzt natürlich fragen, wieso ich mich so fein bestrumpfte, meiner Oma aber etwas von Putzen und Bügeln erzählte. Nun, erstens: Hausarbeit klingt immer harmlos und schön hausfrauenmäßig. Und zweitens: Die Wahrheit hätte meine Oma nie verkraftet. Denn ich, Laura Mattina, Italienerin, wohnhaft in München, die eine uneheliche und doch feste Beziehung mit einem Deutschen hat, zudem eine vierjährige Toch-

---

2 Ciao, bacioni: »Tschüss, große Küsse!« Aufgepasst: Italiener geben sich mit kleinen Küssen nicht zufrieden!

ter und eine Oma mit altmodischen Ansichten, hatte EIN DATE. Und es handelte sich nicht um ein Date mit Martin, dem deutschen Kindsvater, da wäre das Flunkern ja unnötig und das Ganze für schwache Oma-Herzen völlig problemlos gewesen. Nein, es ging in diesem Fall um einen charmanten, faszinierenden, geschmackssicheren, selbstbewussten, gutaussehenden, knackigen und braungebräunten – schlicht perfekten – Italiener. Sie wissen schon, welche Art Mann ich meine, solche, die es im wirklichen Leben normalerweise gar nicht gibt.

Natürlich schämte ich mich auch ein bisschen, schließlich wirkte meine Erziehung noch über die Jahrzehnte und hunderte Kilometer hinweg. Dabei war das Date noch nicht mal von mir selbst eingefädelt worden, sondern von meiner lieben Freundin Ilaria, von mir insgeheim auch gerne ›la vipera‹[3] genannt. Was also hätte ich tun können? Es verfallen lassen? Außerdem war mein Leben zu diesem Zeitpunkt trotz Gründung meiner Agentur sowieso eine einzige Katastrophe. Und das Einhalten von Terminen gibt dem Alltag bekanntlich Struktur und Festigkeit.

Tja, und nun die leidvolle Frage mit dem Kindsvater, ich komme sowieso nicht drum herum: Mit der Beziehung mit Martin verhielt es sich exakt wie mit diesen Strumpfhosen. Bis zu den Waden war die Welt noch völlig in Ordnung, doch schon oberhalb der Knie stellten sich die Probleme ein. Die Anfänge mit Martin waren schön gewesen, sogar wunderschön, alles flutschte und war geschmeidig, die Unterschiede zwischen uns waren nur dazu da, die Spannung zu erhöhen, sonst nichts. Doch dann kamen die ersten Missverständnisse,

---

3 La vipera: die Viper, eine besonders hinterhältige Schlangenart

die kulturell bedingten Differenzen, die ersten bitteren Diskussionen. Und jetzt, knapp unter dem Hintern, steckten wir tief in unserem Schlamassel fest.

Aber vielleicht sollte ich die Geschichte schön ordentlich von vorne erzählen. Man soll mir schließlich nicht vorwerfen können, ich sei chaotisch, also die typische Italienerin. Das ist sowieso nur ein Klischee, und da bin ich sehr empfindlich. Also: So richtig begonnen hat alles eigentlich schon vor einer halben Ewigkeit, in den 80er Jahren, in diesen Zeiten tragischer modischer Verwirrung, als ich, blutjung und der blinden Faszination des Fremden unterliegend, nach Deutschland kam.

Capitolo uno

Na ja, ganz so blind und unwissend war ich natürlich nicht. Gerüchte über das deutsche Volk hatte es auch in meinem Heimatort schon gegeben, der immerhin in der Nähe des Gardasees und somit in deutscher Tourismusreichweite liegt. Eines dieser Gerüchte besagte, dass Deutsche ihr Bier aus Gefäßen tränken, die so groß wären wie Blumenvasen. Wir Kinder waren damals zwar klein und beschränkt, aber so gutgläubig waren wir dann doch nicht. Und so lachten wir herzlich über die Blumenvasengeschichte, die uns mehr als unwahrscheinlich vorkam. Mittlerweile, in Bayern gelandet, lache ich natürlich nicht mehr.

Anderen Erzählungen zufolge hieß es, Deutsche würden ihre Kinder einfach ins Wasser werfen, damit sie schwimmen lernen konnten. Da wuchs unsere Faszination diesem fremden Volk gegenüber natürlich ins Unermessliche. Die bloße Vorstellung war so dramatisch, dass wir uns nicht einmal trauten, die Geschichte anzuzweifeln. Schließlich hatten wir unsererseits Mütter, die mit der Stoppuhr mindestens drei Stunden nach dem Essen warteten, bis sie uns – mit Schwimmflügeln, Schwimmreifen, Käppi, Gummisandalen und tausend Ermahnungen ausgestattet – ins seichte Wasser schickten. Selbst als Kinder kamen uns die Vorsichtsmaßnahmen unserer Mütter übertrieben vor.

Dagegen die Deutschen: Sie warfen ihre Kinder einfach ins

Wasser! Wie mutig, wie stark und vor allem: Was hatten diese Teutonen doch für ein Vertrauen in ihre Kinder! Das fand ich toll, das wollte ich auch.

Andererseits hatten unsere lieben Besucher aus Deutschland aber auch unverzeihliche und für uns unverständliche Mängel. So behauptete mein Onkel steif und fest, dass er in den sechziger Jahren in einem Restaurant von einem Pärchen angesprochen worden sei, das komplett ratlos vor seinen Tellern mit Spaghetti gesessen hatte. Sie wussten nicht, wie man das essen sollte. Jetzt ist es allerdings so, dass mein Onkel zu den (wenigen!) Italienern gehört, die für Spaghetti Gabel *und* Löffel verwenden. Die Verbreitung dieser Sitte in Deutschland verdanken wir also wahrscheinlich der damaligen Unterweisung der ersten Spaghettitouristen durch meinen Onkel Franco (während sich seine Jünger unberechtigterweise noch heute als Banausen beschimpfen lassen müssen).

Ein anderes Problem war für uns die deutsche Sprache: Die hörte sich an, als hätte jemand etwas verschluckt und würde dann verzweifelt versuchen, es aus seinem Hals wieder rauszubekommen. Dennoch hatten ihre harten Konsonanten und abenteuerlichen Buchstabenkombinationen für mich einen ganz besonderen Reiz. So kam es, dass ich in der Schule Deutsch als Fremdsprache wählte. Bei Freundinnen und Familienmitgliedern erntete ich für diese mutige, wenn auch etwas merkwürdige Entscheidung größten Respekt. Wäre Französisch doch die leichtere und viel elegantere Lösung gewesen.

Meine Deutschlehrerin, *la signora* Bezzi (wobei wir sie unter uns nach italienischer Art nur »la Bezzi« nannten oder schlicht »profe« sagten), war eine kleine und stämmige Frau mittleren Alters, die mit Sicherheit keinen Schönheitswettbewerb gewonnen hätte. Was ihr an äußerlichen Reizen fehlte, kompensierte sie allerdings durch ihr sympathisches Wesen und die Liebe zur deutschen Sprache.

Frau Bezzi hatte nur einen einzigen Fehler: Sie sprach die harten, deutschen Worte dermaßen leidenschaftlich und inbrünstig aus – vor allem diejenigen, die mit »sp« anfingen –, dass sich die Schüler in der ersten Reihe die Hefte vor die Gesichter halten mussten.

Während des Studiums beschloss ich, ein Auslandsjahr in Deutschland zu verbringen, um meinen Horizont zu erweitern. Der Zufall führte mich in eine ewig verregnete Studentenstadt in Norddeutschland. Und obwohl ich natürlich meine Vorahnungen hatte, war der Unterschied zwischen der deutschen und der italienischen Kultur doch noch viel größer als gedacht. In den deutschen Supermärkten fand man keinen Mozzarella, keinen Parmesan, keine tiefgefrorene Pizza. Spaghetti gab es nur in der Fertigpackung, zusammen mit einer zweifelhaften Tomatensoße und noch viel zweifelhafterem geriebenen Käse. Ravioli gab es nur in der Dose, und sie waren definitiv nicht *al dente*. Auch die Holzofenpizza hatte es noch nicht über die Alpen geschafft. Was die italienischen *pizzaioli* in Deutschland etwas verschämt servierten, war eine gezirkelt runde, dicke Pfannenpizza aus dem elektrischen Ofen.

Der Straßenverkehr bestätigte, was man von der Regelkonformität der Deutschen wusste, nämlich: Was die Deutschen machen, machen sie richtig. Die deutschen Autos sind die zuverlässigsten, die Pünktlichkeit der öffentlichen Verkehrsmittel ist geradezu sprichwörtlich.

Ein anderer Bereich des öffentlichen Lebens war hingegen eine einzige Katastrophe: die Mode. Rein modisch waren die 80er der größte Fehlgriff des zwanzigsten Jahrhunderts, und das in mehr oder weniger allen Ländern dieses Planeten. Das Problem war aus meiner Sicht so ähnlich wie in der Geschichte »Des Kaisers neue Kleider«: Im Grunde hat jeder von uns in seinem tiefsten Inneren gewusst, dass der damals herrschende Stil nur einer vorübergehenden Verwirrung der Sinne entsprungen sein konnte. Nur traute sich keiner, offen seine Bedenken darzulegen; natürlich aus Angst, als Banause dazustehen.

Ich für meinen Teil konnte mich in meinem metallischblauen Overall mit extra Schulterpolstern und breitem Taillengürtel nie richtig wohlfühlen. Und auch den *moonwashed* Jeans mit dazu passender Jacke in XXL stand ich recht skeptisch gegenüber. Ich meine: Man hat die Sachen ja angezogen – es blieb einem schließlich nichts anderes übrig –, aber richtig gut sah einfach niemand darin aus. Und das wusste auch jeder, davon bin ich überzeugt. Während Italiener jedoch immerhin einen gewissen Stil bewahrten, schienen die Deutschen in den 80ern ihren Sinn für das Schöne komplett über Bord geworfen zu haben. Und das, obwohl sie in der Vergangenheit durchaus zu Schönheit fähig gewesen waren, nehmen wir zum Beispiel den Kölner Dom oder Goethe.

Kaum aber diktierte die Mode einen lässig-lockeren Stil, den berühmten *casual look,* schon setzten die Deutschen ihn hundertprozentig um. Übergroße und unförmige T-Shirts wurden in den Hosenbund gestopft, der sich unmittelbar unterhalb der untersten Rippe befand. Die Jeans, es gab damals ja fast keinen anderen Hosenstoff, hatten die unwahrscheinlichsten Farben und betonten durch ihre Schmal-breit-schmal-Form unvorteilhaft die Hüften und den Hintern. Die Hosenbeine endeten an den Fesseln schmal und gaben den Blick frei auf die meist weißen Tennissocken, die im schlimmsten Fall in sogenannten Jesuslatschen steckten. Bei den Männern vervollständigten Blousons in Ocker oder Magenta das Outfit.

Der stilbewusste deutsche 80er-Jahre-Mann hatte außerdem einen schmalen Schnauzbart und eine gepflegte Vokuhilafrisur. Die emanzipierten deutschen Frauen, zumindest diejenigen, die ich kannte, trugen häufig keinen BH und ließen die Beinhaare sprießen. Während wir Italienerinnen ohne BH und mit behaarten Beinen vor Scham im Boden versunken wären, schienen die Deutschen gar kein Problem damit zu haben. Baumelnde Brüste und zentimeterlange Beinhaare wurden gerne und ungeniert zur Schau gestellt, die damals trendigen großzügigen Ärmellöcher boten freie Sicht auf ebenfalls naturbelassene Achselhöhlen. Das Erstaunlichste war die Reaktion der Männer. Sie schienen gegen diese unberührte und fast animalische Weiblichkeit nichts einzuwenden zu haben. Ein Bekannter von mir ließ sich sogar zu der Behauptung hinreißen, das Herumlaufen ohne BH würde die Brustmuskulatur stärken, da sie sich dann bewusst sei (die Muskulatur), dass sie den Kampf gegen die Schwerkraft ganz alleine bestreiten müsse. Es war zwecklos, ihm zu erklären, dass Muskulatur erstens über kein Bewusstsein verfügt, und zweitens speziell Brustmuskulatur dazu neigt, solche Kämpfe über kurz oder lang zu verlieren.

Das war also das äußere Bild, das sich mir bei meinem ersten Deutschlandaufenthalt präsentierte. Doch auch die Innenwelt dieses Volkes hielt Überraschungen bereit.

Zu den deutschen Frauen und ihrem Selbstbewusstsein sei Folgendes gesagt: Für mich, einer zur Demut erzogenen, schüchternen und zurückhaltenden jungen Italienerin, waren sie schlicht und einfach überwältigend. Ich war voller Bewunderung für ihre Schlagfertigkeit, ihre lockere Art, ihr technisches Verständnis. Während sich die Frauen hier über Computer und Autos unterhielten, waren meine Freundinnen in Italien noch nicht mal in der Lage, selbst zu tanken, und fuhren kilometerlange Umwege, um eine Tankstelle mit Tankwart zu finden, oder überließen es gleich ihrem Vater.

Hier ein typisches Gespräch, dem ich so oder ähnlich zu Beginn meines Aufenthalts in Deutschland ungläubig beiwohnen durfte:

»Warst du heute im Seminar?«

»Nein, ich musste meine Reifen wechseln.« (Aus ökologischen Gründen hier wahrscheinlich gemeint: die Reifen des Fahrrads.)

»Ach ja, das müsste ich auch mal machen. Übrigens: Ich habe mir einen Computer gekauft.«

»Welchen? Den Atari oder einen 386er?«

»Den 386er. Hat einfach eine größere Speicherkapazität …«

Dasselbe Gespräch wäre in Italien etwa folgendermaßen verlaufen:

»Warst du heute im Seminar?«

»Nein, ich musste zur Kosmetikerin.«

»Zu welcher? Doch nicht zu der vom letzten Mal?«

»Nein, ich habe sie gewechselt, ich bin wieder bei der alten.«

»Übrigens: Ich habe mir eine Stone-Island-Jeans gekauft.«

Und so weiter und so fort.

Nicht, dass Italienerinnen grundsätzlich oberflächlicher wären. Der Besuch bei der Kosmetikerin ist in Italien jedoch seit Menschengedenken ein Muss im Kalender jeder Frau.

Diese Tradition wird von Generation zu Generation weitergegeben und selten in Frage gestellt. Oft hat frau ein Leben lang dieselbe Kosmetikerin, bei der vorher auch ihre Mutter war und bei der eines Tages auch ihre Tochter sein wird. Wenn die Kosmetikerin nicht zwischenzeitlich an Altersschwäche gestorben oder in Würde erblindet ist.

Der Gang zur Kosmetikerin ist in Italien eine (auch von den Männern) allgemein akzeptierte Notwendigkeit und wird teilweise zu einer regelrechten Massenveranstaltung. Ende Juli ist es einfacher, einen Parkplatz in der Nähe des Mailänder Doms als einen freien Termin bei der Kosmetikerin zu bekommen. Denn die Tradition will, dass sich alle italienischen Frauen ab Mitte Juli die Beinhaare mit heißem Wachs entfernen lassen. In Vorbereitung auf den Urlaub, der ja bekanntlich für alle Italiener im August stattfindet.

Auch in Bezug auf Sexualität waren meine neuen deutschen Freundinnen unendlich freizügig. Meine Freundin Katrin war da ein Paradebeispiel. Als ich Katrin kennenlernte, saß sie im Vorhof des Vorlesungssaals und gähnte vor sich hin, in der Hand nur eine Tasse Kaffee (damals gab es noch keine Handys, sonst hätte sie mit Sicherheit mit der anderen Hand gelangweilt auf der Tastatur eines solchen herumgedrückt. Jeder ist eben nur so cool, wie die Zeiten es erlauben). Mit ihren glatten, fast weißen Haaren und den hellblauen Augen sah sie für mich wie die typische hübsche Deutsche aus.

»Musst du da rein?«, fragte sie mich nach einer kurzen Musterung.

»Ja, zur Biochemievorlesung«, antwortete ich aufgrund des zusammengesetzten Wortes nicht gerade flüssig.

»Wo kommst du her?«, fragte Katrin auf einmal interessiert und hellwach, meinen damals noch starken Akzent nicht richtig einordnen könnend.

»Äh, aus Italien«, antwortete ich unsicher, da ich ja nicht wusste, ob das in ihren Augen eher gut oder schlecht war.

In Norddeutschland fand man damals Italiener entweder in *pizzerie*[4] oder in Eisdielen, jedoch selten in einem Biochemievorlesungssaal.

Katrin war dementsprechend überrascht.

»Bist du mit deiner Familie hier?« fragte sie, weil sie wahrscheinlich die Chance witterte, ihr spärliches Studentenbudget durch kostenlose Pizza oder zumindest Eis zu entlasten. Schließlich müssen Studenten ihr ohnehin knapp bemessenes Haushaltsgeld für Wichtigeres als Essen zusammenhalten, etwa fürs Trinken.

»Nein, ich bin alleine gekommen, fürs Studium«, sagte ich und zeigte mit einer unbestimmten Kopfbewegung Richtung Vorlesungssaal, der sich langsam, aber sicher mit Studenten füllte.

Interessant: In Mailand, wo ich sonst studierte, ergaben die Frisuren der Studenten ein Farbspektrum von Mittelbraun bis Schwarz, und alle, aber wirklich alle, kamen ohne Probleme durch die Tür in den Vorlesungssaal. Hier hingegen war die dunkelste Haarfarbe blond (so schien es mir zumindest), und einige Männer waren so groß, dass sie den Kopf einziehen mussten, wenn sie nicht gegen den oberen Türrahmen knallen wollten.

Von diesen Beobachtungen abgelenkt, bemerkte ich nicht, wie Katrin aufgestanden war und mit der Bemerkung »Ach

---

4 Pizzerie: Es handelt sich um die korrekte Mehrzahl von *pizzeria* und schreibt sich auf Italienisch nur am Satzanfang groß.

ja, ihr habt in Italien bestimmt keine Unis« in der Masse verschwand, wodurch sich die Farbmischung der Köpfe noch ein wenig aufhellte.

Die Vorlesungen verliefen in Deutschland ganz anders als in Italien. In Mailand war ich es gewohnt, dass der *professore*, begleitet von ein oder zwei Assistentinnen und umgeben von der Aura eines Nobelpreisträgers, den bereits gefüllten Vorlesungssaal betrat und vor den Studenten wie ein Filmstar auf dem roten Teppich bis zu seinem Pult flanierte. Etwas irritiert (wahrscheinlich wegen der fehlenden Standing Ovations und Autogrammanfragen) schaute er erst mal in die Runde und begann mit seinen gefürchteten Fragen. Unser *professore* unterstrich sein Wissen und seine Überlegenheit nämlich dadurch, dass er die Ignoranz seinen Studenten gegenüber öffentlich zur Schau stellte. Mit einem Mikrofon, das er einer x-beliebigen unglücklichen Studentin unter die Nase hielt, wollte er dann zum Beispiel wissen, wie die Bildunterschrift auf Seite 65 des von ihm verfassten Biochemiebuchs lautete. Die arme Studentin lief in der Regel knallrot an, während im Hintergrund panisches Getuschel und das hektische Blättern von Buchseiten zu hören war. Im Gegensatz zum Unterricht von la Bezzi, wo man in den ersten Reihen ihrer Spucke unweigerlich ausgeliefert war, konnte man sich an der Uni seinen Sitzplatz zum Glück aussuchen. Das Gedränge und die Kämpfe um die Plätze in der letzten Reihe waren gnadenlos und endeten nicht selten in Tränen.

Zur Vorlesung pflegte der Dozent einen strahlend weißen Laborkittel zu tragen, unter dem eine dunkle Anzughose und auf Hochglanz polierte Anzugschuhe hervorschauten. Der Kittel sollte dezent die Möglichkeit andeuten, dass der große Wissenschaftler just aus einem menschheitsrettenden Experiment weggeholt worden ist, das ihm eines Tages gigantischen Ruhm oder zumindest ein Porträt in der Universitätsgalerie einbringen wird. In Wirklichkeit wussten wir natürlich, dass der *professore* den Kittel immer erst kurz vor einer Vorlesung anzog, daher strahlend weiß.

Seine Assistentinnen waren alle weiblich und sahen alle aus wie Topmodels. Ohne jemandem zu nahe treten zu wollen, fand ich es schon aus rein statistischen Gründen unwahrscheinlich, dass das purer Zufall war. Dementsprechend empörend war es, wie jemand seine Position ausnutzte, um seinen sexistischen Vorstellungen zu frönen. Mittlerweile, nachdem solche Vorstellungen in Italien bis hinauf auf die Regierungsebene problemlos und ungestraft ausgelebt werden (siehe unseren Ex-Regierungschef mit seiner Vorliebe für junge Frauen, Bunga-Bunga-Tänze und Wladimir Putin), nimmt meine Empörung allerdings resignierte Züge an.

Nun war ich aber in meiner ersten deutschen Vorlesung, und das Bild war ein ganz anderes. Der Dozent saß, in Jeans und T-Shirt und von ein paar Studenten und Studentinnen umringt, ganz lässig auf dem Tisch und ließ die Beine baumeln. Von Kittel und blankpolierten Schuhen weit und breit keine Spur. Stattdessen trug mein neuer *professore* praktische Jesuslatschen, die in einem Biologievorlesungssaal durchaus ihre Berechtigung hatten und im Gesamtbild nicht weiter störten. Ich schaute mich auf der Suche nach seinen Assistentinnen im Raum um, fand jedoch nur einen struppigen und ziemlich schmutzigen Köter, der unter dem Lesepult alle viere von sich gestreckt hatte und sich ziemlich heimisch zu fühlen schien. Neben ihm saß eine Studentin und fütterte ihn mit Keksen.

Von der lässigen Atmosphäre angesteckt und begeistert

von der Tatsache, dass ich überhaupt so nah an einen Dozenten herankam, lungerte ich in seiner Nähe herum und versuchte der Unterhaltung zu folgen.

»Das nächste Mal versuchen wir es mit Gin. Ich habe gehört, von Gin bekommt man keinen Kater«, sagte eine Studentin.

»Ja klar, das hast du das letzte Mal über Tequila auch gesagt«, spottete ein Kommilitone.

»Aber nur, weil wir ihn mit Zimt und Orange anstatt mit Salz und Zitrone getrunken haben«, wehrte sich die junge Frau. »Und wie sieht es mit dir aus, Robert?« Die Frage ging an den Dozenten.

»Also ich bleibe beim Bier, sicher ist sicher«, lachte er und klatschte in die Hände, um mit der Vorlesung zu beginnen.

Völlig fasziniert ging ich zu meinem Platz und sinnierte vor mich hin: Nicht nur hatten die Professoren hier keine Starallüren und keinen gottesähnlichen Status. Man duzte sie einfach und ging abends mit ihnen einen trinken! Es war so ganz anders, so viel besser, als ich gehofft hatte.

Katrin sah ich von nun an fast jeden Morgen vor dem Vorlesungssaal. Sie schien kein großes Interesse an einer näheren Bekanntschaft zu haben, denn sie schaute immer müde und gelangweilt in der Gegend herum und schenkte mir keine weitere Beachtung. Besser gesagt: Sie schien mich noch nicht mal wiederzuerkennen! Italiener waren da auf jeden Fall verbindlicher, dachte ich bei mir.

Ein paar Tage zuvor war ich mit einigen meiner Kommilitoninnen in die sogenannte Studentenfachschaft geraten, wo sich jeder in der großen Runde vorstellen musste. Ob Sie es glauben oder nicht, ich hatte so etwas vorher noch nie gemacht! In Italien war alles so viel lockerer und deutlich weniger formell. Man kommt ganz zufällig ins Gespräch und unterhält sich schon eine ganze Weile, bis einen das Gegenüber dann nach dem Namen fragt – oder aber auch nicht. Meine Mutter zum Beispiel: Den ganzen Vormittag kann sie sich mit wildfremden Menschen auf der Straße oder auf dem Wochenmarkt unterhalten, ohne dass sie oder die Gesprächspartnerin auf den Gedanken kommen würden, Namen auszutauschen. Persönliche Fragen wie »Sind Sie nicht die Nachbarin meiner Schwägerin?« oder »Kann es sein, dass ich Sie letzte Woche bei der Beerdigung von Beppe gesehen habe?« werden nur gestellt, um die nette Plauderei nicht abbrechen zu lassen. Natürlich sind nicht alle Italienerinnen wie meine Mutter, Ausnahmen gibt es immer, und prinzipiell sollte man nichts verallgemeinern.

Aber zurück zur Fachschaft: Während diese Studenten also sehr strukturiert und souverän der Reihe nach das Wesentliche über sich erzählten, brach mir der kalte Schweiß aus. Was würde ich sagen? Und wie? Würde man meinen Akzent hören? Und überhaupt: War das hier nicht furchtbar steif und unnatürlich? Das war ich einfach nicht gewohnt! Wenn es Ihnen nicht zu viel ausmacht, würde ich die Wiedergabe meiner damaligen Wortmeldung an dieser Stelle gerne überspringen, es sei denn, Sie legen Wert auf peinliche Details wie eine zittrige Stimme, einen staubtrockenen Mund und skurrile Übersprungshandlungen. Aber ich gehe davon aus, das ist nicht der Fall.

Bei Katrin jedoch entschloss ich mich eines Morgens jedoch zur Flucht nach vorne. Wie immer lungerte sie auf der Bank vor dem Vorlesungssaal herum. Ich näherte mich mit entschlossener Miene und sprach sie an:

»Also, wenn du es ganz genau wissen willst: In Italien gibt

es nicht nur eine, sondern einundsechzig Universitäten, ich wiederhole: einundsechzig! Und das sind nur die staatlichen! Außerdem, rate doch mal, in welchem Land die allererste Universität der Welt *überhaupt* gegründet worden ist? RICHTIG, in ITALIEN! HA! 1317 in Bologna! Wir sind nämlich nicht alle *pizzaioli*!«

So oder so ähnlich hatte ich mir meinen Auftritt zumindest vorgestellt. Das Ergebnis war wahrscheinlich nicht ganz so flüssig und souverän. Immerhin aber schaute Katrin irritiert auf und murmelte:

»Sorry, hab heute keine Kontaktlinsen drin. Hab heute Nacht bei meinem Exfreund übernachtet und die Reservelinsen noch bei meinem Freund. Bist du die Italienerin?«

Das haute mich um. Ich hatte eindeutig keine *bella figura* gemacht, eher eine *figura di merda*[5]!

Später einmal erklärte mir Katrin, dass sie zwar einen Freund hatte, aber immer noch an ihrem Exfreund hing. Deswegen pflegte sie die Nächte bei ihrem Verflossenen zu verbringen, der zwar keine feste Beziehung mehr wollte, aber im Prinzip nichts gegen unverbindlichen Sex hatte, während ihr Freund zu Hause brav auf sie wartete. Diese Nächte ergaben sich jedoch eher zufällig, weshalb Katrin, die blind wie ein Maulwurf war und Tageslinsen verwendete, nie Linsen zum Wechseln dabeihatte. Zum Brillentragen war sie natürlich zu eitel.

Ihre sexuelle Freizügigkeit schockierte mich. Aber weil ich nicht unangenehm auffallen wollte und mir fest vorgenommen hatte, mich zu emanzipieren, nickte ich bei ihren Erzählungen ganz lässig. Meine Oma hätte einen Herzinfarkt bekommen.

5 Figura di merda: Genau das, was Sie jetzt denken.

Auch Jahre später war es mit meiner Emanzipation nicht besonders weit gekommen. Dafür aber waren Katrin und ich, mittlerweile Mitte dreißig, richtig gute Freundinnen geworden. Wir wohnten in derselben Stadt und dort sogar im selben Haus. Was dem Umstand zu verdanken ist, dass der alte Herr unter Katrins Wohnung beschlossen hatte, nach neunzig Jahren das Zeitliche zu segnen und ausgerechnet Katrin es durch eine Verkettung unglücklicher Zufälle als Erste erfahren hatte, aber das ist eine andere Geschichte und tut hier eigentlich nichts zur Sache. Nur so viel vielleicht: Sollte die eine oder andere Leserin schon mal eine Wohnung in München gesucht haben, wird sie vielleicht verstehen, dass ich damals aus lauter Dankbarkeit sogar an der Beerdigung des alten Herrn teilgenommen habe. Auch wenn Katrin später meinte, ein Strauß Blumen hätte es auch getan, aber es ging nun mal um eine Wohnung in München und die bereits erwähnte italienische Verbindlichkeit.

Jedenfalls hingen wir aneinander, obwohl unsere Meinungen oft weit auseinanderdrifteten und wir nach dem Studium sehr unterschiedliche Wege eingeschlagen hatten. Während Katrin für einen naturwissenschaftlichen Verlag arbeitete und in ihrer Freizeit – da kinderlos und somit wahrhaftig emanzipiert – mehrere Umweltschutz-Organisationen unterstützte, hatte ich mich an die Pharmaindustrie verkauft. Dort übernahm ich die edle Aufgabe, Pharmaprodukte, auch Medikamente genannt, zu vermarkten.

Und auch wenn ich mich von meiner neuen deutschen Fast-Heimat so warmherzig aufgenommen fühlte und ich von einem freundlichen Beamten in der Ausländerbehörde die deutsche Staatsbürgerschaft gleich mehrfach angeboten bekommen habe (an dieser Stelle nochmal vielen Dank, nehmen Sie meine Absage bitte nicht persönlich!), brauchte ich auch in Deutschland ein Stück Italien. Und das waren meine italienischen Freundinnen: Ila, die oben bereits im Zusammenhang mit kriechenden Unterholz-Tieren genannt wurde, aber im Grunde zu deren besonders liebenswürdigen Sorten gehörte. Simona, die sich als dreifache Mutter noch weniger emanzipiert hatte als ich, allein das machte sie mir schon sympathisch. Und Michela, die für mich mit ihrem deutsch-italienischen Hybridcharakter immer noch ein Rätsel darstellte, aber in ihrer Widersprüchlichkeit durch und durch Italienerin war.

Und so begab es sich auch, dass alle meine Freundinnen beteiligt waren, als die Geschichte, die ich hier eigentlich erzählen will, richtig begann. Passenderweise war es ein Abend im Frühling, draußen an den Bäumen erblickten die ersten schüchternen Sprosse das Licht der Welt – und drinnen in meinem Wohnzimmer wurde unsere Agentur für italienische Klischees geboren.

Capitolo due

»Stellt euch vor, was mir heute widerfahren ist«, empörte sich Ilaria an jenem bedeutungsvollen Abend auf meinem Sofa. Sie hielt ein großes Glas Aperol Spritz in der Hand und machte einen Schmollmund.

»Erzähl«, sagte Simona.

»Ihr wisst von meiner neuen Liebe Jan.«

Davon wussten wir alle nur zu Genüge, denn Ilaria, wie sie eigentlich hieß, oder Ila, wie sie sich selber gerne nannte, da sie einen Abkürzungsfimmel für Namen hatte, enthielt uns selten ein Detail ihres bewegten Liebeslebens vor. Na gut, von »Liebe« konnte eigentlich nicht die Rede sein, es handelte sich eher um Flirts, von denen sie einige gleichzeitig unterhielt (selber sagte sie dazu, dass sie sich nicht in der Lage fühlte, einen Mann dem anderen vorzuziehen, schließlich hätten alle dieselben Rechte, und vor ihr wären doch alle gleich, wie die Menschen vor dem Gesetz, hahaha!). Doch ihre Erzählungen waren für uns anderen, die wir etwas älter und in festen Händen waren, wenn man das so nennen mag, wie ein frischer Wind durch unsere angestaubten Leben. Tobias, Ilarias große Liebe, für die sie damals aus Genova nach München gezogen war, hatte sie für eine südamerikanische Schönheit verlassen, denn, so behauptete Tobias, Südamerikanerinnen wären deutlich rassiger als Italienerinnen. Der Idiot hat das genau so gesagt. Als würde er über Hunde sprechen. Ilaria, die aber eine Kämpfernatur war, hatte daraufhin beschlossen, in Deutschland zu bleiben und erst einmal einen Zumbakurs zu belegen, um so den Geheimnissen der Latinas auf die Spur zu kommen. Und das war unser Glück, denn in jenem Kurs hatte ich Ilaria vor zwei Jahren kennengelernt.

»*Beh, insomma*, also, dieser Jens …«, setzte sie wieder an.

»Jan!«, sagten wir anderen im Chor und mussten lachen, denn Ila hatte offensichtlich den Überblick verloren.

»*Cosa*?«, fragte Ila verwirrt.

»Egal, erzähl weiter«, sagte Michela genervt, die es gerne auf den Punkt hatte.

»Also, jedenfalls sagt der Typ gestern zu mir, er freut sich darauf, in Zukunft Geld zu sparen«, sagte Ilaria.

»Warum Geld sparen?«, fragte Simona.

»Das habe ich ihn auch gefragt. Und ratet mal, was er da geantwortet hat? Er sagte, da ich Italienerin bin, würde ich ihm ja jeden Abend etwas Leckeres kochen. So würde er sich das Restaurant sparen!«

Simona, Michela und ich starrten sie mit großen Augen an. Weniger wegen des Klischees an sich, davon kannten wir Dutzende, und dieses hier war da noch harmlos. Vielmehr wegen des Gedankens an Ilaria, wie sie allabendlich am Herd steht und kocht.

»Na, dem Geizhals hätte ich es aber gegeben«, murmelte Simona, die zwar selbst wunderbar kochte, doch als Mutter eher unfreiwillig und daher selten mit Kennermiene und einem guten Glas Wein in der Hand.

»Und überhaupt diese ganzen Klischees, die gehen mir dermaßen auf die Nerven!«, ergänzte Michela leidenschaftlich.

Als ich Michela kennenlernte, leitete sie den deutsch-italienischen Stammtisch in München. Mit ihrem Organisationstalent war sie für diese Aufgabe, die sie neben ihrer Tätigkeit als Italienischlehrerin ausübte, wie geschaffen. Sie erzählte mir damals, dass sie die Deutschen für ihre Disziplin und Willensstärke bewunderte. Sie selbst war Süditalienerin, aber in Mailand aufgewachsen. Aus den Erzählungen über ihre Familie ließ sich erahnen, wie chaotisch es bei ihr zu Hause zugegangen sein musste. Gewissermaßen als Gegenreaktion hatte sie sich mit Haut und Haar den geordneten Verhältnissen in Deutschland verschrieben. Aber wie der Zufall es wollte, verliebte sie sich in München ausgerechnet in einen Süditaliener, den sie nach kurzer Zeit auch heiratete. So schließt sich manchmal der Kreis.

»Was ist denn mit dir los?«, fragte ich besorgt. Gefühlsausbrüche waren sonst nicht unbedingt Michelas Sache.

»Ach, ich habe heute mal wieder bei den Maiers Unterricht gegeben«, seufzte sie.

Damit war alles klar. Die Maiers waren ein sehr reiches Paar, das ganz offensichtlich nicht durch Sprachtalent zu Geld gekommen war und das einmal die Woche Michelas Nerven zu strapazieren pflegte.

»Nach einem Jahr Privatunterricht haben sie noch immer nicht verstanden, dass »caldo« nicht »kalt« bedeutet. Außerdem behaupten sie steif und fest, dass man als Italienerin Rotwein lieben muss, weshalb ich jedes Mal ein Glas davon trinken muss. Obwohl ich ihnen JEDES MAL sage, dass ich Rotwein nicht mag! Vielleicht sollte ich den Wein einfach runterkippen, nur um die beiden besser zu ertragen!«

Michela schien heute wirklich keinen guten Tag gehabt zu haben. Aber ich konnte sie verstehen. Von Leuten umgeben zu sein, die Italien als das schönste Land der Welt und sich selbst als die größten Fans der italienischen Kultur bezeichnen, kann für eine Italienerin natürlich erbauend sein. Doch es kann einen auch furchtbar nerven, vor allem wenn dieses Italien einzig und allein aus Klischees besteht.

Die mitfühlende Ilaria versuchte sogleich die arme Michela aufzubauen, indem sie uns gestenreich und anhand von detaillierten Filzstiftzeichnungen die verschiedenen Stellungen zeigte, die einer ihrer Freunde beim Liebesspiel von ihr verlangte. Diese Stellungen waren vom Kamasutra inspiriert und trugen so abenteuerliche Namen wie Rossantilope, Schmetterling oder Wackelpeter. Um sich etwas zu lockern, schüttete Ilaria Unmengen Aperol in sich hinein. Nicht, dass uns diese akrobatischen Liebesübungen besonders interessiert hätten. Wir Mütter konnten schließlich von Glück reden, wenn wir es zwischen Hausarbeit, Job und Kindergeschrei wenigstens ein paarmal im Jahr zur Missionarsstellung brachten.

Ich dachte indessen weiter über die Klischees nach. Natürlich entsprachen einige dieser Allgemeinplätze über Italien der Realität, das gaben wir gerne zu, aber vieles war einfach übertrieben, an den Haaren herbeigezogen oder stammte aus längst vergangenen Zeiten. Doch bei all den Vorurteilen, und auch das mussten wir zugeben, begegneten die Deutschen uns Italienern selten feindselig. Nach vielen Jahren in diesem Land weiß ich, dass die meisten Deutschen bei der bloßen Erwähnung meines Heimatlandes feuchte Augen bekommen und sehnsuchtsvoll zu lächeln beginnen. Und genau in dieser Sehnsucht – so wurde mir in dem Moment klar – lag ein großes wirtschaftliches Potenzial.

»*Ey*[6], *ragazze!*«, rief ich in die Runde, »warum schlagen wir

---

6 Ey: die italienische Version von »Hey«! Italiener können das »H« bekanntlich nicht aussprechen – oder nur unter der größten Anstrengung.

nicht aus den Klischees über unser Land Kapital, anstatt uns immer nur über sie zu ärgern?«

»Wie meinst du das?«, fragte Michela skeptisch.

»Passt auf: Die Deutschen wollen Italien? Schön, von mir aus sollen sie es bekommen, wenn nötig tausendfach! Eine Gruppe laut schnatternder, dunkelhaariger und blendend aussehender Italienerinnen für eine Party? Kein Problem, das können wir organisieren! Eine echte italienische Mamma für Kochkurse auf Italienisch? Hätten wir ebenfalls im Angebot! Eine Hochzeit mit italienischem Flair aufpeppen? Nichts leichter als das!«

Ich schaute in die verdutzten Gesichter meiner Freundinnen, doch ich ließ mich davon nicht beirren. Ja, das konnte funktionieren, das musste funktionieren, DAS WÜRDE FUNKTIONIEREN! Die erste Agentur Deutschlands für italienische Klischees war geboren. Und alle meine Freundinnen konnten mitmachen. UND: Es würde toll werden!

Ein paar Stunden und Diskussionen und diverse Aperol Spritz später hatten wir einen guten Plan. Wir würden unsere beruflichen Tätigkeiten vorerst natürlich nicht aufgeben – dafür waren wir zu lang in Deutschland und hatten gelernt, immer auf Nummer sicher zu gehen. Wir würden sie allerdings etwas einschränken und sehen, ob die Idee wirklich funktionierte.

Was im Fall von Ilaria kein Problem war, denn sie hatte sowieso nur Gelegenheitsjobs und lebte sonst nur in den Tag hinein.

Bei Simona war die Situation schon komplizierter, denn mit ihren drei Kindern hatte sie eine Arbeit, bei der frau nicht mal eben kürzertreten kann. Und weil Kinder bekanntlich mit dem Ausstellen von Urlaubs- oder Krankenscheinen eher geizig umgehen und Vertretungen in diesem Berufszweig rar sind, rechneten wir in absehbarer Zeit seitens Simona mit wenig Unterstützung. Trotzdem sollte sie aufgrund ihrer grandiosen kulinarischen Künste ein geschätztes Mitglied unserer Agentur werden, und sowieso war sie eine wahre Freundin, auf die wir nicht verzichten wollten.

Michela hingegen sollte mit ihrer logisch-strukturierten Herangehensweise einen Ausgleich bieten zum eher kreativen Ansatz von uns anderen. Und zu guter Letzt konnten wir auch auf eine Testperson direkt aus der Zielgruppe bauen, einer exzellenten Beraterin in Bezug auf die italienischen Klischees der Deutschen: natürlich meine Freundin Katrin. Den perfekten Namen für die Agentur hatten wir auch – »Frag mich nach Sonnenschein« sollte sie heißen. Wir waren überzeugt, für Sonnenschein in Deutschland würden wir schon noch sorgen.

*

Schon wenige Tage später waren wir auf dem Weg zu einem dubiosen Lokal namens »Da Gino«, es war der erste Auftrag unserer Agentur. Leider war meine Euphorie da schon wieder verflogen. Denn auf meiner Windschutzscheibe hatte ich, wie so häufig in letzter Zeit, ein von meinem Freund Martin liebevoll bemaltes Pappschild gefunden, dieses Mal mit der Aufschrift »REIFEN WECHSELN!!!«

Immer musste mich Martin mit seiner besserwisserischen Art bevormunden. Über die drei Ausrufezeichen hatte ich mich am meisten geärgert, denn sie bedeuteten in etwa: »Du bist Frau und Italienerin: Du hast es nicht im Griff. Ich bin Mann und Deutscher: Ich sage dir, wie man es macht.« Leider half mir die momentane europäische Wirtschaftssituation bei diesen kulturellen Differenzen nicht im Geringsten, hatten die Deutschen doch reichlich bewiesen, dass sie es zweifellos besser im Griff hatten als die Italiener.

»Nimm es nicht so schwer«, sagte Michela vom Beifahrersitz. Ich hatte ihr natürlich mein Herz ausgeschüttet (und ein paar Frusttränen vergossen, aber Schwamm drüber).

»Und wie soll ich es sonst nehmen?«

»Im Moment gar nicht, konzentriere dich auf unseren ersten Auftrag«, riet sie mir gewohnt sachlich.

Die Empfehlung für den Auftrag war von unserem Freund Franco gekommen. »Geht zu Gino«, hatte er gesagt, »und schaut, was ihr da machen könnt. Der kann eine Menge Hilfe brauchen.« Diese Worte hätten uns stutzig machen müssen.

Gino wartete in seinem Lokal bereits auf uns. Er sah exakt so aus wie Luciano Pavarotti, und er schwitzte auch genauso.

»Ah, *brave, brave*[7], dass ihr gekommen seid«, kam er uns mit ausgestreckten Armen entgegen. »*Guardate, guardate*[8]«, fuhr er fort und zeigte stolz auf das Interieur seines Ladens.

Michela und ich folgten seiner Aufforderung und schauten uns zögernd in dem menschenleeren Lokal um.

Der Raum, in dem wir standen, war schmal und lang. Alle Möbel waren aus dunklem, massivem Holz und sahen so wuchtig aus, dass sie einem fast die Luft zum Atmen nahmen. Eine vergilbte Gardine und altersschwache Pflanzen am Fenster erinnerten an längst vergangene Zeiten. An den Wän-

---

7 Brave: »Bravo!« Allerdings in der weiblichen Mehrzahlform. Hier könnte man hinzufügen, dass »bravi«-Rufe am Ende eines Konzerts grundsätzlich korrekter wären als »bravo«-Rufe, es sei denn natürlich, man meint mit den Jubelrufen eine einzelne Person.

8 Guardate, guardate: »Schaut, schaut!« Wiederholungen eines Wortes werden im Italienischen problemlos akzeptiert und nicht mit Spott und Nachäffen quittiert.

den klebten Poster von vergessenen italienischen Fußballstars neben Autogrammkarten von Schauspielern, die schon lange das Zeitliche gesegnet hatten. Eine große Banderole mit der Aufschrift »Campioni del mondo ′82« hing von der Decke (wusste Gino überhaupt, dass Italien in der Zwischenzeit wieder Weltmeister geworden war?), Pokale, Medaillen und sonstiger Plunder, der sich im Laufe der Jahre angesammelt hatte, reihten sich auf den Regalbrettern aneinander. Ja, das alles kannte ich aus meiner Kindheit. Jede Bar in Italien, die etwas auf sich hält, stellt Trophäen aller Art zur Schau. Meistens handelt es sich um Errungenschaften des Stammgastvereins bei Boccia-Turnieren oder Kartenspielen, die nun ihr klägliches Dasein als Staubfänger fristeten.

»All das«, sagte Gino mit feuchten Augen, »habe ich mir über all die Jahre aufgebaut. Und jetzt …«, hier musste Gino kräftig ins Taschentuch schnäuzen, »und jetzt will keiner mehr in mein Lokal kommen.«

»Gino …«, fing ich vorsichtig an und rührte in dem Glas Martini, das er uns freundlicherweise kredenzt hatte. Verdammt, wie sagt man einem Landsmann, der vor vielen Jahren seine Heimat mit einem einzigen Koffer und viel Hoffnung verlassen hatte, dass er am besten jenen Koffer wieder raussuchen und sich schnell wieder auf den Rückweg machen sollte? Ginos Lokal hinkte mindestens dreißig Jahre hinterher und hatte im Vergleich zu den neuen Schicki-Micki-Läden in München überhaupt keine Chance. Das musste ihm mal jemand sagen. Wahrscheinlich war ich dieser Jemand.

»Alle gehen in das neue Lokal um die Ecke«, heulte Gino. »Viel Chrom, viel Plexiglas[9], aber wo bleibt da die Wärme?

9 Ausgesprochen hatte es Gino wie »Pleggsiglass«.

Wo die Gemütlichkeit? Weißt du, was Helmut Fischer[10] immer sagte, wenn er herkam?«

Helmut Fischer kam hierher??

»Äh, nein, was sagte er?«, fragte ich.

»Er sagte, Gino, wenn ich zu dir ins Lokal komme, wird mir ganz warm ums Herz, das sagte er. *Era così gentile Älmut …*[11]«, schluchzte Gino in sein Taschentuch. So wie er da saß, mit seinem dicken Bauch und den viel zu kurzen Armen, konnte er einem richtig leidtun.

»Gino …«, fing ich an und wusste nicht so recht, was ich sagen sollte.

»Gino!«, schrie nun Michela und haute mit ihrer Faust auf den Tisch. »*Ma stai scherzando?*[12]«

Gino und ich schreckten beide hoch. Was war in Michela gefahren? Hatte sie eine Kakerlake gesehen? Hatte sie den Verstand verloren?

»Das hier ist eine Goldgrube!«, rief sie euphorisch.

Ja, sie hatte den Verstand verloren.

»Noch nie etwas von Revival gehört? Wieso glaubt ihr, dass die Leute wieder Vespas kaufen und dazu Retrohelme anziehen?«, fragte sie und schaute in unsere verdutzten Gesichter.

Gino und ich wechselten einen unsicheren Blick über die Plastikblume hinweg, die in einer Messingamphore den Tisch dekorieren sollte. Uns beide quälte dieselbe Frage: Wer ruft den Krankenwagen?

Michela aber stand auf und schaute sich mit Kennermiene um.

---

10 Helmut Fischer: Älmut Fischär

11 Era così gentile Älmut: »Er war so nett, der Helmut.«

12 Ma stai scherzando: »Machst du Witze?«

»*Sìììììì* .... *sì, sì, sìììììì*«, sagte sie gedehnt. »Du willst doch, dass dein Lokal wieder brummt, oder?«

»*Sì* ...«, antwortete Gino vorsichtig.

»Und es wird wieder brummen, überlass das ganz uns!«

*

»Michela, Ginos Laden ist eine einzige Einrichtungskatastrophe. Glaubst du wirklich, da ist noch was zu retten?«, fragte ich meine ehemals so vernünftige Freundin auf dem Heimweg.

»Wart's mal ab, wir transformieren ihn in eine echte italienische Bar der 80er-Jahre!«, triumphierte sie.

»Äh, Michela ...«, begann ich vorsichtig, »ich glaube, dir ist ein kleines, aber wesentliches Detail entfallen: Ginos Lokal IST eine echte italienische Bar der 80er! Es fehlt nur noch Toto Cutugno mit seiner blöden Gitarre und seinem noch blöderen Lied[13], und dann könnten wir den ganzen Laden komplett auf ebay unter ›Seltenes und Seltsames aus Italien‹ verticken!«

»*Sì, sì,* das weiß ich«, räumte Michela ein, »schließlich war ich in den 80ern auch mal ein italienisches Mädchen.«

Kaum hatte sie das gesagt, packte mich schlimmes Heimweh. Das geschieht immer urplötzlich, und der Auslöser dafür ist selten nachvollziehbar. War es die Vorstellung von Michela, wie sie als 15-Jährige mit pinkfarbenem T-Shirt, glänzenden Leggings und Spitzenbändern im Haar mit zwanzig anderen Jugendlichen vor einer Bar in Milano herumgelungert haben mochte? Oder war es womöglich – oh, bitte nicht! – die Er-

---

13 Gemeint ist der uralte Ohrwurm »Io sono un Italiano«. Durch den nicht besonders anspruchsvollen Text und die klischeehafte Aufmachung des Sängers liegt der Verdacht nahe, dass Toto Cutugno das Lied im Auftrag der im Ausland schaffenden *pizzaioli* und für deren Gäste geschrieben hat.

wähnung von Toto Cutugno gewesen? Dieses Lied hatte ich schon immer gehasst, schon allein deswegen, weil es das Klischee des kleinen, schwarzhaarigen, singenden Italieners auf eine so plakative Weise verstärkt hatte, dass viele Deutsche mir damals partout nicht abkaufen wollten, dass mein Vater *kein* Zwerg mit Goldkette und Brusttoupet war.

Viel wahrscheinlicher war aber, dass die Messingamphore auf Ginos Tisch Erinnerungen wachgerufen hatte, die zu meiner Heimwehattacke führten. In den 80ern hatten meine Eltern auf dem Campingplatz in Saló, in der Nähe unseres Wohnorts, einen Großhändler für dekorative Gegenstände aus Messing kennengelernt. Der Händler versicherte ihnen, das Zeug wäre der letzte Schrei und würde sich wie warme Semmeln verkaufen. Meine Eltern, noch sehr jung und unternehmungslustig, beschlossen kurzerhand, einen Marktstand am Gardasee zu eröffnen und ins Messinggeschäft einzusteigen. Im Sommer 1982 konnte man die Ware meiner Eltern dann erstmalig auf allen größeren Wochenmärkten am Westufer des Sees bewundern. Das Sortiment umfasste ein Sammelsurium verschiedener Amphoren, Karaffen, Vasen, Teller, Unterteller, Mörser, Sonnenkalender (!), Kerzenständer, Schalen, Schälchen, Schüsselchen, Kerzenständer und Tabletts. Allerdhand überflüssiger Kram also, aber alles aus Messing, dem neuen In-Metall. Die treusten Kunden meiner Eltern waren, wie konnte es anders sein, deutsche Gardasee-Touristen, die, benebelt vom Urlaubsfeeling und offenbar ausgestattet mit gut gefüllten Portemonnaies, Unmengen von dem Zeug kauften und in ihren BMWs nach Deutschland karrten. Jedenfalls verkaufte sich die Ware mit einer hübschen Gewinnmarge.

In unserer Wohnung und in denen unserer Verwandten

war weit und breit keine Nische, kein Beistelltischen ohne Messingaccessoire zu finden: Bei meiner Oma verunstaltete ein monströser sechsarmiger Kerzenständer das Kaminsims, bei uns selbst zierten zahllose Teller und Gefäße fragwürdigen Nutzwerts die Regale und Wohnzimmerschränke. Irgendwann jedoch, nach ein paar Jahren, hatte plötzlich keiner mehr Lust auf Messing. Die Messing-Ära ging sang- und klanglos unter und nahm unsere Träume vom Weltimperium gleich mit.

»Ich meine es ernst, Laura«, sagte Michela und holte mich wieder in die Gegenwart zurück. »Natürlich müssen wir kräftig Hand anlegen. Aber wir sind doch die Agentur für italienische Klischees, oder? Dann machen wir aus Ginos Laden eben all das, was Deutsche sich unter einer italienischen Bar vorstellen. Aber in schön, natürlich! Alles, was du da drinnen gesehen hast, hat Flair. Es ist das Flair des Vergangenen, Unwiederbringlichen. Wir müssen es nur ins richtige Licht rücken und den richtigen Rahmen dafür finden!«, sagte Michela und schaute mich glücklich an.

»Na ja, vielleicht hast du recht…«, erwiderte ich zögernd.

Von Inneneinrichtung habe ich einfach keine Ahnung. Manchmal kaufe ich mir zwar eines von diesen Hochglanzmagazinen, die verheißungsvolle Namen haben wie »Ich wohne gerne«, »Heim und Schein« oder »In meinem Garten wühle ich selbst«. Ich blättere dann ein bisschen darin herum, staune darüber, dass ein stockfleckiges Schränkchen mit Holzwurmlöchern und verrosteten Griffen ganze elftausend Euro kosten soll, und frage mich, welche Leute sich auf einen Sessel aus alten Metallkleiderbügeln setzen wollen. Häufig haben die Fotografen dieser Blätter unerklärlicherweise gerade die unschönen Details in Großaufnahme festgehalten, als würden die Kerben auf dem alten Metzgertisch von besonders gutem Geschmack zeugen oder als würde die Spinne in der Küchenecke mit den Stühlen im Hintergrund farblich ausgezeichnet harmonieren. Alles in allem nicht meine Welt.

»Überlass es einfach mir, Laura, ich freue mich schon darauf, aus Ginos Laden ein Paradies für Italiennostalgiker zu zaubern!«

»Okay, dann lass uns aber die Mädels zusammenrufen, vielleicht entstehen aus unserem verrückten Haufen ein paar brauchbare Ideen«, sagte ich nun etwas hoffnungsvoller, denn eins wusste ich: Sogar Penicillin war nur aus Versehen erfunden worden.

*

»*Nonna*«, schrie ich wieder einmal ins Telefon.

»Ich bin nicht taub!«, kam es von meiner Oma mindestens genauso laut zurück.

Stimmt, dachte ich, der Taube in der Familie war mein Opa, und der ging naturgemäß nie ans Telefon. Als die *nonna* meinen Opa kennengelernt hatte, war sie angeblich auf der Stelle hin und weg von seinen schwarzen pomadierten Haaren und *l'occhio furbetto*[14]. Seinetwegen hatte sie – immer noch ihren eigenen, nie von Dritten bestätigten, Erzählungen zufolge – einen älteren, hochwohlhabenden Landadeligen mit besten Verbindungen zum Königshaus in die Wüste geschickt. Das bereut sie heute, sechzig Jahre später, immer noch bitter. Uns Enkeltöchtern predigt sie indes täglich, uns bloß nicht von der äußeren Erscheinung eines Mannes blenden zu lassen, ihr großer Fehler damals. Aus Loyalität zu un-

---

14 L'occhio furbetto: wörtlich ›das verschmitzte Auge‹

serem Opa und auch ein bisschen aus egoistischen Gründen versuchen wir sie stets zu überzeugen, dass sie am Ende doch die bessere Wahl getroffen hat, schon mal wegen der Enkelkinder. Und die Verbindungen zum Königshaus hätten ihr sowieso nichts gebracht, war der König doch mitten im Krieg geflüchtet und hatte die Italiener ihrem Schicksal überlassen. Ganz abgesehen davon, dass sie mit meinem Opa einen waschechten Patrioten erwischt hatte, der mit anderen mutigen Partisanen das Land von den Bösen befreit hatte. Das Argument mit dem König muss meine Oma am Ende immer gelten lassen. Das mit den Enkelkindern überhört sie hingegen geflissentlich, da sie mit unserer Lebensführung alles andere als zufrieden ist. Aber dazu später mehr.

Nun stellt sich der Leserin und dem Leser vermutlich die Frage, ob ich mit meiner Zeit nichts Besseres anzufangen hatte, als bei meiner Oma anzurufen, die offensichtlich kein Ausbund an Freundlichkeit ist. Sagen wir es mal so: Meine Oma hat zweifellos einen denkbar schlechten Charakter, aber als ihre Enkelin weiß ich auch ihre guten Seiten zu schätzen, zum Beispiel, dass sie über einen beachtlichen Schatz an richtig guten Hausfrauentipps verfügt, und Ilarias Filzstift-Malereien von der Kamasutra-Lektion hatten durch das weiche Papier nicht nur einen Abdruck auf meinem Tisch hinterlassen, sie hatten ihre anzügliche Stellung dort auch immer noch nicht aufgegeben.

»*Nonna*, wie entferne ich am besten Filzstift von einem Holztisch?«, fragte ich also.

»Deine Schwester war vorhin da«, teilte mir meine Oma daraufhin mit, wie immer das Thema knapp verfehlend.

»Aha, interessant, und was sagt sie?«, fragte ich nur mäßig interessiert.

»Mit den zwei Kindern halt«, fügte sie schmallippig hinzu (die schmalen Lippen konnte ich zwar nicht sehen, mir aber bestens vorstellen).

»Äh, ja, Oma… wegen des Filzstifts…«, versuchte ich kläglich wieder auf das Thema zurückzukommen.

»Ihr Pseudoehemann hat unten gewartet«, sagte sie jetzt und betonte dabei den Wortteil ›pseudo‹.

Kein Wunder, dachte ich. Jedes Mal, wenn der arme Kerl sich in die Gefilde meiner Oma traut, muss er sich lange Standpauken zum Thema ›Wen man schwängert, den muss man auch heiraten‹ anhören. Armer Luca.

Auch wenn ich jetzt das Risiko eingehe, ungläubiges Augenbrauenhochziehen bei Ihnen hervorzurufen: Meine Oma ist, wie auch der Rest unserer Familie, keine gläubige Katholikin. Ganz im Gegenteil: Genaugenommen gehören wir der anderen großen, der nichtreligiösen Fraktion Italiens an. Bis vor fünfzwanzig Jahren war mein schönes Land politisch zweigeteilt. Auf der einen Seite waren die konservativen, katholischen und gutbürgerlichen *benpensanti*[15], Wähler der *Democrazia Cristiana (D. C.),* und auf der anderen Seite die *comunisti,* Wähler des *Partito Comunista Italiano (P. C. I.).* Unter den *comunisti* waren all jene versammelt, die hohe Ideale wie soziale Gerechtigkeit, Chancengleichheit und Umverteilung des Reichtums vertraten. Intellektuelle, Künstler, Lehrer und viele arme Schweine waren damals *comunisti.* Gerade die armen Schweine, von Natur aus pragmatisch eingestellt und von harten Lebensbedingungen gebeutelt, waren im Allgemeinen nicht geneigt, Kirchen zu betreten, repräsentierte der Priester doch meist jene gutbürgerliche Schicht, die die

15 Benpensanti: wörtlich ›die Gutdenkenden‹. Gemeint ist die Bourgeoisie.

comunisti verabscheuten. Und außerdem war der Kirchenvertreter häufig selbst ein verhasster D. C.-Wähler. Für diejenigen unter Ihnen, die die Filme von ›Peppone e Don Camillo‹ gesehen haben, müsste die Situation klar sein. Den anderen lege ich das Anschauen dieser Klassiker wärmstens ans Herz.

Jedenfalls gehörte meine Familie, Sie werden es bereits erraten haben, zu jenen Idealisten, die die Welt verbessern wollten. Nachrichten über die Situation in der DDR schienen in Italien damals nicht anzukommen, und so hatten meine Verwandten, wie Millionen anderer Italiener auch, kein Problem damit, sich offen zur kommunistischen Ideologie zu bekennen. Meine Oma ist also eindeutig nicht eine jener älteren Damen, die morgens um sieben mit einem schwarzen Spitzenkopftuch und einem Gebetbuch zur Frühmesse eilen. Genau genommen lehnt sie um diese Uhrzeit am Fensterbrett und schimpft leise über ebendiese frommen D. C.-Wählerinnen vor sich hin. Später am Tag zählt sie dann geringschätzig auf, wen sie Richtung Kirche hat vorbeigehen sehen, als hätten sie damit eine Todsünde begangen.

Der Vollständigkeit halber möchte ich noch ein paar Worte zum weiteren Schicksal der kommunistischen Ideologie in Italien hinzufügen: Nach dem Fall der Mauer und entsprechenden Berichten von den Opfern des Regimes brach für meine Großeltern (und nicht nur für sie) eine Welt zusammen. Die DDR war wie die Realisierung all ihrer Träume gewesen. Nie im Leben hätten sie sich vorstellen können, dass die Leute lieber in der Hölle geschmort hätten, als einen Tag länger hinter dem Eisernen Vorhang zu verbringen. Mit feuchten Augen und völlig fassungslos sahen mein Opa und meine Oma tagelang im Fernseher zu, wie die Ossis mit Hammer und Sichel die verhasste Mauer niederrissen. An der grundsätzlichen politischen Einstellung meiner Familie im Allgemeinen und ihrer Abneigung gegen den Klerus im Besonderen änderte das jedoch nichts.

Und trotzdem: Obwohl die Kirche in unserer Familie keinen hohen Stellenwert besitzt, ist meine Oma unverkennbar eine Italienerin der älteren Generation, also nicht gerade fortschrittlich und keinesfalls gewillt, außereheliche Zeugungen zu akzeptieren. Deshalb musste Luca, der die Frechheit besessen hatte, meine Schwester nicht einmal, sondern gleich zweimal ohne Trauschein zu schwängern, immer unten vor der Tür warten.

Aber auch ich war ja alles andere als die heilige Maria. Und weil an jenem Tag von meiner Oma scheinbar nichts außer moralischen Vorhaltungen zu holen war, ich jedoch selbst prinzipiell in Omas Schusslinie stand, legte ich schnell auf. Das Telefonat hätte ich mir auch sparen können. Zwar wusste ich jetzt, dass mein Pseudoschwager immer noch Angst vor meiner Oma hatte, aber ich kannte immer noch kein Mittel gegen einäugige Banditen. Immerhin konnte ich das Kunstwerk vorübergehend unter einer Obstschale verstecken, denn Martin durfte es auf keinen Fall sehen. Für ihn war ich eine hoffnungslose Chaotin, und dafür ich wollte ich ihm keine weiteren unnötigen Beweise liefern.

*

Weil italienische Mütter masochistisch veranlagt sind und auch abends für ihre Lieben kochen, wurde es recht spät, bis wir uns alle an jenem Abend auf meiner Wohnzimmercouch zusammenfanden. Wir wollten ja für Gino brainstormen, und eine gemütliche Couch, viel Alkohol und vor allem keine wachen Kinder in der Nähe waren die Voraussetzungen für den

Erfolg des Vorhabens. Vorsichtshalber hatte ich Saras Filzstifte weggeräumt, damit Ilaria nicht wieder auf dumme Gedanken kommen konnte.

Denn natürlich hatte Sara ihr Kunstwerk am Nachmittag begeistert entdeckt:

»Mamma, was ist das?«, hatte sie gefragt.

»Was denn?«, hatte ich nur gemurmelt, ohne den frustrierten Blick vom übervollen Wäschekorb zu lösen.

»Das hier, guck mal, sieht lustig aus! Ein bisschen wie eine Eistüte mit zwei Kugeln, aber andersherum.«

So schnell war ich selten bei meinem Kind gewesen. Ich starrte auf den Tisch, die Überbleibsel einer Alter-Ross-Stellung starrten einäugig zurück.

»Mamma, kann ich so ein Eis haben?«

»Nein! Ich meine, später, Schatz, jetzt schaust du ein bisschen fern«, schlug ich vor. Der Kinderkanal war sicher jugendfreier als unser Wohnzimmertisch, dachte ich, während ich unfreundliche Gedanken Richtung Ilaria aussandte.

Die Erste, die am Abend eintraf, war Katrin. Als es an der Tür klopfte, war ich noch mit dem Wegräumen des Geschirrs beschäftigt und hatte mich gleichzeitig, damit es nicht langweilig wurde, in eine spannende Diskussion mit Martin zum Thema »zurechtweisende Pappschilder auf meiner Windschutzscheibe« verstrickt. Heute hatte ich die Botschaft »Dein Auto sieht aus wie ein Saustall« erhalten. Und obwohl sie durchaus der Wahrheit entsprach, konnte ich eine solche Einmischung in meine Privatsphäre einfach nicht zulassen. Mein Auto ist nämlich ein Teil von mir und meiner Persönlichkeit. Aus patriotischen Gründen und trotz der eher kritischen Haltung der Deutschen gegenüber italienischen Autos hatte ich mich beim Wagenkauf für einen gelben Fiat Punto

Sporting entschieden. Das Unternehmen FIAT (Akronym für *fabbrica italiana automobili Torino,* um das ein für alle Mal klarzustellen!) hatte vor Kurzem eine rührende Werbekampagne gestartet, in der Sätze wie ›Ein Vaterland, ein Auto‹, ›Bauen wir zusammen Italien wieder auf‹ und ›Wenn nicht Du, wer dann?‹ Italiener motivieren sollten, mit dem Kauf eines FIATs der angeschlagenen italienischen Automobilindustrie wieder auf die Beine zu helfen. Unter uns: Im Ausland lebende Italiener sind für solche Gefühlsduseleien besonders anfällig, weil sie unter dem schlechten Gewissen leiden, ihr Vaterland in schwierigen Zeiten – und das ist im Fall von Italien auf keinen bestimmten Zeitpunkt beschränkt – im Stich gelassen zu haben.

Als ich den Fiat Punto erwarb, hatte ich also die italienische Fahne vor meinem geistigen Auge wehen sehen und vor Rührung und Heimweh fast geweint. Nun wollte mir aber mein dahergelaufener deutscher Kindsvater erzählen, wie ich mein italienisches Auto zu behandeln hatte. Als wüsste ich es als Italienerin nicht besser! (Ich gebe zu: Im Ausland lebende Italiener neigen nicht nur zur Sentimentalität, sondern hegen auch eine etwas unsachliche Einstellung zu allem, was italienisch ist.)

Ich unterbrach wider Willen die durchaus anregende Diskussion mit Martin und öffnete die Tür. Es wunderte mich nicht, dass Katrin als Erste eingetroffen war, hatte sie doch nur zwei Stockwerke zu laufen und besaß kein Balg samt dazugehörendem nörgelnden Mann, die ihr den letzten Nerv und wertvolle Lebenszeit rauben konnten.

»Bist du noch beschäftigt?«, fragte mich Katrin und küsste mich auf beide Wangen.

»Nö«, antwortete ich cool und schleuderte mit einer solchen Wucht die Tür des Geschirrspülers zu, dass die Gläser darin gefährlich klirrten. »Das sieht nur so aus. In Wahrheit liege ich gerade am Strand auf Tobago und lasse mir von einem reizenden Einheimischen Luft zufächeln.« Die Vorstellung gefiel mir, fast konnte ich den weichen Sand unter meinem Allerwertesten spüren und das überaus interessante Muskelspiel des netten jungen Mannes vor meinem geistigen Auge sehen. Das nennt man Visualisierung, hatte ich in meinen Motivationsbüchern für die Arbeit gelernt, und sie schien zu funktionieren. Mein dämliches Grinsen verschwand allerdings sofort, als ich des böse funkelnden Blickes von Martin gewahr wurde. Immer musste er mir die Laune verderben. Noch nicht mal am Feierabend waren mir ein bisschen Ablenkung und sexistische Gedanken vergönnt.

»Und noch etwas«, sagte er jetzt.

Ich lauschte gespannt.

»Sieh zu, dass du die Garderobe ausmistest, die ist voll bis obenhin mit deinen Klamotten. Neulich war meine Mutter zu Besuch, und da war noch nicht mal Platz für ihre Jacke!«, vollendete Martin seine Schimpftirade.

»Dann soll deine Mutter einfach zu Hause bleiben, da hat sie genug Platz für ihre Jacken!«, erwiderte ich boshaft und ungerecht, da meine Schwiegermutter eigentlich eine sehr nette Person ist. Aber wie sagt man so schön: Im Krieg und in der Liebe ist alles erlaubt, und hier war eindeutig Krieg angesagt. Außerdem wollte ich wie immer das letzte Wort haben.

»Du willst wie immer das letzte Wort haben. Ich gehe jetzt zum Sport, viel Spaß noch«, sagte er und verschwand durch die Wohnungstür.

Katrin schaute mich besorgt an, obwohl sie solche Szenen bereits kannte, denn Diskussionen zwischen Martin und mir hatte sie zur Genüge mitbekommen. An manchen Tagen, sagte sie, konnte sie uns sogar noch zwei Stockwerke höher in ihrer Wohnung schreien hören. Schön war das alles nicht, vor allem wegen unserer Tochter, auch wenn wir in ihrer Gegenwart halbwegs zivilisiert miteinander umgingen. Ich warf einen vorsichtigen Blick in Saras Zimmer. Ein Glück, sie schlief noch immer tief und fest.

»Katrin, willst du was trinken?«, fragte ich.

»*Uno spritz*[16]«, erwiderte Katrin, die mittlerweile sehr gut Italienisch konnte.

»*Con Aperol o Campari*?«, fragte ich automatisch. Die Frage wird in Italien immer gestellt (zur Info: Die meisten Italiener wählen Aperol, während nur ein paar wenige Mutige sich für die herbere Variante mit Campari entscheiden).

»Aperol«, antwortete Katrin lapidar und ohne großen Firlefanz, wie eine echte Italienerin.

Während ich das Getränk mixte, grinste ich vor mich hin. Als wir uns kennenlernten, war ihr Wissen über Italien das übliche, undifferenzierte Sammelsurium an Klischees, wie zum Beispiel: dass in Italien immer die Sonne scheint, alle Italiener dunkelhaarig sind, zu jeder Uhrzeit Cappuccino trinken und Kontakte zur Mafia haben. Und nicht zu vergessen: dass es in Italien keine Universitäten gibt.

Doch im Laufe der Jahre hatte Katrin ein paar bitterkalte italienische Winter erlebt und mittlerweile ohne weite-

---

16 Uno spritz: Hier wird der männliche Artikel »uno« und nicht »un« verwendet (da das folgende Substantiv mit »z« oder »s + consonante« anfängt. Für alle anderen Fälle heißt der männliche Artikel »un«, zum Beispiel: un cappuccino). Das Hinzufügen von »per favore« (bitte) ist im Italienischen kein Muss und wird bei Bestellungen fast nie verwendet.

res akzeptiert, dass ich Kaffee in jeglicher Ausführung nicht vertrage, OBWOHL ich Italienerin bin. Außerdem hatte sie meine italienische Familie kennengelernt. Zwar wurden dabei einige ihrer Klischees durchaus bestätigt (zum Beispiel in Bezug auf die Lautstärke von sich unterhaltenden Italienern), aber Gestalten à la Marlon Brando oder Al Pacino waren in meiner Familie partout nicht zu finden.

Später, als auch Simona, Ilaria und Michela eingetrudelt waren, saßen wir auf dem Sofa und arbeiteten am Projekt ›Gino‹. Ich hatte Saras große Kreidetafel zweckentfremdet und den Projekttitel ›Rettet Gino‹ aufgeschrieben. Ilaria hatte sich natürlich nicht zurückhalten können und einen Wal daneben gemalt.

»*Bene, ragazze*«, begann ich unsere Sitzung. »Wie ihr bereits wisst, waren Michela und ich heute beim Wal, äh, bei Gino, meine ich …«

»Wissen wir«, sagte Ilaria, »das muss ein ziemlicher Grufti-Laden sein!«

»Äh, ja, aber um die Inneneinrichtung kümmert sich Michela«, erklärte ich.

»*Sì*, ich habe schon mit einem Innenarchitekten gesprochen, und wir haben bereits tolle Ideen, wie wir den Laden umkrempeln wollen. Ihr werdet sehen!«, teilte uns Michela zufrieden mit.

Ich schluckte, denn ich war mir keineswegs sicher, dass man den Laden umkrempeln konnte, ohne ihn erst zu entrümpeln und vielleicht auch gleich abzureißen, wenn man schon mal dabei war.

»Aber natürlich brauchen wir mehr als nur eine neue Einrichtung. Wir schreiben jetzt einfach alles auf, was sich die Deutschen unter Italien vorstellen, und dann schauen wir, ob wir es irgendwie mit Ginos Laden in Verbindung bringen können«, schlug ich vor.

Vier Augenpaare starrten mich an. Typisch: Wenn es darauf ankommt, kriegt keiner ein Wort über die Lippen.

»Okay, machen wir es anders«, versuchte ich die Blockade aufzulösen. »Wenn wir uns eine Bar zu Hause in Italien vor Augen führen, was sehen wir da?«

»Na ja«, fing Michela vorsichtig an. »Davor lungern immer Jugendliche herum. Ich habe in Milano auch immer mit meinen Freunden vor den Bars herumgestanden. Und dann kamen immer mehr Leute dazu, Freunde von Freunden. Zehn, zwanzig Leute. Meist haben wir den Eingang blockiert, der Besitzer hat sich immer beschwert, dass keiner durchkonnte, aber dann haben wir ihm eine Zigarette angeboten, und er hat sich dazugesetzt. Wir waren mit der Vespa oder mit dem Moped da, alle ohne Helm natürlich, der war ja uncool«, fügte Michela hinzu. Das war sie, die Michela aus den Zeiten, bevor sie sich von den deutschen Tugenden hatte einnehmen lassen.

»*Bene*, was haben wir sonst noch für Klischees?«, fragte ich in die Runde.

»Italienerinnen sind hübsch, dunkelhaarig, dunkelhäutig und immer toll angezogen«, warf Katrin ein.

»Laura, *senti*. Genau so kriegen wir das mit Ginos Lokal hin«, sagte Ilaria aufgeregt. »Wir engagieren einfach ein paar gutaussehende Italiener!«

Schon klar, dachte ich, Ilaria war wieder in ihrem Element.

»Und dann sollen sie Ginos Laden belagern! Sobald er renoviert ist, natürlich! Vorher würde sich da ja keiner blamieren wollen. Die fahren dann mit ihren *vespe* vor, füllen den Laden, trinken Aperol Spritz und unterhalten sich laut auf Italienisch. Sie machen halt voll auf Italien! Da werden die Deutschen riesig drauf abfahren!«

»Was meinst du, Katrin?«, fragte ich unsere deutsche Freundin.

Katrin hatte aber bereits einen ganz verträumten Ausdruck im Gesicht und schaute selig lächelnd in die Ferne.

»Okay, es scheint zu funktionieren«, stellte ich fest.

»Und dann«, fuhr Ilaria fort, »rennen alle Leute Ginos Türen ein, weil der Laden so cool ist und so italienisch!«, beendete Ilaria ihre Erfolgsprophezeiung.

»Guter Plan, aber wo bekommen wir all diese Italiener her?«, fragte ich.

»Das überlass mal mir«, sagte Ilaria mit einem verschmitzten Lächeln.

Tatsächlich hatte ich bei Ilaria keinerlei Bedenken, dass sie bei ihrem ausschweifenden Lebensstil nicht genügend Leute zusammentrommeln konnte.

»Wir sollten aber noch etwas machen«, warf Simona ein, die sich genüsslich einen großen Martini einschenkte.

»Wir führen bei Gino den *aperitivo* ein, genau wie in Italien«, sagte sie.

Der *aperitivo* ist in Italien kein Getränk, sondern eine Institution. Man nimmt ihn von neunzehn bis zirka zweiundzwanzig Uhr ein, und er besteht aus den üblichen Aperitifgetränken (meist Mixgetränke aus Wein, Aperol, Campari, Martini) plus mehr oder weniger üppigen Häppchen. Bis vor einigen Jahren waren das nur Oliven oder Chips gewesen, mittlerweile hatte sich der *aperitivo* aber zu einem echten Abendessenersatz entwickelt. Die Leute bezahlen einen Pauschalbetrag (der deutlich niedriger als der Preis eines Abendessens ist) und können den ganzen Abend kleine Leckereien wie Pizza-Häppchen, Mini-Toasts, gegrilltes Gemüse, Käsesnacks, *focaccine*[17], gefüllte Oliven und vieles mehr zu sich nehmen. Bei solchen Events herrscht immer eine ausgelassene Atmosphäre, die Leute stehen bis draußen auf den Bürgersteig, das Ganze hat den Charme einer privaten Feier.

»Tolle Idee!«, sagten wir alle im Chor

Die Ideen für Ginos Laden waren wirklich gut. Das würden wir machen! Wenn wir uns mit der Umsetzung Mühe gaben, hatte die Agentur gute Erfolgschancen. Mein Leben war nicht gerade der Weg des geringsten Widerstands gewesen. Ich habe Freundinnen in Italien, die immer noch in ihrem Geburtsort und gerade mal fünfhundert Meter von ihren Eltern entfernt wohnen, einem langweiligen Job in einem stickigen Büro nachgehen und ihren Freund aus der Schulzeit geheiratet haben. Und manchmal beneidete ich sie um die Einfachheit ihres Lebens. Aber irgendwo hatte ich gelesen, man sollte im Leben nur das tun, was einem leichtfällt. Und das hier, mit meinen Freundinnen wahnwitzige Ideen austauschen und Italien an jeder Ecke aufblühen lassen – das fiel mir leicht.

---

17 Focaccine: leckere weiche Brotsorte mit Olivenöl

Capitolo tre 

Der folgende Tag war wieder einmal einer jener Tage, an denen ich mich auf dem Weg zur Arbeit fragte, wie um Himmels willen ich in dieses eisige Deutschland ziehen konnte. Es war Mitte März, und die Säule des Thermometers weigerte sich noch immer beharrlich, den zweistelligen Minusbereich zu verlassen. Mit quietschenden Reifen parkte ich in der letzten freien Parkbucht vor dem Firmengebäude. Ein schneller Blick in den Rückspiegel bestätigte meine Vermutung, dass meine Mascara verschmiert und mein Teint fleckig war. Aber Zeit für Retouchierarbeiten hatte ich keine. Das Biest wartete bestimmt schon.

Oben angekommen wollte ich mich gerade in mein Büro schleichen, als es auch schon über den Flur tönte:

»Na, hat *die Italiener die* Weg zur Arbeit doch gefunden?«

Das Biest. Das finnische Biest mit seinen hinkenden Deutschkenntnissen. Es hatte mich doch erwischt.

Ich drehte mich um und blickte in das unappetitlich rotbackige, zähnefletschende Gesicht meines Bosses. Für einen kurzen Moment musste ich die Augen schließen, das war ich mir schuldig. Herr Dickerson trug heute eine graue Hose aus Tweed mit kleinem Karomuster, ein grünliches Jackett mit großen Karos und ein blassgelbes Streifenhemd, das sich über dem Bauch spannte und durch die auseinanderklaffenden Knöpfe den Blick auf das feingerippte Unterhemd freigab.

Eine kackbraune Krawatte aus den 70ern, die er zweifellos im hintersten Eck seines Schranks gefunden haben musste, vervollständigte das Outfit.

»Guten Morgen, Herr Dickerson«, würgte ich heraus. »Heute so elegant?«

Die Miene meines Bosses hellte sich augenblicklich auf.

»Gefällt's *Sie*?«, fragte er und wartete zum Glück nicht auf meine Antwort.

»Von einer *Italiener* gesagt, ist das *eine* Kompliment«, fuhr er lächelnd fort und leckte sich dabei die Lippen. Ich musste eine Welle der Übelkeit unterdrücken.

»*Habe* Sie die Präsentation fertig?«, setzte er jedoch sofort forsch und ohne die Spur eines Lächelns nach.

»Die schicke ich Ihnen gleich, ich muss nur noch schnell etwas formatieren«, sagte ich und entzog mich seinen stechenden Augen und seiner originellen Aufmachung.

Im Büro saß bereits Petra, die netteste Kollegin, die man sich überhaupt vorstellen kann, und telefonierte.

»Nein, Frau Hohenbecker, das hatte ich Ihnen schon letztes Mal gesagt. Wenn Sie sich übergeben, direkt nachdem Sie die Pille eingenommen haben, müssen Sie zusätzliche Maßnahmen zur Verhütung treffen«, sagte sie geduldig und winkte mir mit der freien Hand zur Begrüßung zu.

Ich konnte nicht verstehen, wie Petra es schaffte, bei all diesen minderbemittelten Anfragen die Geduld zu bewahren. Sie war zu jedem nett, und ich meine wirklich ZU JEDEM, auch zu Frau Hohenbecker, die ungefähr einmal wöchentlich anrief, um von ihren neuesten Missgeschicken in Sachen Verhütung zu erzählen und sich Rat zu holen. »Nein, das ist mit Sicherheit KEINE geeignete Maßnahme, Frau Hohenbecker«, antwortete jetzt Petra und rollte die Augen zum Himmel.

Ich wollte lieber nicht wissen, was Frau Hohenbecker vorgeschlagen hatte. Wenn man wie ich in der pharmazeutischen Industrie arbeitet und dort vor allem für Verhütungsmittel zuständig ist, dann erlebt man so einiges. Wir hatten unter den Kollegen sogar damit begonnen, die besten Geschichten aufzuschreiben und uns zur Aufmunterung in schlechten Zeiten vorzulesen, natürlich anonymisiert. Frau Hohenbecker etwa unterliefen ständig Fehler bei der Einnahme der Pille. Und wenn sie sich jetzt fragen, wie viele Fehler man bei der Pilleneinnahme machen kann – eine Menge! Wir konnten es auch nicht glauben, aber die Frau war wirklich kreativ. Immerhin gelang es Petra irgendwann, sie von einem Verhütungsmittel zu überzeugen, an das man nur alle zwei Jahre denken musste. Von da an hörten die Anrufe auf. »Petra«, flüsterte ich geheimnisvoll über die Schreibtische hinweg, als sie aufgelegt hatte.

»Du wirst nicht glauben, wie Frau Hohenbecker jetzt wieder verhüten wollte«, teilte mir Petra fassungslos mit.

»Interessiert mich nicht, hör mal zu!«, raunte ich und blickte mich um, um sicherzustellen, dass wir wirklich alleine waren.

»Ich mach das nicht mehr lange«, platzte ich heraus.

»Was fehlt dir denn?«, fragte sie besorgt.

»Nichts!« Ich konnte nicht glauben, dass sie das wirklich gefragt hatte. »Ich hatte da vor einiger Zeit so eine Geschäftsidee, und ich glaube, es wird was! Noch ein paar Wochen und dann gehe ich zum fetten Finnen und sage ihm, wo er sich sein blödes Verhütungsdreieck hinstecken soll!«

Petras Augen füllten sich mit Tränen. Sie war wirklich die netteste Kollegin der Welt. »Sag mir vorher Bescheid, ich will da unbedingt dabei sein!«

»Selbstverständlich, und Amelie kommt auch mit!«

Amelie war bis vor Kurzem für die Vermarktung einer neuartigen Verhütungsmethode zuständig gewesen. Passenderweise war sie Anwenderin ihres eigenen Produkts, was alle unsere Außendienstmitarbeiter, die das Präparat bei den Ärzten bewerben mussten, wussten. Dafür hatte Herr Dickerson gesorgt: Er meinte, es würde die Motivation der Leute ungemein steigern, wenn sie wussten, dass die Produktmanagerin hinter ihrem Produkt stand.

Leider wurde Amelie trotz dieser ultimativen Verhütungsmethode schwanger und durfte seitdem nur langweilige Verwaltungsaufgaben verrichten. Herr Dickerson war der Meinung, es wäre schlechte Werbung, wenn ausgerechnet sie mit ihrem dicken Bauch vor den Außendienst träte. So ein Arsch! Mir hatte er mal gesagt, ich soll meinen italienischen Charme ausspielen, um die Außendienstler zu höheren Verkaufsleistungen zu motivieren, worauf ich ihm frech antwortete, sein finnischer Charme wäre schon genug, mehr vertrügen die Kollegen einfach nicht. Ich kam mir auch so schon vor wie eine Pharmahure.

Später am Tag trafen sich alle Produktmanager im großen Meetingraum, um sich für die schlechten Umsätze zusammenstauchen zu lassen. Es war eine demütigende Veranstaltung. Der dicke Franz, der für die Antiallergika verantwortlich war, ordnete nervös seine Unterlagen immer wieder neu. Unter seinen Armen breiteten sich dicke Schweißränder aus. Sonja aus der Abteilung für Psychopharmaka sprach immer wieder leise vor sich hin: »Sorge dich nicht, lebe! Sorge dich nicht, lebe! Sorge dich nicht …« Nur der gutaussehende Matthias, der unsere Opiate vermarkten sollte, aber nicht wirklich dazu kam, denn er war immer im Urlaub oder ›krank‹, war bester Laune. Insgeheim munkelte man, er wäre selbst sein bester Kunde, aber das waren natürlich nur böse Gerüchte.

Herr Dickerson saß mit einem sadistischen Grinsen am Kopfende des Konferenztisches und kratzte sich genüsslich am Bauch. Sein Handlanger, Detlev Schmidt, auch ›das Zäpfchen‹ genannt, stand neben ihm und bediente einen Beamer, aus dem gleich die Umsätze unserer Produkte unweigerlich den Weg auf die Projektionsfläche finden würden.

»Soooo …«, fing das Biest an, »dann *wolle* wir mal *sehe*, wer gleich *drankommet.*«

Alle zogen automatisch den Kopf ein, außer Matthias, der gerade vergnügt eine SMS in sein Handy eintippte.

Eine zackige Umsatzlinie, die eindeutig Richtung null zielte und somit dem armen verantwortlichen Produktmanager geradewegs den Weg in die Hölle wies, erschien an der Wand. Alle atmeten erleichtert auf, außer Franz, dessen Schweißränder sich binnen Sekunden bis zum Hosenbund ausbreiteten. Der arme Franz hatte einfach Pech gehabt, er hatte Präparate erwischt, die aus verschiedenen und zum Teil berechtigten Gründen keiner mehr haben wollte. Das interessierte Herrn Dickerson jedoch nicht die Bohne.

»Was *sage* Sie dazu, Herr Meier?«, fragte das Biest gnadenlos.

»Na ja«, begann Franz zaghaft, »vielleicht liegt es daran, dass neuere Studien gezeigt haben, die Präparate könnten möglicherweise Herzleiden hervorrufen?«

Herrn Dickersons Grinsen verschwand.

»Das ist keine *Entschuldigen*!«, schrie er. »Dann *mache* Sie Studien, die *die* Gegenteil *bewiese!*«, schlug er völlig weltfern vor. Studien über pharmazeutische Präparate sind eine streng kontrollierte und reglementierte Angelegenheit und erstrecken sich über viele Jahre. Zudem konnte auch ein Produktmanager eine solche Studie nicht einfach in Auftrag geben. Zum Glück, muss man sagen.

Alle schauten ihn vollkommen verdattert an, selbst das Zäpfchen. Um zu verhindern, dass er bald in einer Einrichtung mit weißen Kacheln und Gummiwänden landete, fügte er noch hinzu:

»Oder Sie *toupiere* die Ergebnisse, sagt man das so?«, fragte er etwas verunsichert in die Runde. Das war das einzig Positive an Herrn Dickerson: Sein mangelhaftes Deutsch brachte uns trotz der allgemein schlechten Stimmung in schöner Regelmäßigkeit zum Lachen. Natürlich konnten wir das nicht offen zeigen, und so verschwanden die Gesichter der Frauen jetzt in ihren Handtaschen, und die Männer mussten sich ganz dringend die Nase putzen oder einen Hustenanfall unterdrücken. Matthias tippte einfach weiter, er hörte sowieso nicht zu.

Es war höchste Zeit für mich, neue Häfen anzusteuern.

*

»*Mamma?*«, fragte Sara im Auto. Wie jede berufstätige Frau hetzte ich ständig zwischen Kindergarten und Arbeitsstätte hin und her und musste bei Sonderterminen besonderes Organisationstalent an den Tag legen. Natürlich kam ich mir dabei, wie Millionen anderer Frauen, wie eine Rabenmutter vor.

»Ja, Püppchen?«

»Stimmt es, dass ich zu viele Spaghetti esse?«

»Wer sagt das?«, fragte ich alarmiert.

»Mark. Er hat heute gesagt, alle Italiener essen immer zu viele Spaghetti.«

Marks Vater, ein Prolet der allerfeinsten Sorte, traute ich ohne weiteres zu, dass er seinem Sohn diese wertvolle Auskunft gegeben hatte. Ein kahlrasierter und tätowierter Kopf, der so voll war mit Vorurteilen, Gemeinplätzen und billigen Plattitüden, dass er jeden Moment platzen konnte. Jedes Mal, wenn er mich im Kindergarten erwischt, spricht er mich laut und überdeutlich an, so als würde er mit einer Schwachsinnigen reden. Dabei bin ich der deutschen Sprache sicherlich mächtiger als er.

»Meinst du den dicken Mark, der immer zu viel von allem isst?«, fragte ich Sara und verletzte dabei wahrscheinlich alle Regeln der pädagogisch wertvollen Erziehung.

Sara kicherte. Na also, das hatte ich doch ganz gut hinbekommen.

»*Mamma?*«, fragte sie nach einer Weile wieder.

»Hm?«, antwortete ich ein wenig abwesend.

»Stimmt es, dass es im Englischen Garten Dinosaurier gibt?«

»Nein, Puppe, da gibt es keine Dinosaurier«, antwortete ich, wie ich in den Elternratgebern gelesen hatte, möglichst sachlich.

»Aber Benny hat gesagt, ein Dinosaurier hat seinem Papa den Finger abgebissen, und dann mussten sie den Dinosaurier töten und den Bauch aufschneiden, um den Finger wieder herauszuholen, und dann haben sie Bennys Papa den Finger wieder angeklebt, aber nicht mit dem Klebestift, der hält ja NICHT! Mit der KLEBEPISTOLE. In echt, *mamma*!«, ereiferte sich meine Kleine.

Ich musste lachen, das war ein Fantasietrip der allerbesten Sorte.

»Sara, ich schwöre, im Englischen Garten gibt es keine Dinosaurier. Glaub mir, ich muss es wissen, ich habe schließlich studiert!«, versuchte ich sie mit meinem akademischen Hintergrund zu überzeugen (die Tatsache, dass Dinosaurier überhaupt nicht mehr existieren, hat sie nie akzeptiert). Scheinbar erfolgreich, denn Sara verfiel in grüblerisches Schweigen.

Ich musste dringend mit Bennys Mama reden. Letztens hatte Benny im Kindergarten erzählt, dass an manchen Tagen tausende von Fröschen aus dem Himmel fallen würden. Seitdem wollte Sara nur mit Regenschirm aus dem Haus, selbst bei strahlendem Sonnenschein.

Ich war so froh, dass ich meine kleine Tochter hatte.

*

»*Nonna*«, schrie ich in den Hörer.

»Sprich leiser, *porco cane*[18]!«, schrie meine Oma entrüstet zurück.

»*Nonna*, ich habe Martins Hemden verfärbt. Was mache ich jetzt?«, fragte ich verzweifelt. Wenn Martin herausfand, dass seine Hemden rosarot geworden waren, würde er mir endgültig den Orden ›Dümmste Hausfrau der Welt‹ verleihen, und auf den konnte ich getrost verzichten.

»*La zia*[19] Maria ist heute zu Besuch gekommen«, teilte mir Oma mit.

NEIN!!! Es blieb mir nur zu hoffen, dass meine Tante (besser gesagt Großtante, denn sie hatte Omas jüngsten Bruder geheiratet) gekommen war, um meiner Oma ihre heißesten Hausfrauentipps zu verraten.

»Rate mal, wer heiratet?«, fragte Oma hinterhältig.

»Äh, *non so* …, vielleicht Rachele?«, stellte ich mich dumm.

---

18 Porco cane: wörtlich ›Schweinehund‹. Ein sehr verbreitetes, relativ mildes Schimpfwort.

19 La zia: die Tante

Natürlich war es Rachele, die demnächst vor den Altar treten würde, das hatte mir meine Mutter bereits gesteckt, damit ich ›vorbereitet‹ wäre. Rachele, von der wir alle nie geglaubt hätten, dass sie je einen Mann abbekommen würde, geschweige denn, dass sich dieser Mann FREIWILLIG bereit erklären würde, den Rest seines Lebens mit ihr zu verbringen. Rachele, die mit fünfunddreißig, wie viele unverheiratete Italienerinnen und Italiener, immer noch bei ihrer Mutter, *la zia* Maria, wohnte. Rachele, die einen so schrecklichen Charakter hatte, dass selbst meine Oma vor ihr Respekt hatte. Tante Maria hatte es sich natürlich nicht nehmen lassen, die ganze Verwandtschaft abzuklappern, um die unverhofften Neuigkeiten ihrer Tochter persönlich zu überbringen.

»*Giusto*, es ist RACHELE!«, sagte meine Oma bedeutungsvoll, und dann sagte sie nichts mehr. Sie hatte offensichtlich einige Ratgeber zur Psychologie der optimalen Gesprächsführung gelesen.

Dies war vermutlich nicht der richtige Zeitpunkt, um ihr von den Schwierigkeiten mit Martin zu berichten. Wenn man sich schon tagein, tagaus mit einem Mann herumquälen muss, der einer Frau die besten Jahre ihrer Jugend stiehlt und das Leben zur Hölle macht, dann sollte dieser Mann zumindest ein EHEMANN sein. Das war die Philosophie meiner Oma. Schließlich kannte sie sich mit infernalischen Ehezuständen bestens aus. Sie war sozusagen eine Spezialistin auf dem Gebiet. Dass Martin und ich nicht wirklich gut miteinander auskamen, schien meiner Oma nicht viel auszumachen, aber dass wir nicht verheiratet waren, DAS war für sie die wirklich große Katastrophe. Vor allem, da dieser Umstand ihre eigene Position gegenüber den verschiedenen Großtanten bedeutend schwächte.

»Äh, *nonna*«, sagte ich und versuchte die Flucht nach vorne. Es heißt ja, Angriff sei die beste Verteidigung. »Vielleicht ist Rachele schwanger und muss deshalb heiraten?«

Ich horchte. Stille auf der anderen Seite der Leitung. Hatte ich es geschafft, meine Oma durch mein überraschendes Manöver lahmzulegen? Wenn ja, musste ich schnell handeln, bevor sie wieder zum Leben erwachte.

»*Nonna, senti*, ich rufe dich morgen wieder an. Ich muss jetzt los. *Ciao*«, sagte ich rasch und legte einfach auf. Puh, das war knapp.

*

Meine Oma war damals von Martin alles andere als begeistert gewesen. Sie hatte sich für mich einen Bankier oder einen soliden Geschäftsmann mittleren Alters vorgestellt, der mit beiden Beinen fest im Leben stand und mich *la bella vita* machen ließ.

Als 1994 die Affäre um den sensationellen Milliardenbetrug des Baulöwen Jürgen Schneider auch in Italien bekannt wurde, schien meine Oma endlich den richtigen Mann für mich gefunden zu haben. Den Blick auf die italienische Tagesschau gerichtet, deutete sie mit der Gabel auf den deutschen Immobilienbetrüger, der gerade in Handschellen von der Polizei abgeführt wurde.

»*Guarda*, so ein gestandener Mann in den besten Jahren, so einer wäre genau das Richtige für dich!«, sagte sie, als würde Jürgen Schneider zum Verkauf stehen.

»*Ma nonna*, er ist ein Krimineller!«, wendete ich ein.

»Ja, aber er ist ein Mann, der mitten im Leben steht!«

»Na ja, im Moment eher mitten im Gefängnis«, murmelte ich.

»Was glaubst du, was du für eine *bella vita* mit ihm haben würdest? So viel Geld ...«

»Es ist aber nicht SEIN Geld, *nonna!*«

Doch sie schüttelte nur ungeduldig den Kopf.

»Man merkt, der Mann lässt es sich gut gehen«, fuhr sie unbeirrt fort, und die Tatsache, dass der gute Herr Schneider seine besten Jahre eindeutig hinter sich gelassen hatte, schien sie nicht im Mindesten zu stören. Ihr ging es um das Prinzip. Und ganz speziell um meine Männerwahl, mit der sie nie zufrieden gewesen war. Für sie musste ein Mann Lebenserfahrung haben, über ein gut gefülltes Bankkonto verfügen und die Bereitschaft zeigen, großzügig damit umzugehen. Martin, der sogar drei Jahre jünger war als ich, verfügte über keine dieser Eigenschaften und, was für meine Oma das Schlimmste war, konnte noch nicht mal Italienisch.

*

»Kann es sein, dass du meine Unterhosen zusammen mit etwas Rotem gewaschen hast?«, weckte mich am nächsten Morgen eine vertraute Stimme, die vor ein paar Jahren noch so viel freundlichere Botschaften für mich gehabt hatte.

»Hä?«, mehr konnte ich so früh am Morgen nicht erwidern.

»*Ciao mamma!*«, schrie im selben Augenblick ein rosarotes Monster, das mir auf den Bauch sprang.

Früher war ich eindeutig sanfter geweckt worden. Nicht, dass ich prinzipiell etwas gegen rosarote Monster gehabt hätte. Sie waren sogar ausgesprochen niedlich, wenn sie vier Jahre alt waren, lispelten und eine witzige Mischung aus Deutsch und Italienisch sprachen. Aber mussten sie um sieben Uhr morgens unbedingt auf meinen Bauch springen und mir ins Ohr schreien?

Das andere Monster stand mitten im Raum, schaute mich wütend an, war ebenfalls rosarot und deutlich weniger niedlich. Ich hatte offensichtlich auch seine Unterhosen verfärbt, wie hatte ich das übersehen können?

Ich stand mühsam auf.

»Was regst du dich so auf? Rosa ist das neue Weiß, das müsstest du doch wissen!«, versuchte ich schuldbewusst zu argumentieren. Martin arbeitete in einem Verlag für Frauenzeitschriften und war immer von einer Horde superstylischer junger Frauen umgeben, die die neuesten Trends kannten und auslebten. Anstatt sich wie jeder vernünftige Mann darüber zu freuen, war er jedoch hochgradig genervt von ›seinen Mädels‹, die, wie er sagte, an Oberflächlichkeit und Stutenbissigkeit nicht zu toppen waren.

»Na ja«, sagte er jetzt, »immerhin hast du meine Hemden nicht mitgewaschen.«

»Äh, ja, genau«, erwiderte ich und ließ seine verfärbten Hemden schnell vom Wäscheständer verschwinden.

»*Mamma?*«

»*Sì, amore?*«

»Weißt du, was der *papà* vorhin gesagt hat?«

»Nee, was hat er gesagt?« Ich hatte keinerlei positive Erwartungen.

»Dass du eine CHAKOTIN bist«, kicherte Sara. Sara war, wie jedes Kindergartenkind, von ausnahmslos jedem Ausdruck in der sogenannten Fäkalsprache fasziniert. Alles, was mit Verdauung im Allgemeinen und Verdauungsstörungen im Besonderen zu tun hatte, löste bei ihr unkontrollierte Kicheranfälle aus, die sich mitunter über mehrere Minuten ausdehnen konnten.

Das nannte sich dann wohl »Kindermanipulation gegen

den anderen Elternteil« und passierte in Deutschland mindestens sechs Millionen Mal am Tag, doch wenn es einen selbst betrifft, tut es weh. Ich warf Martin einen wütenden Blick zu. Mittlerweile war das auch schon das Einzige, was wir uns zuwarfen. Das schonte natürlich unser Geschirr, aber ich ahnte auch, dass es kein gutes Zeichen war. Fast so, als hätte man sich schon aufgegeben.

»Also, das musst du aber schon zugeben«, sagte Martin ein wenig, aber auch nur ein wenig, zerknirscht.

Nichts gab ich zu. Der supereffiziente und perfekt organisierte Martin hatte neulich eine italienische Kaffeekanne auf dem Herd vergessen, woraufhin der Plastikgriff geschmolzen war und unser Ceranfeld für immer verunstaltet hat. Als er den Gestank endlich bemerkt hatte, war er hektisch aufgesprungen in dem Versuch, die Kanne zu entfernen. Dabei hatte er sich die Hand verbrannt und die Kanne fallen lassen und so eine Bodenfliese beschädigt. Der Kaffee, der auch irgendetwas unternehmen wollte, hatte sich auf die weiße Wand ergossen und sich dort mit einem hübschen Fleck, der so aussah wie ein Aquarell von Beuys, verewigt.

Fehler machte er also auch. Nur dass ich nicht ständig darauf herumritt und es daher so aussah, als wäre er perfekt und ich der ultimative Schussel.

»Schau zum Beispiel hier!«, fuhr er fort, während ich gleichzeitig versuchte, mich anzuziehen und Sara die langen Haare zu kämmen.

»Was macht ein leerer Obstkorb auf dem Wohnzimmertisch?«, fragte er entrüstet und hob den Korb hoch, bevor ich ihn daran hindern konnte. Zum Vorschein kam Ilas Kunstwerk, das ich bislang, in Ermangelung vernünftiger Alternativen, darunter versteckt hatte.

Martin starrte es an.

»Das hat aber nicht Sara gemalt, oder?«, fragte er misstrauisch. Klar, wollte ich ihm antworten, ich zeige meiner vierjährigen Tochter jeden Tag eine neue Position des Kamasutras, damit sie sie nachmalen kann. So macht man es nun mal in Italien mit seinen Kindern, mit sexueller Aufklärung kann man nie früh genug beginnen! Das sagte ich allerdings dann doch nicht, denn das hätte er mir glatt abgenommen. Als Sara vor einigen Jahren anfing, feste Nahrung zu sich zu nehmen, fand ich es vollkommen normal, ihr zum Frühstück Milch und Kekse zu geben. Jedes italienische Kind knabbert am Morgen ein paar Kekse zu seiner Milch (wenn es überhaupt etwas isst). Doch als ich einmal nach dem Duschen ins Wohnzimmer kam, fand ich Sara in Tränen aufgelöst und Martin mit ihrem Keks in der Hand.

»Sie wollte gerade EINEN KEKS essen!«, empörte er sich und hielt das Beweisstück in die Höhe.

»Na, und?«, hatte ich erwidert. »Sie darf ihn essen, ich habe ihn ihr gegeben!«

»Kekse zum Frühstück??«

»Ja, klar, soll ich ihr vielleicht ein Salamibrot schmieren?«

»Zum Beispiel!«, hatte Martin geantwortet und mich mit offenem Mund stehen lassen.

Es war ein klassischer Fall von Kulturinkompatibilität. Leider hatten wir solche Situationen in den letzten Jahren häufig erlebt. Das, was für mich normal war, fand Martin abartig und umgekehrt. Seit Sara auf der Welt war und wir ein gemeinsames Kind zu versorgen und zu erziehen hatten, war die Reibungsfläche natürlich automatisch größer geworden.

Manchmal fragte ich mich, wo der Spaß geblieben war. Früher konnten wir stundenlang miteinander lachen, und es wurde, vielleicht auch gerade aufgrund unserer Unterschiede, nie langweilig. Trotz seines Perfektionswahns war er im Grunde ein lockerer und optimistischer Mensch, und er konnte mir Komplimente machen, bei denen es mir ganz warm ums Herz wurde.

Als ich Martin vor einigen Jahren kennenlernte, hatte ich eine ziemlich schlechte Phase. Okay, ich will ganz ehrlich sein: Ich hatte eine derartig miese Laune, dass man mich zum Schutz vor den anderen und vor mir selbst besser hätte wegsperren sollen. Weil ich solche heftigen Gefühle in ziemlicher Regelmäßigkeit erlebe und weil ich mir meiner Impulsivität im Allgemeinen durchaus bewusst bin, neige ich dazu, in solchen Phasen das Haus nicht zu verlassen. Meist quält mich dann die Frage, ob meine Gefühle und deren Schwankungen normal sind. An manchen Tagen kann ich vor Freude in die Luft springen, jeden küssen, der meinen Weg kreuzt, und mit einem wohlwollenden Augenzwinkern auch über die gröbsten Verfehlungen meiner Mitmenschen hinwegsehen. An anderen Tagen wiederum reicht es, dass jemand mir die Vorfahrt nimmt, dass ich ausraste und den armen Autofahrer an der nächsten roten Ampel wüst beschimpfe (häufig stellt sich dann zu meiner größten Beschämung heraus, dass ich mich geirrt und der andere wirklich Vorfahrt gehabt hat. In solchen Fällen helfen elektrische Fensterheber und Kopf einziehen).

Meine deutschen Freundinnen sagen immer, das läge an meinem italienischen Temperament. Meine italienischen Freundinnen sagen so etwas natürlich nie. Diese Meinungsdiskrepanz ist logisch und liegt in der Natur der Sache, aber ich möchte sie trotzdem gerne an einem Beispiel verdeutlichen: Stellen Sie sich vor, Sie erzählen einer Freundin, Sie hätten diese Woche zweimal Weißwürste gegessen. Wie wahrscheinlich ist es, dass sie antworten würde: »Tja, das liegt daran, dass du Deutsche bist!«? Nicht sehr wahrscheinlich, es sei denn, Ihre Freundin ist Italienerin, lebt in Deutschland und möchte sich für die vielen Klischees über Italiener rächen.

Als ich meinen späteren Kindsvater kennenlernte, war mein Stimmungsthermometer also am Gefrierpunkt. Bis zum heutigen Tag bin ich überzeugt, dass er den Abend nicht unbeschadet überstanden hätte, hätte er mich mit einer der marktüblichen doofen Anmachen angesprochen. Katrin hatte mich gegen meinen Willen auf eine After-Work-Party in einem berühmten Münchner Etablissement geschleppt, und nur mit allergrößter Mühe konnte ich mich in einer der hinterletzten Ecke vor der bombastischen Stimmung verstecken.

»Komm mit, du wirst dich besser fühlen«, hatte Katrin gesagt.

»Das werde ich nicht«, hatte ich wissend gekontert.

Und ich hatte mich nicht besser gefühlt.

Wenn man sich wie ein Schluck Wasser in der Kurve fühlt, gibt es nämlich nur eines, das schlimmer ist als wahnsinnig gut gelaunte Leute: blöde Sprüche über die eigene miese Stimmung. Und ich wusste, die würden sich in einem solchen Aufreißerschuppen früher oder später ganz automatisch einstellen. Aber genau da setzte Martin an jenem Abend unbewusst richtig an und brachte mich damit völlig aus dem Konzept. Wo andere Männer ganz unkreativ gesagt hätten:

»Du schaust aber traurig!« oder, noch viel schlimmer, »Lächle mal!«, sagte Martin: »Du hast hier aber ein schönes Plätzchen!« und entlockte mir damit tatsächlich ein Lächeln.

Im Nachhinein stellte sich jedoch heraus, dass er meine Stimmung überhaupt nicht bemerkt hatte, er war an dem Abend einfach gut drauf, und während sein Kumpel ein anderes Mauerblümchen ansprach, wollte er die Zeit nicht ungenutzt verstreichen lassen und sprach mich an.

Und so ungefähr verlief das Gespräch:

»Du hast hier aber ein schönes Plätzchen«, dazu ein siegessicheres Lächeln, eine Flasche Sekt der Hausmarke in der Hand, Muscle-Shirt – ja, ich weiß, eigentlich ein No-go, aber es sah gut aus.

»Ist das dein Platz?«, fragte ich, dazu ein verunsichertes Lächeln, das Selbstbewusstsein eines Seeigels und die Bereitschaft, jederzeit wegzurennen.

»Nein, nein, das ist doch schon dein Platz!«, lachte er, und damit, schätze ich, hatte er mich schon.

Im Gegensatz zu mir war er eindeutig NICHT zu Demut und Bescheidenheit erzogen worden, das konnte man sofort sehen. Und das faszinierte mich. Dass er allerdings zu einer gewissen Egozentrik neigte, hatte ich, durch sein Selbstbewusstsein geblendet, nicht bemerkt. Denn von seinem dämlichen Fuselsekt bot er mir nicht einen Tropfen an.

Und doch konnten wir von diesem Tag an nicht mehr voneinander lassen, auch wenn unsere Beziehung von Anfang an turbulent gewesen war. Denn so viel steht fest: Deutsche Männer und italienische Frauen stammen aus zwei verschiedenen Galaxien, die wiederum durch mehrere andere RIESIGE Galaxien und schwarze Löcher und ETLICHE MILLIONEN Lichtjahre voneinander getrennt sind. Deutsche Männer sind Frauen gewöhnt, die eigenständig sind, selbstbewusst und emanzipiert. Deutsche Frauen reagieren empfindlich auf Fürsorglichkeit und Einfühlungsvermögen, vor allem, wenn sie dadurch das Gefühl bekommen, als die Schwachen dazustehen.

Natürlich werden auch italienische Frauen nicht gerne bevormundet oder von besorgten Ehemännern und deren übertriebener Fürsorge erstickt. Aber man kann sagen, was man will, eine Alice Schwarzer hat es in Italien noch nicht gegeben. Und im Vergleich mit Alice Schwarzer ist eine durchschnittlich emanzipierte italienische Frau eine überangepasste Hausfrau.

Als Martin mir eines Tages vorschlug, die paar Kilometer bis zum Restaurant, in dem wir mit Freunden verabredet waren, mit dem Fahrrad zurückzulegen, dachte ich, es wäre ein Scherz. Schließlich war ich zum damaligen Zeitpunkt im neunten Monat schwanger, und auf den Straßen lag eine dünne, jedoch sehr hinterlistige Eisschicht. Er meinte es allerdings völlig ernst und verstand nicht, wo das Problem lag.

Ich bin überzeugt, dass er sich damals über meine besonderen Umstände keine Gedanken gemacht hatte. Er hatte einfach Lust, mit dem Fahrrad zu fahren, und war nicht wirklich gewillt, von seinen Plänen abzuweichen.

»Äh …«, sagte ich dann ziemlich verunsichert. »Meinst du wirklich, ich soll meinen hochschwangeren Bauch hinter den Lenker klemmen und drei Kilometer mit dem Fahrrad auf dem Eis balancieren, auf die Gefahr hin, dass ich auf meinem fetten Hintern lande und eine spontane Eiswassergeburt auf der Straße habe?«

Ein Blick in sein Gesicht genügte, um mich davon zu überzeugen, dass ihn diese Vorstellung eher amüsierte als abschreckte.

Ich beschloss also, meine Taktik zu ändern. Einen hysterischen Anfall später und um ein Kaffeeservice ärmer kamen wir an dem Abend deutlich verspätet im Restaurant an. Der Taxifahrer hatte mich während der Fahrt besorgt gefragt, ob ich Wehen hätte, so derangiert hatte ich ausgesehen.

Mir war damals natürlich bereits klar geworden, dass deutsche Frauen grundsätzlich widerstandsfähiger waren. Die deutsche Frau meines Kollegen hatte zum Beispiel im neunten Monat ein zwei Meter langes Regal aus dem Baumarkt besorgt und alleine die vier Stockwerke zu ihrer Wohnung hochgetragen. Ihr einjähriges Kind hatte sie dabei am Rücken festgeschnallt. Und trotzdem konnte ich nicht glauben, dass mich mein Freund, ohne mit der Wimper zu zucken, und nur, um seinem eigenen Bewegungsdrang an der frischen Luft zu frönen, einer gefährlichen Situation aussetzen wollte. Meine Entrüstung war damals so groß gewesen, dass ich tagelang kein Wort mit ihm sprach.

Seit der Geburt unserer Tochter, die er über alles liebte und hätschelte, hatte Martin sich ein wenig geändert. Er hatte eine gewisse Sensibilität für die Bedürfnisse anderer Menschen entwickelt. Ich war allerdings die Einzige, die von diesem neugewonnenen Einfühlungsvermögen nicht profitierte, denn unsere Beziehung war da längst in eine Negativspirale geraten. Es ging scheinbar nur noch darum, sich gegenseitig eins auszuwischen.

Eine andere Eigenschaft von deutschen Männern, die italienische Frauen zur Weißglut bringt, ist der Effizienzwahn. So war es auch bei Martin und mir. Als wir das erste Mal zusammen Ski fahren wollten, klingelte der Wecker um exakt 4:30 Uhr.

»Martin«, hatte ich in seine Bettrichtung gemurmelt.

Keine Antwort.

»Martin, der Wecker spinnt, mach ihn aus!«

Immer noch keine Antwort. Dafür ging plötzlich die Panikbeleuchtung an.

»Guten Morgen!«, tönte es in einer unerträglichen Lautstärke. Mit der allergrößten Mühe schaffte ich es, blinzelnd ein einzelnes Auge zu öffnen. Martin, der bereits in seinen Skiklamotten steckte und frisch rasiert war, stand mitten im Raum und versprühte eine nicht auszuhaltende gute Laune. Mit dem Bettlaken versuchte ich mich, so gut es ging, davor zu schützen.

»Los, raus aus den Federn! Abfahrt ist Punkt 5:15 Uhr, damit wir als Erste am Lift sind! Und jetzt müssen wir noch kräftig frühstücken, damit wir nachher fit sind!«, erklärte er mit einem jovialen Lachen.

Bei der bloßen Erwähnung von Essen suchte mich eine Welle der Übelkeit heim. Wieso sollte sich jemand an einem freien Tag aus dem Bett QUÄLEN, Nahrung REINWÜRGEN und sich BEEILEN, um VOR ALLEN ANDEREN da zu sein? Klar, das war sicherlich effizient, keine Frage, aber vielleicht doch ein bisschen, wie soll ich es sagen, unentspannt?

Nehmen wir als Gegenbeispiel ein typisches italienisches Pärchen. Die beiden würden gegen acht Uhr aufwachen, einen Espresso trinken, NICHT frühstücken, alles in Ruhe packen und dann gemütlich losfahren. Ungefähr auf halber Strecke würden sie an einem *autogrill*[20] einen Stopp einlegen, einen Cappuccino trinken und ein *cornetto*[21] verspeisen und mit den vielen Freunden telefonieren, die eigentlich auch hatten mitkommen wollen, aber noch zu Hause waren, weil sie vergessen hatten, den Wecker zu stellen. Irgendwann gegen Mittag würden sie an der Talstation ankommen, sie würden die Gondel nach oben nehmen und erst einmal ins Restaurant zum Mittagessen einkehren, um auf die verspäteten

---

20 Autogrill: die netten, italienischen Autobahnraststätten

21 Cornetto: mit Creme oder Marmelade gefülltes Hörnchen

Freunde zu warten (das Mittagessen ausfallen zu lassen wäre für Italiener, genauso wie ohne Handy zu leben, eine absurde Vorstellung). Dass dieses Vorgehen eindeutig ineffizient ist, interessiert den Durchschnittsitaliener dabei nicht die Bohne. Schließlich ist er im Urlaub, und da wird nicht gehetzt. Basta.

Jedes Mal allerdings, wenn ich mir vornahm, die Beziehung aufgrund kultureller Inkompatibilität zu beenden, stellte ich fest, dass ich Martin im Grunde doch ziemlich toll fand. So, wie er durch das Leben ging und sich das Beste herauspickte, als hätte er ganz selbstverständlich das Recht dazu, sein unerschütterlicher Glaube, dass alles am Ende gut werden würde und ich mich nicht sorgen dürfe; die Art, wie er mich anschaute, als hätte er mit mir einen zwar ungewöhnlichen, jedoch wertvollen Preis gewonnen. Ich kam aus der Sache einfach nicht mehr heraus.

*

Meine Beziehung mit Martin war gerade zwei Jahre alt, als mir an einem trüben Oktobertag einige Myome entfernt wurden. Durch meinen Job in der Pharmaindustrie war mir durchaus bewusst, dass Ärzte nicht immer recht haben. Doch als meine Gebärmutter wieder zugenäht war und ich im Krankenhausbett wieder aufwachte, schien ich das komischerweise vergessen zu haben. Vielleicht lag es an den Folgen der Vollnarkose oder an den Schmerzmitteln, die ich eingenommen hatte. Wie dem auch sei: Als dann der dritte Arzt in Folge mein Krankenlager besuchte und mir ganz ruhig und doch eindringlich dazu riet, möglichst schnell über ein Kind nachzudenken, denn sonst könne es zu spät sein, fing ich an zu weinen. Auch die eilig herbeigerufene Hauspsychotherapeutin konnte mir über meine tiefe Verzweiflung nicht hinweghelfen. Ein Blick auf ihre eingefallenen Wangen, ihre strähnigen grauen Haare und ihre komischen Ohrringe, die aussahen wie Papageien, verstärkten meine Depression noch zusätzlich und überzeugten mich vollends von der Sinnlosigkeit des Lebens.

Meine Lebenssituation war damals nicht gerade die beste. Neben dem Stress mit Martin war ich gerade auf der Suche nach einer neuen Arbeitsstelle, denn Tatsache ist, dass es angenehmere Tätigkeiten als die eines Produktmanagers in der Pharmaindustrie gibt. Und jetzt sollte ich ein Kind bekommen? Ausgerechnet jetzt?? Es heißt zwar, es gäbe nie den perfekten Zeitpunkt für ein Kind, aber ein bisschen passender hätte er schon sein können, bitte schön! Ich badete in Selbstmitleid und fühlte mich hintergangen von meiner eigenen Gebärmutter! Als Martin mich am Abend mit einem Sträußchen Rosen besuchen kam, berichtete ich ihm die Neuigkeit.

Dass er nicht auf der Stelle umdrehte, die Rosen in den Abfalleimer warf und die Tür hinter sich zuknallte, hielt ich für ein gutes Zeichen oder immerhin für ein nicht ganz so schlechtes. Und doch kam ich mir in dem Moment vor wie jene Frauen nahe ihres vierzigsten Geburtstags, die auf After-Work-Partys rumschleichen, die Augenringe und Lachfältchen nur schlecht überschminkt, und mit so verzweifelter Miene, dass sie sich genauso gut ein Schild an die Stirn kleben könnten mit den Worten ›Suche Vater meiner Kinder‹. Kurzum, ich kam mir vor, als würde ich Martin um ein Kind anbetteln. Eine ziemlich demütigende Situation.

Martin tröstete mich, so gut er konnte, aber an seinem verkniffenen Mund konnte ich erkennen, dass er nicht wirklich bereit war, sich sofort seiner Krawatte zu entledigen, ins Bett zu schlüpfen und mich auf der Stelle zu befruchten. Wieder zu Hause wurde ich fast verrückt vor lauter Nachdenken. Wie kam ich aus dieser verzwickten Lage wieder heraus? Wollte ich wirklich ein Kind? Und wollte ich es wirklich mit Martin? Konnte ich das Risiko eingehen, doch noch zu warten? Und wenn ich dann keine Kinder mehr bekommen konnte?

Nun wollen mir all diejenigen verzeihen, die dies gerade lesen und gewollt oder ungewollt keine eigene Familie haben. Ich bin sicher, man kann auch ohne Kinder glücklich sein, häufig auch glücklicher. Aber so ticken die Menschen nun mal: Sagt man ihnen, dass sie etwas nicht haben können, begehren sie es dann umso mehr, sie klammern sich geradezu an die Vorstellung. Und ich war keine Ausnahme. Kein Kinderwagen und keine Schwangere entzogen sich meinen Blicken. Ich ertappte mich dabei, wie ich vor dem Spiegel stand und die Hand unter meinen Pulli schob, um einen schwangeren Bauch zu simulieren. Es war eine fixe Idee geworden und, wie alle fixen Ideen, eine Qual.

Martin fühlte sich verständlicherweise noch nicht so weit, mit mir eine Familie zu gründen, und erbat sich Bedenkzeit. Ich für meinen Teil fühlte mich auch noch nicht so weit und hätte ebenfalls gerne meine Gebärmutter um Bedenkzeit gebeten, nur dass Gebärmütter naturgemäß eigensinnig sind und nicht gerne mit sich reden lassen.

Der Vorteil, mit einem Mann liiert zu sein, den man im Grunde nicht versteht, ist, dass er einen oft überrascht.

Eines Abends, ungefähr drei Monate nach der Diagnose, kam Martin nach Hause und teilte mir mit, dass er sich gerne mit mir »auf dieses Abenteuer« einlassen würde. Seine Augen leuchteten, und er schaute mich dabei unternehmungslustig an. Sorglos wischte er meine Bedenken beiseite und versicherte mir, dass alles gut werden würde.

Mir war jedoch angst und bange, und meine Sorge nahm schizophrene Züge an: Was wäre, wenn ich wirklich schwanger werden würde? Und was, wenn ich es nicht werden würde?!

Laut meinem Frauenarzt war das alles überhaupt kein Problem. Wozu gab es schließlich künstliche Befruchtung?

»Ja, Frau Mattina, ich würde vorschlagen, Sie legen schon mal ganz normal los. Sie wissen doch, wie es geht, oder?«, fragte er mit einem jovialen Lachen.

»Ähm, ja, doch, ich bin schließlich Biologin«, antwortete ich und versuchte dabei humorvoll und locker zu wirken, obwohl meine Nerven zum Zerreißen gespannt waren.

»Biologin also?«, sagte mein Frauenarzt interessiert und musterte mich genauer. Ärzte haben generell einen ziemlichen Respekt vor Biologen, die in wissenschaftlicher Hinsicht den Medizinern einiges voraushaben, wenn sie auch auf dem Arbeitsmarkt und in der gesellschaftlichen Anerkennung weit hinter ihnen zurückbleiben.

»Ich dachte eher, Sie kennen sich aus, weil Sie Italienerin sind. Italiener haben doch so viele Kinder, oder?«, lachte mein Arzt, offensichtlich nicht bereit, seine überlegene Position aufzugeben.

Gequält stimmte ich in sein Lachen ein. Die Klarstellung, dass Italiener seit über dreißig Jahren die niedrigste Geburtenrate in Europa haben, sparte ich mir.

Ich brauchte nun meine ganze Energie, um schwanger zu werden.

»Ja, und dann, sobald Sie sich ausgetobt haben, kommen Sie wieder zu mir, und dann sehen wir weiter. Sagen wir mal in sechs Monaten, okay?«

»Wieso erst in sechs Monaten? Ich komme doch wieder, sobald ich schwanger bin, oder?«

»Äh, ja, natürlich«, sagte er und unterdrückte mit Mühe ein Lachen. Seine Skepsis, dass ich auf natürlichem Weg und ohne ärztliche Unterstützung schwanger werden würde, war mit Händen zu greifen.

Er hatte allerdings nicht mit meinem Durchhaltevermögen und meiner Hartnäckigkeit gerechnet. Einmal Wissenschaftlerin, immer Wissenschaftlerin.

Überall hört man, dass wenn man sich zu sehr auf das Schwangerwerden fixiert, man partout nicht schwanger wird. Die besten Ergebnisse würde man erreichen, wenn man gar nicht daran dachte.

Nun, ich hielt nichts von diesem Ansatz. Ausgerüstet mit einem Eisprungmessgerät und viel Ehrgeiz arbeitete ich gezielt darauf hin, schwanger zu werden. Von nichts kommt schließlich nichts! Bei der Hotline des Eisprungmessgeräteherstellers wurde ich schnell bekannt, und zwar bei allen Mitarbeiterinnen des Hauses. Da ich das Gerät 100%ig richtig anwenden wollte, um ja keine Chance zu verpassen, benötigte ich präzise Informationen, die der Bedienungsanleitung leider nicht zu entnehmen waren.

An dieser Stelle kann ich alle Frauen beruhigen, die sich sehnlichst ein Kind wünschen und sich um Coolness bemühen, damit ihre Eierstöcke ungestört ihrer Arbeit nachgehen können. Erstens ist schon die Wendung ›sich um Coolness bemühen‹ ein Widerspruch in sich, ein zum Scheitern verurteiltes Unterfangen. Zweitens kann ich mit gutem Gewissen behaupten, dass ich in Sachen ›Uncoolness‹ nicht zu übertreffen war. Abgesehen von meinem Bekanntheitsgrad bei der Hotline des Gerätherstellers hatte ich mich mit verschiedenen Schwangerschaftstests eingedeckt, also war ich auch in jeder Drogerie recht bekannt. Um ja nicht den richtigen Zeitpunkt zu verpassen, waren Martin und ich außerdem jederzeit aktiv.

In meinem Pharmaunternehmen pflegte ich mich immer über solche Kundinnen aufzuregen, die sich nicht an die Anwendungshinweise der Produkte halten. Ich wusste jedoch als Profi, wie großzügig die Toleranzgrenzen solcher Anleitungen aussehen. Heißt es zum Beispiel in der Packungsbeilage einer Verhütungspille, man solle sie mit einem vollen Glas Wasser einnehmen, soll das nur sicherstellen, dass die Pille nicht am Gaumen kleben bleibt. Also nach dem Motto: Auch Idioten haben das Recht, nicht schwanger zu werden.

Da ich mich nun aber über alle Idioten dieser Erde erhaben fühlte, nahm ich es mit der Handhabung der Teststreifen nicht so genau und gab dem ersten exakt zwei Minuten Zeit, das Ergebnis auszuspucken, dem zweiten dann noch weniger, Geduld war noch nie meine Stärke. Da beide negativ waren, landeten sie sofort im Abfalleimer.

Man sagt, dass eine Frau so etwas spürt. Die Veränderungen des Körpers und der Seele sind offenkundig, das weibliche Wesen spürt eine zarte und doch innige Verbindung mit dem Ungeborenen. Kurzum: Die Frau ist bereits Mutter, während der Mann noch Bayern-München-Fan ist. Nun ja, als Martin mich ein paar Tage später mit einem merkwürdigen Blick fragte, ob »unser Projekt schon Früchte getragen« habe, ahnte ich, dass mir etwas entgangen war.

Mit tausend Schweißtröpfchen auf der Stirn sperrte ich mich auf der Toilette ein und wühlte im Mülleimer. Zitternd holte ich die Tests wieder hervor. Beide positiv.

Capitolo quattro 

Doch das ist eine Ewigkeit her, jetzt hatten Martin und ich mit verfärbten Unterhosen zu kämpfen. Die Wochen nach dem Wäschedesaster verbrachten wir Mädels mit der Organisation von Ginos Projekt. Zwischendurch kam ich mir vor wie eine Multifunktionsmaschine, denn ich hatte zusätzlich noch meinen Job zu erledigen, Sara zu betreuen und den Haushalt zu führen. Da ich den Job nicht vernachlässigen konnte und Sara nicht vernachlässigen wollte, litt der Haushalt notgedrungen unter der Mehrfachbelastung. Dies wiederum führte dazu, dass das Verhältnis zu Martin immer angespannter wurde.

Eines Morgens war ich in Gedanken versunken aus dem Aufzug getreten und hatte unsere Mülltüte drinnen stehen lassen. Natürlich hatte sich keiner der Hausbewohner die Mühe gemacht, die Tüte wegzuwerfen, und so fuhr sie den ganzen Tag von Stockwerk zu Stockwerk, ohne je auszusteigen. Katrin erzählte mir später, dass sie die Tüte zwar gesehen, aber gedacht hatte, sie würde der Alkoholikerin aus dem dritten Stock gehören, die manchmal im Aufzug einschlief und selber stundenlang hoch- und runterfuhr. Hätte sie geahnt, dass es meine Hinterlassenschaft war, hätte sie den Abfall selbstverständlich diskret verschwinden lassen. Wer die Mülltüte am Abend jedoch sah und die richtigen Schlussfolgerungen zog, war Martin. Er trat in die Wohnung und hielt mir den stinkenden Beutel von hinten unter die Nase. Früher hatte er mich von hinten umarmt, wenn er von der Arbeit nach Hause kam.

»Erkennst du die wieder?«, fragte er mich, wobei er erschrocken einen Schritt zurückwich, als ich mich umdrehte, um ihn anzuschauen. Jetzt war es schon so weit, er konnte noch nicht mal mehr meinen Anblick ertragen.

»Sollte ich?«, antwortete ich schlau mit einer Gegenfrage, denn man sollte sich niemals durch blöde Fragen an die Wand drängen lassen (der Trick stand ebenfalls in meinen Fortbildungsbüchern für die Arbeit).

»Sie stand ziemlich einsam und verlassen im Aufzug und sagte mir ›Papa, bring mich nach Hause‹.«

»Haha, sehr witzig«, antwortete ich nur mäßig berührt, da ich keine Erinnerung an das gute Stück hatte. Doch dann fiel es mir wieder ein: Ich war am Vormittag mit Tüte in den Aufzug getreten und ohne Tüte wieder ausgestiegen! Als ich am Nachmittag wieder nach Hause kam, hatte ich die Treppe genommen, weil Sara mit ihrem Regenschirm das Treppengeländer traktieren wollte, und so konnte ich die einsame Tüte im Aufzug nicht wiederentdecken. Keine Frage, ich war schuldig im Sinne der Anklage.

»Woher weißt du, dass das ausgerechnet unser Beutel ist?«, läutete ich meine Verteidigungsrede ein. Schließlich stand ja kein Name drauf, und man ist vor dem Gesetz so lange unschuldig, bis einem die Schuld nachgewiesen wird.

»Wie viele Leute haben wir im Haus, die an einem einzigen Abend zwei Packungen Toffifee und drei Schokopuddings verdrücken?«

Mist, er kannte mich doch zu gut! Um die Nerven zu beruhigen, hatte ich in letzter Zeit zu unkontrolliertem Zuckerkonsum geneigt. Das schien ihm nicht entgangen zu sein. Und Toffifee waren immer meine erste Wahl, wenn es um Schokolade ging, das wusste er auch! Verdammt, wieso waren Mülltüten auch durchsichtig?

Möglichst würdevoll riss ich ihm den Beutel aus der Hand und stürmte, ohne einen Gedanken an meine Aufmachung zu verschwenden, die Treppe zur Mülltonne hinunter. Im Treppenhaus kam mir Katrin entgegen, die mich entgeistert anstarrte.

»'n Abend«, rief ich ihr zu und lief eilig weiter.

»Laura?«

»Hm?«, drehte ich mich um.

»Äh … Du hast da was«, sagte sie und zeigte auf mein Gesicht.

AHHHH, dachte ich entsetzt: die grüne Gesichtsmaske! Simona hatte sie mir ans Herz gelegt. Angeblich reagierte die Haut nämlich beleidigt, wenn man unter Stress stand, und man musste schnell eingreifen, wenn man nicht nach kurzer Zeit wie eine schrumpelige Rosine aussehen wollte. Mit ausgerechnet dieser giftgrünen Maske lief ich gerade durch das Treppenhaus! Und das war noch nicht einmal das Schlimmste an meinem Outfit: Um die hartnäckigen Fettpolster an Hintern und Oberschenkeln zu bekämpfen, hatte ich zusätzlich eine Fangopackung auf die betroffenen Stellen aufgetragen und die dazugehörige durchsichtige Plastikhose angezogen, die laut Hersteller das Eindringen der Wirkstoffe begünstigen sollte. Ich konnte von Glück sprechen, dass ich noch einen Tanga-Slip darunter trug! Doch wie der Zufall in solchen Situationen immer so will, gingen in diesem Moment die Haustür und mehrere Wohnungstüren auf. Binnen Sekunden war das Treppenhaus von einem Dutzend Menschen bevölkert, die in den Genuss meiner ungewöhnlichen Erscheinung kamen. Natürlich erkannten alle Hausbewohner durch diverse Begleitfahrten auch die Mülltüte wieder, und so war die *figura di merda* für jenen Tag perfekt.

In diesen Zeiten geistiger Verwirrung versuchte ich Sara, so gut es ging, überallhin mitzunehmen und vor allem nirgendwo zu vergessen. Zu Gino, der die notwendigen Renovierungsarbeiten unter der Anleitung von Michela begonnen hatte, musste Sara bereits mehrmals mitkommen. Damit wir zusammen mit Simona die Details für den geplanten *aperitivo* besprechen konnten, musste diese allerdings ebenfalls ihre drei Kinder mitnehmen, und so wurden solche Treffen sehr laut und chaotisch, denn alle Kinder rannten durcheinander und schrien sich an. Gino schien kein Problem damit zu haben. Er sagte immer, das würde den Laden beleben, und tatsächlich reckten die Passanten den Kopf nach uns, wenn sie vorbeikamen und den Lärm bemerkten. Trotzdem kam nie jemand rein, unter anderem, weil es bei Gino so aussah wie auf einer Baustelle. Na wartet, dachte ich, das wird sich ändern.

Der Innenarchitekt Alex, den Michaela organisiert und den ich noch nicht kennengelernt hatte, leistete scheinbar gute Arbeit. Gino war von seinen Vorschlägen begeistert und fügte sich bereitwillig seinen Renovierungsplänen. In unserer Agentur lagen tonnenweise Einrichtungszeitschriften mit rot eingekreisten Bildern herum, die als Quelle der Inspiration dienten. Da Michela mit ihren Italienischkursen hauptsächlich am Abend beschäftigt war, hatte sie tagsüber genügend Zeit, sich um das Projekt zu kümmern, was sie mit dem üblichen Pragmatismus und viel Engagement tat.

Ilaria hatte sich ebenfalls ins Zeug gelegt und eine illustre

Gruppe gutaussehender und sympathischer Italiener zusammengestellt. Nach einigen Diskussionen hatte ich mich bereit erklärt, mich der Italienergruppe am Eröffnungsabend von Ginos Lokal anzuschließen und damit zur Folklore beizutragen. Sie hatte mir nämlich versichert, dass ich »für mein Alter« noch eine *bella figura* machte und, bei entsprechender Aufmachung, sehr gut zu den anderen passen würde.

Wir hatten uns bei einem freundlichen Rollerhändler eine gebrauchte, rote Vespa besorgt, mit der wir zusammen zu unseren Agentureinsätzen fahren wollten. Katrin hatte gemeint, zwei Italienerinnen auf dem Roller würden noch typischer aussehen als nur eine Italienerin. Die Vespa war ein nostalgisches Modell mit rundem Scheinwerfer, viel Chrom und mit dem klassischen Zweitaktmotor, der so schrill wie ein aufgezogenes Spielzeugauto klingt.

Da ich noch nie zuvor Roller gefahren war, brauchte ich eine Weile, bis ich mich damit vertraut gemacht hatte.

»Dann sitzt du eben hinten, und ich fahre!«, meinte Ilaria.

»*No, no*, ich möchte kein Risiko eingehen, ich habe ein kleines Kind!«, lautete meine Antwort, und ich übte eifrig weiter.

Nach ein paar ungewollten Vollbremsungen und misslungenen Kurven hatte ich den Dreh raus. Es machte richtig Spaß, sich den Fahrtwind um die Nase wehen zu lassen, und ich hatte das Gefühl, nie im Leben etwas anderes gemacht zu haben. Keine Frage, da musste ich Katrin bei allen Klischees recht geben: Italiener haben das Rollerfahren einfach im Blut.

Für Sara hatte ich einen Kinderhelm besorgt, und sie schien die Freude am Rollerfahren ebenfalls in den Genen zu haben. Und als ich auf dem Parkplatz ihres Kindergartens vorfuhr, rief Marks Vater, der größte Prolet aller Zeiten, begeistert aus: »Ah, Italiano, äh!«, und vereinte die Fingerspitzen seiner rechten Hand zu der für Deutsche typischsten italienischen Geste.

In Bezug auf diese Geste spüre ich schon seit längerer Zeit das Bedürfnis, etwas zu erörtern, da sie in Deutschland häufig im falschen Zusammenhang verwendet wird. Im Gegensatz zu dem, was viele Nichtitaliener denken, hat diese sich auf und ab bewegende Hand mit den vereinten Fingerspitzen keine prinzipiell negative Bedeutung und wird auch nicht wahllos eingesetzt, um eine beliebige Aussage zu unterstreichen. Vielmehr wird sie dann verwendet, wenn man eine Frage unterstreichen möchte oder gar anstelle einer solchen, wenn der verbale Austausch nicht möglich ist. Typischerweise im Straßenverkehr, wo sie etwa ›Geht's noch?‹, ›Bist du noch ganz bei Trost?‹ oder aber auch ›Wo hast du deinen Führerschein her?‹ bedeuten soll. Bei einer guten Freundin, die man von weitem sieht, kann man die Frage ›Wo gehst du gerade hin?‹ andeuten. Ich kann Ihnen die Handbewegung vor allem in Italien wärmstens empfehlen, denn man verfehlt mit dieser praktischen Geste selten sein Ziel.

Auf den Ausruf von Marks Vater antwortete ich daher mit exakt derselben Handbewegung, was in meinem Fall jedoch eher die Frage ›Wie doof bist du eigentlich?‹ geschickt kaschieren sollte, und so waren wir beide zufrieden.

Dennoch hatte die Vespa ihren Zweck offenbar voll erfüllt. Alle meine deutschen Bekannten meinten, ich würde auf dem Roller noch italienischer aussehen, als ich es mit meinen schwarzen Haaren und dunklen Augen ohnehin schon tat, und damit eine Brise Urlaubsfeeling verbreiten. Tatsächlich erntete ich stets ein Lächeln und von einigen Männern sogar begeisterte Ausrufe, wenn ich mit Kleid, hohen Schuhen und Sonnenbrille auf meiner Vespa vorbeiflitzte. Das ist einer der Vorteile, als Italienerin in Deutschland zu leben. In Italien würde kein Hahn nach mir krähen.

*

»Agenzia ›Frag mich nach Sonnenschein‹?«, meldete sich Ilaria an unserem Firmenhandy und gestikulierte aufgeregt in meine Richtung. Bislang hatten nur Gino und wir Mädels diese Nummer gewählt. Heute schien aber jemand anders dran zu sein.

»*Sì … sì … sì*«, säuselte Ilaria möglichst professionell in den Hörer.

Aha, ein mitteilungsfreudiger Italiener, dachte ich und stellte Ilaria mit der berühmten Handbewegung die Frage »Wer ist dran?«. Ilaria bedeutete mir, näher zu kommen, und weil es tatsächlich ein Italiener war, konnte ich noch aus guter Entfernung mithören.

»… richtig italienisch soll es sein, wie bei uns in Italia, *capito*? Mit allem Drum und Dran!«, hörte ich unseren Landsmann ziemlich aufgebracht sagen.

»Machen Sie sich keine Sorgen, wir kümmern uns um alles«, sagte Ilaria, und nachdem sie eine Telefonnummer notiert hatte, legte sie auf und schaute mich zufrieden an.

»Wer war das, Ila?«, fragte ich, weil ich den Anfang verpasst hatte.

»Das war Fernando, ein Kumpel von Gino. Er benötigt dringend unsere Dienste.«

»Was für Dienste?«, fragte ich argwöhnisch. Bei Ilaria wusste man nie.

»Seine Tochter will heiraten. Aber weil ihre Wahl auf einen Deutschen gefallen ist, auf Kurt, ist Fernando alles andere als glücklich.« Das war typisch. Erst wandern Italiener ins Ausland aus, und dann soll alles, vom Essen bis hin zum Schwiegersohn, italienisch sein.

»Aha, und was sollen wir da machen? Die beiden auseinanderbringen?«

»Nicht direkt. Um zu testen, ob der Bräutigam weiß, was es bedeutet, in eine italienische Familie einzuheiraten, will Fernando, dass wir für die beiden eine richtig große italienische Hochzeit organisieren, mit allem Drum und Dran. Braut und Bräutigam sollen von Anfang an alle Vorbereitungen mitbekommen.«

»Und wenn der zukünftige Schwiegersohn nicht spätestens bei der Zusammenstellung des Menüs abspringt, dann weiß Fernando, dass er es ernst meint?«, beendete ich die Überlegung.

»Genauso hat er sich auch ausgedrückt!«, lachte Ilaria.

Das muss man uns Italienern schon lassen, an Kreativität in schwierigen Situationen mangelt es uns nicht.

»Es hört sich interessant und ein bisschen verrückt an«, sagte ich.

»*Sì*, das wird witzig!«, schrie Ilaria und klatschte begeistert in die Hände.

»Das können wir aber erst nach Ginos Projekt in Angriff nehmen.«

»Du hast recht, ich rufe ihn an und vertröste ihn auf übernächste Woche. Wenn es eine italienische Hochzeit werden soll, dann brauchen wir mindestens ein halbes Jahr Planung. Meine Kusine hat ihre Hochzeit sogar zwei Jahre im Voraus geplant, weil ihr Lieblingsrestaurant ausgebucht war!«

Ja, so lief das in Italien. Spontane und einfache Hochzeiten gab es bei uns nicht. Wenn Kurt Fernandos Tochter heiraten wollte, musste er sich warm anziehen. Es versprach, ein spannendes Projekt zu werden, aber unsere ganze Energie galt jetzt Gino. Je näher der Eröffnungstag von Ginos Laden rückte, desto nervöser wurde ich. Würde unser Plan funktionieren? Und was wäre, wenn das Lokal bis auf unsere Statisten leer bliebe? Konnte ich eine solche Niederlage überhaupt verkraften? Meine Mutter, der ich von unserem Vorhaben erzählte, hatte erwartungsgemäß mit wenig Begeisterung reagiert.

»Und das soll funktionieren?«, hatte sie gefragt.

»*Sì, mamma*, das wird funktionieren«, sagte ich trotzig, jedoch keineswegs überzeugt.

»Aber woher weißt du das?«

»Natürlich WEIß ich es nicht, aber ich GLAUBE es«, hatte ich nahe der Verzweiflung geantwortet.

»Und was ist, wenn es nicht klappt?«, ließ sie nicht locker, und damit hatte sie mich fast schon so weit, alles hinzuwerfen.

Es wird allgemein angenommen, dass der Einfluss der eigenen Eltern ab einem gewissen Alter abnimmt. Der Meinung bin ich nicht. Ober glauben Sie, dass Mark Zuckerberg es so weit gebracht hätte, wenn ihm seine Eltern ständig mit Fragen wie ›Aber wozu soll denn so ein Facebook gut sein?‹ oder ›Wer soll denn bitte bei deiner komischen Website mitmachen?‹ in den Ohren gelegen hätten? Ich persönlich glaube es nicht. Als gute Amerikaner, die sie nun mal waren, hatten sie ihm bestimmt pausenlos irgendwelche Glaubenssätze à la ›Verwirkliche dich selbst‹, ›Du bist der amerikanische Traum‹ und ›Yes, you can!‹ eingebläut. Klar, dass der gute Zuckerberg dadurch weniger Zeit mit Selbstzweifel verbracht hat als mit der Realisierung seiner Träume und dass der Erfolg dann auch vorprogammiert gewesen ist. Nach vollendeter Tat haben ihn seine Eltern sicherlich in die Arme genommen und gesagt: ›Wir haben immer gewusst, dass du es schaffen würdest!‹

Ich hingegen musste mich immer wieder selbst motivieren und aufbauen, um meine innere Stimme zu überhören, die eher Sätze wie ›Das schaffst du nie‹ und ›Was hast du dir da wieder für einen Blödsinn ausgedacht?‹ von sich gab.

Martin war mir in diesen Zeiten eher wackligen Selbstbewusstseins auch nicht gerade eine Hilfe. Er schien das Ganze aus der Ferne zu beobachten und enthielt sich jeglichen Kommentars. Von Ermunterung ganz zu schweigen.

*

Dementsprechend unwirklich fühlte es sich an, als der große Tag dann endlich gekommen war: Ginos Bar würde heute wiedereröffnen, und ich konnte vor Aufregung kaum atmen. Michela war am Nachmittag bei mir gewesen und hatte erzählt, dass das Interieur nun zu ihrer »vollsten Zufriedenheit« war. Das Letzte, was ich in Ginos Laden gesehen hatte, waren ein Haufen Plastikplanen und ausrangierter Müll gewesen. Ich wusste jedoch, dass ich mich auf Michela und ihren Innenarchitekten voll und ganz verlassen konnte.

Auch in anderer Hinsicht war heute ein besonderer Tag: Genau sieben Jahre zuvor hatte ich Martin kennengelernt. Obwohl sich unsere Beziehung in einer Abwärtsspirale befand, hatte ich die seltsame Hoffnung, dass es mit uns nach der Vollendung des berüchtigten siebten Jahrs wieder aufwärtsgehen würde. Deshalb hatte ich ihm als gutes Omen für die Zukunft ein Abendessen in jenem Lokal geschenkt, in dem wir uns zum ersten Mal getroffen hatten. Mit der Einladungskarte hatte ich mir viel Mühe gegeben: Ich hatte das

Tischchen mit der Sitzecke fotografiert und unsere zwei Gesichter und ein Herz mit dem Satz ›Wir haben hier aber ein schönes Plätzchen!‹ hinzuretouchiert. Das Essen sollte am morgigen Abend stattfinden. Mit der Übergabe wollte ich aber warten, bis er mir sein Geschenk überreichen würde. Bislang war das nicht geschehen.

»In einer halben Stunde holt mich Ilaria ab«, sagte ich ihm mit Blick auf die Uhr.

Martin schaute mich fragend an.

»Du weißt schon, wegen Ginos Eröffnung. Deshalb sollst du heute auf Sara aufpassen.«

»Ja, in Ordnung«, teilte er mir knapp mit und beschäftigte sich weiter mit seiner Zeitung.

Sara war in ihr Spiel vertieft und hörte nicht, wie mein Herz zu Bruch ging. Er hatte es vergessen. Er hatte unseren Jahrestag vergessen. Ich konnte es nicht fassen, denn trotz all der Tiefen hatten wir auch viele Höhen erlebt, wir hatten eine wunderbare Tochter zustande gebracht, aber vor allem waren wir immer noch zusammen. Das musste doch etwas heißen!

Als Ilaria bei mir klingelte, war ich sehr niedergeschlagen. Trotzdem hatte ich mir auf ihre Anweisung hin ein rotes Wickelkleid und rote Highheels angezogen und ein rotes Seidentuch locker um den Hals gewickelt. Eine überdimensionierte Sonnenbrille mit Glitzersteinchen von Valentino rundete mein Outfit ab. Durch mehrere von Ilaria verordnete Sonnenbanksitzungen war ich so braun, wie man sich eine Italienerin vorstellt. Meine schwarzen Haare hatte ich mit dem Glätteisen so lange traktiert, dass sich ein verbrannter Geruch durch die Wohnung verbreitet hatte.

»*Mamma*, grillst du ein Hühnchen?«, hatte mich Sara gefragt.

»Äh, *no*, das sind meine Haare, Püppchen.«

»*Mamma*? Wieso verbrennst du dir die Haare???«

»Ich verbrenne sie nicht, ich glätte sie!«

»Aber es riecht wie Bennys Haare, als sie Feuer von der Kerze gefangen haben! Und dann haben wir alle ihm Wasser auf den Kopf geschüttet, in ECHT, *mamma*, die Lehrerin auch! Soll ich dir auch Wasser auf den Kopf schütten?«

»NEIN!«, schrie ich, denn das hätte meine Bemühungen zunichtegemacht. Laut Ilaria haben Italienerinnen nach dem aktuell gängigen Klischee schwarze, glatte Haare. Meine Naturwelle musste also mit Gewalt plattgemacht werden, koste es, was es wolle.

»*Mamma*?«

»Hm?«

»Gehst du heute zum Zirkus?«

»Wie kommst du darauf, Püppchen?«

»Weil du so aussiehst wie der Clown Peppino. Der hat auch so einen roten Mund!«

Zum Glück gibt es Kinder, die einen richtig aufbauen.

Als ich Ilaria sah, traf mich der Schlag. Sie hatte keine blonden Haare mehr, sondern eine schwarze, fast hüftlange Mähne! (Eine Perücke, wie ich später erfuhr.) Außerdem trug sie eine knallenge Dreiviertelhose in Grün und ein wunderschönes weißes Top, das ihre ebenfalls knackbraunen Arme (wir lagen meistens der besseren Unterhaltung wegen in benachbarten Solariumkabinen) schön zur Geltung brachte. Ein rotes Seidentuch und rote, schwindelerregend hohe Stilettos vollendeten Ilarias perfekt italienische Erscheinung. Keine Frage, Ilaria hatte *gusto*[22]. Mir ging durch den Kopf, dass wir

22 Gusto: Geschmack

diese Fähigkeit für unsere Agentur stärker einsetzen mussten. Aber dazu wollte ich mir später Gedanken machen. Jetzt war ich viel zu aufgeregt.

Ich scheuchte sie vom Fahrersitz der Vespa, und wir flitzten los. Auf dem Weg zu Ginos Lokal ernteten wir eine Menge bewundernder Blicke, und viele Autos hupten uns hinterher. Wir waren ja auch ein besonderer Anblick. Mit dem Wetter hatten wir Glück gehabt, für Mitte Mai war es recht warm, und viele Leute waren unterwegs, um die ersten sommerlichen Sonnenstrahlen zu genießen.

»Ilaria, meinst du, Emanuele und die anderen sind schon da?«, fragte ich sie an einer Ampel und meinte damit die engagierten Jungs für die große Italo-Show. Der Porschefahrer neben uns sah aus, als würde er einen Herzinfarkt bekommen, so wie er uns anstarrte. Wäre bei seinem Alter auch kein Wunder gewesen.

»*Sì, sì,* mach dir keine Sorgen«, sagte sie und strich sich lasziv über ihre Perückenhaare, um den armen Mann noch mehr ins Schwitzen zu bringen. Das Biest.

Als ich in die letzte Kurve vor Ginos Lokal fuhr, setzte mein Herz für einen Augenblick aus, um dann mit Vollgas wieder zu schlagen zu beginnen. Ginos Bar war schon von weitem zu sehen. Die gestreifte Markise funkelten in alt-neuem Glanz. Ja, es sah aus wie in Italien. Vor dem Lokal parkten etliche Vespas, und eine riesige Traube Menschen stand mit Gläsern, Flaschen, Chipstüten und kleinen Häppchen davor. Es waren ausnahmslos Italiener, und sie unterhielten sich, gaben sich Küsschen, lachten und sprachen laut in ihre Handys, natürlich alles gleichzeitig. Die Männer trugen schöne, taillierte Hemden, die bis zum Brustbein offen standen, lässige Jeans und coole Sneakers. Die Frauen trugen Kleider, Stilettos und

Designertaschen. Sie sahen alle wunderschön aus. Als wir unsere Vespa parkten und uns an ihnen vorbeidrängelten, pfiffen die Männer und stießen sich gegenseitig mit dem Ellenbogen in die Rippen. Wenn wir uns Sorgen gemacht hatten, dass der Laden leer bleiben würde, so hatten wir uns gründlich getäuscht: Ginos Bar platzte aus allen Nähten.

»Gino!«, schrie ich durch die Menge hindurch. »Was ist hier los?«

Gino schaute mich von seinen *aperitivo*-Häppchen freudestrahlend an. Zur Feier des Tages hatte er sich ganz in Schwarz angezogen und trug, wie sein berühmter verstorbener Doppelgänger, eine weiße Schärpe um den Hals. Einzig durch die bodenlange, ebenfalls weiße Schürze war er als Gino erkennbar.

»Laura, *hai visto? Pieno così*[23]«, sagte er und vereinte alle Fingerspitzen einer Hand, um zu verdeutlichen, wie voll es war.[24]

Ich schaute mich um. Offensichtlich hatte sich die Aktion durch Mund-zu-Mund-Propaganda verselbstständigt und nun trafen sich alle in München lebenden Italiener in Ginos Lokal, um zu quatschen und kostenlosen *aperitivo* zu konsumieren.

»*Vuoi*?[25]«, fragte mich Gino und hielt mir eine verführerisch duftende Oliven-*focaccina* unter die Nase.

»*No, grazie*. Gino, *senti*, es sind zu viele Statisten. Für zahlende Kunden gibt es keinen Platz!«

»Du hast recht«, hörte ich einen Mann zu meiner Rechten.

---

23 Pieno così: »So voll.«

24 Die Fingerspitzen sind vereint und zeigen nach oben, aber die Hand darf sich bei dieser Geste nicht bewegen, sonst siehe Erklärung weiter oben!

25 Vuoi: »Willst du?«

Er sprach perfekt Deutsch, sah jedoch ziemlich italienisch aus und passte sehr gut in die Menge.

»Aber lass mich mal machen!«, sagte er und entfernte sich.

»Ilaria, *chi è quello*?[26]«, fragte ich überflüssigerweise, denn Ilaria stand fünf Meter entfernt und knutschte mit Emanuele, was die Szenerie allerdings nicht weiter störte.

Der Einsatz des unbekannten Fremden zeigte Wirkung, denn binnen kurzem leerte sich das Lokal merklich, und ich konnte es endlich in Augenschein nehmen. Michela hatte wirklich gute Arbeit geleistet. Die Tische und der Tresen waren zwar erhalten geblieben, wirkten jedoch durch eine zarte weiße Lasur deutlich weniger wuchtig. Die Stühle mit Polsterung waren verschwunden, und an ihre Stelle waren kleine Drehsessel mit weißen Lehnen und Chromständern getreten. Die Wände waren zartrosa gestrichen und hatten die für die 80er-Jahre typische Struktur des *stucco veneziano*[27]. Alle Scheußlichkeiten, die Gino im Laufe der Jahre gehortet hatte, waren geputzt und poliert und auf einem modernen, beleuchteten Wandboard hinter einer Glasscheibe platziert worden. Schließlich waren sie Raritäten aus alten Zeiten und hatten einen Ehrenplatz verdient. So sahen sie toll aus!

Ein für Italien typischer Ständer für kleine Chipstüten, eine Eistruhe mit der Schrift ›Algida‹ und ein Flipperspielgerät strahlten das Flair einer Bar in Rimini oder Riccione aus. Das Nostalgische stand allerdings nicht alleine da, sondern bildete einen interessanten Kontrast zu den supermodernen Elementen wie den Chromleuchten und den grazilen weißen Drehhockern am Tresen. Aus dem Schaufenster waren die Gar-

26 Chi è quello: »Wer ist das?«

27 Stucco veneziano: Venezianischer Stuck

dine und die vertrocknete Pflanze verschwunden. Einzig die schöne Schrift ›Bar da Gino‹ in typisch kugelbauchförmigen 80er-Jahre-Buchstaben verzierte die glänzend polierte Glasscheibe. Alles in allem eine sehr gelungene Arbeit.

»Gefällt es dir?«, fragte mich der Fremde, der von seiner Wegscheuchtour zurückgekommen war.

Ich starrte ihn an. Was stellte er mir für Fragen? Und wie unverschämt gut sah er eigentlich aus?! Dunkelbraune Haare, markante Gesichtszüge, sportliche Figur, tolle Klamotten. Besser hätte ich ihn mir nicht ausdenken können.

»Äh, ja …«, antwortete ich und schaute ungläubig zu, wie er das Wandboard zurechtrückte.

»Laura! Das ist Alex, mein Innenarchitekt!«, sagte Gino, der hinter seinem Tresen hervorkam. »Er hat super Arbeit geleistet, findest du nicht?«, fügte er hinzu und klopfte ihm herzlich auf die Schulter.

Natürlich, Alex, Michelas Innenarchitekt! Wäre ich nicht so aufgeregt gewesen, hätte ich selbst darauf kommen können.

»Hey, Alex, du siehst aber gut aus!«, sagte jetzt Ilaria, die sich offensichtlich von Emanuele losgelöst hatte, und gab Alex zwei Küsschen.

Aber er sah mehr als nur gut aus. Bei genauem Hinsehen hatte er graue Schläfen, die jedoch nicht weiter störten und ihn noch anziehender machten. Er sah mich durchdringend an, und für einen Augenblick dachte ich, meine Beine würden mich nicht mehr halten.

»Du hast da wirklich eine tolle Idee gehabt«, sagte er. »Wie heißt Deine Agentur?«

»›Frag mich nach Sonnenschein!‹«, antwortete ich und genierte mich ein bisschen für den komischen Einfall.

»Toller Name! Ja, dann werde ich ›Frag mich nach Sonnenschein‹ demnächst kontaktieren. Ich benötige für mein italienisches Inneneinrichtungsgeschäft auch ein paar Klischees. Glaubst du, ihr habt demnächst Zeit für mich?«, fragte er und lächelte mich mit gleichmäßigen weißen Zähnen an.

Ich nickte und wurde zehn Zentimeter kleiner. So fühlen sich also frustrierte Hausfrauen, die sich hoffnungsvoll in den Metzger verlieben, nur weil er ihnen freundlicherweise Trennpapier zwischen die einzelnen Wurstscheiben legt. Ich war inzwischen so wenig an Charme seitens eines männlichen Wesens gewöhnt, dass ich mir bei Alex' Lächeln wie ein Teenager vorkam.

Inzwischen füllte sich das Lokal wieder, jedoch diesmal mit echtem, zahlendem Publikum. Gino kassierte fünfzehn Euro für den ersten *aperitivo* und die ›All-you-can-eat‹-Häppchen und freute sich riesig. Bald standen die Leute Schlange vor dem Lokal. Italienisches und deutsches Publikum vermischte sich fröhlich, und alle waren in bester Feierlaune. Draußen blockierten die vielen Menschen und *vespe* den Bürgersteig, was dazu führte, dass noch mehr Leute hineinwollten. Ilaria und ich grinsten uns an, während wir in unsere Handys schrien, um Michela und Simona Bericht zu erstatten. Wir waren euphorisch, es hatte alles wunderbar geklappt!

Auf einmal klopfte mir jemand auf die Schulter. ›Martin!‹, war mein erster Gedanke. ›Er überrascht mich, also ist doch nicht alles verloren!‹

»Herzlichen Glückwunsch, Süße!«, rief mir Katrin entgegen und lächelte wie ein Honigkuchenpferd.

»Äh, danke, Katrin.«

»Freust du dich denn nicht? Das hat doch super funktioniert! Die Leute sind begeistert, und weißt du was?«

»Was?«

»Ich habe es die ganze Zeit gewusst, du bist super!«, sagte meine Freundin und umarmte mich herzlich.

»Der Erfolg ist auch dir zu verdanken, Katrin!«, sagte ich und löste mich sachte aus der Umarmung, weil die Emotionen drohten, mich zu überwältigen.

Um auf andere Gedanken zu kommen, holte ich uns einen Teller mit leckeren Häppchen und zwei Aperol Spritz. Das Essen war köstlich. Simona und Gino hatten viel Fantasie bewiesen, denn man hatte die Qual der Wahl zwischen klitzekleinen Brötchen mit italienischer Salami, gegrillter Aubergine mit Frischkäse, Körbchen aus Parmesan mit Zucchinicreme, Mozzarella-Tomaten-Spießen, *pizzette* aus Blätterteig, *grissini* mit Parmaschinken, panierten Oliven und noch vielem mehr.

Ich überreichte Gino ein Päckchen mit unserer Visitenkarte.

»Wenn du noch mehr Werbung für uns machen willst …«, sagte ich ihm.

»›*I tuoi affari sono in un periodo buio*?[28] Frag mich nach Sonnenschein!‹«, las Gino laut vor, nickte und lachte.

»Darf ich auch eine haben?«, hörte ich eine Stimme hinter mir.

Ich drehte mich um und sah in Alex' Gesicht.

Sein Lächeln war wie ein Lichtstreifen am Horizont.

---

28 Finstere Zeiten für Deine Geschäfte? Frag mich nach Sonnenschein!

Capitolo cinque

»*Nonna!*«, brüllte ich in den Hörer.

»Wie häufig habe ich dir gesagt, du sollst nicht schreien? Dein Opa schreit mich schon genug an, und das den ganzen Tag!«, kam es gereizt von der anderen Seite der Alpen.

»Nonna, stell dir vor: Ich soll eine italienische Hochzeit organisieren. Du weißt schon, mit meiner neuen Agentur!«, buhlte ich mal wieder um Anerkennung, natürlich ein komplett sinnloses Unterfangen.

»*La zia* Maria war heute hier«, sagte meine Oma und dachte natürlich nicht im Traum daran, mir Komplimente zu machen oder auch nur ein anerkennendes Wort zu verlieren.

»*Davvero*[29]*?*«, fragte ich gelangweilt, denn es war klar, was der Besuch meiner Tante zu bedeuten hatte. Da ihre Tochter Rachele demnächst völlig unverhofft vor den Altar treten würde, wollte *la zia* Maria sicherstellen, dass die Verwandten den Wert der Hochzeitseinladung richtig einzuschätzen wussten. Und das ging ungefähr so:

»Also, das Hochzeitskleid ist ganz toll. Natürlich reine Seide und aus dem ›Bertani‹«, hatte meine Tante wahrscheinlich erzählt, ganz so, als wäre das alles nur harmlose Plauderei. Währenddessen musste meine Oma im Kopf schnell

29 Davvero: »Wirklich?«

überschlagen, was ein Hochzeitskleid aus diesem noblen Laden (und in dieser Größe, möchte ich noch bösartig hinzufügen) gekostet haben mochte.

»Eine Sonderanfertigung. Der Chef persönlich ist vorbeigekommen«, hatte dann *la zia* Maria sicher noch stolz hinzugefügt. Der alte Bertani hatte wahrscheinlich einfach nicht glauben können, was seine Mitarbeiterinnen da an Rachele abgemessen hatten, und wollte sich mit seinen eigenen Augen vergewissern, dass es eine Frau war und keine Kuh, die da in eine seiner Kreationen gekleidet werden sollte (ich kann es einfach nicht lassen, *scusatemi).*

»Für den großen Tag haben wir ein tolles weißes Auto gemietet. Das teuerste, das es gab. Dein Bruder hat sich nicht lumpen lassen«, wird *la zia* gesagt haben, natürlich beinahe platzend vor Stolz. Meine Oma wiederum ist sicher geplatzt vor Missgunst, wegen ihres schlechten Charakters, Sie wissen schon, doch sie hat das Spiel mitspielen müssen und sich einigermaßen beeindruckt geben.

»Ja, und gegessen wird im ›Miramonti‹«, der K.-o.-Schlag meiner Tante. »Ein Zwölf-Gänge-Menü, versteht sich.«

Und spätestens da hat meine Oma wissen müssen, dass sie diese Einladung ein Vermögen kosten würde. Denn dieser Besuch und diese Informationen dienten keinem anderen Zweck, als den Wert der *bustina*[30] möglichst in die Höhe zu schrauben. Keinesfalls, und damit schließe ich wirklich jeden erdenklichen Fall aus, darf das in hübsche Umschläge gesteckte Geschenkgeld für das Brautpaar den Wert des kre-

---

30 Bustina: wörtlich ›kleiner Umschlag‹. In Italien werden Geld und Glückwunschkarte in einen Umschlag gesteckt und dem Brautpaar als Geschenk überreicht.

denzten Festmahls unterschreiten. Die Schande wäre unerträglich. Meine Tante Luigina, die notorisch pleite war, hatte bei ihrer Bank sogar einen Kredit für Familienhochzeiten bekommen. Aber nur, weil sie die Mutter des Direktors regelmäßig im Krankenhaus besuchte (meine Tante Luigina besuchte prinzipiell jede und jeden im Krankenhaus, die sie auch nur vom Hörensagen kannte, und verpasste keine einzige Beerdigung im Dorf). Das Problem war nämlich nicht nur das Geldgeschenk, sondern auch die für die Hochzeit erforderliche Ausstattung. Denn genauso schändlich wie eine unzureichende Geldspende wäre es, auf der Hochzeitsfeier mit Kleidern und Schuhen zu erscheinen, die nicht nagelneu und nach der neuesten Mode waren. Sie können sich den Tratsch über den Kleidungsstil der verschiedenen Verwandten hinterher vorstellen. Im Vergleich dazu war der Tratsch über königliche Hochzeitsfeiern ein Witz.

Und zu diesem Zeitpunkt blieb meiner Oma nur noch übrig, die einzige Frage zu stellen, die den Schaden einigermaßen in Grenzen halten würde:

»Äh … und nur das Ehepaar oder auch die Kinder?«, höre ich sie mit zitternder Stimme sagen. Damit wollte sie in Erfahrung bringen, ob die Einladung auch an die Kinder des Hauses gerichtet war. Dies war im Fall meiner Oma durchaus eine berechtigte Frage, wohnte ja mein fast sechzigjähriger Onkel, da nicht verheiratet, noch bei Mama und Papa zu Hause. Und für meinen Onkel hätte die *nonna* natürlich auch blechen müssen.

»Stell dir vor: das ›Miramonti‹!«, holte mich meine Oma aus meiner Vorstellungswelt zurück. »MIT Kindern! Das hat sie mit Sicherheit extra gemacht, die blöde Kuh! Dass ausgerechnet Rachele jetzt heiratet (bedeutungsschwangere Pause, die wohl mir galt, wem sonst?), war ihr nicht Genugtuung genug. Sie musste mich auch noch finanziell ruinieren«, schluchzte sie in den Hörer.

Jetzt tat sie mir aber wirklich leid. In Italien darf man Einladungen zu Familienhochzeiten nur dann ablehnen, wenn man unausweichlich verhindert ist; der Aufenthalt im Sicherheitstrakt eines Gefängnisses (nicht, dass es so häufig vorkommt, wie Sie jetzt denken) oder eine lebensbedrohliche Erkrankung wie etwa ein Blinddarmdurchbruch wären so gerade eben noch akzeptabel. Außerdem quälte meine Oma natürlich noch die heikle Angelegenheit mit den nicht verheirateten Enkeltöchtern.

Dabei war das in meinem Fall mit Sicherheit nicht allein meine Schuld: Martin hinterließ mir zwar immer Pappschilder mit Botschaften auf meiner Windschutzscheibe, aber die Frage »Willst du mich heiraten?« war definitiv nie dabei gewesen. Und wenn Sie es genau wissen wollen: Ich hätte auf die große Frage sowieso mit einem genauso großen »NEIN, DU PAPPSCHILD-FETISCHIST!!!«-Pappschild auf *seiner* Windschutzscheibe geantwortet.

»Äh, *nonna*, soll ich dir ein bisschen Geld leihen?«, versuchte ich mein Glück.

»HEIRATEN SOLLST DU!«, kam es in einer Lautstärke aus dem Hörer, dass es in meinem Ohr kurz fiepte. Immerhin, bei meiner Oma wusste man immer, was einen erwartete; auf sie war einfach Verlass, ein Fels in der Brandung.

*

Das mit dem Heiraten konnte sie sich jedenfalls getrost abschminken. Nachdem Martin neulich unseren Jahrestag vergessen hatte, kriselte es bei uns heftiger denn je. Ich war über unser verkorkstes Verhältnis dermaßen enttäuscht, dass ich ernsthaft mit dem Gedanken spielte, eine Beziehungspause einzulegen – um mir über meine Gefühle klar zu werden, wie man in solchen Situationen zu sagen pflegt. Ilaria hielt das für eine ganz wunderbare Idee und hatte mir vorgeschlagen, mit der kleinen Sara in ihre WG einzuziehen, da sie ihren neuen Mitbewohner ebenfalls aufgrund akuter Inkompatibilität – hier vermute ich jedoch eher sexueller Natur – kurzerhand rausgeworfen hatte.

Das ist tatsächlich ein Vorteil des Nicht-Verheiratetseins: Man packt seine sieben Sachen und verschwindet einfach. Na ja, ganz so einfach war das wahrscheinlich nicht, gerade wenn man eine kleine Tochter hatte und für sie Verantwortung trug. Ilaria sah das aber alles ganz locker: Ein bisschen Abstand schaffen, durchatmen, die Freiheit genießen und mit dem netten Alex, unserem Innenarchitekten und neuen Kunden, ausgehen.

Zugegeben, es klang ziemlich verlockend, vor allem als Ilaria mir mitteilte, dass sie ihre Tiefkühltruhe mit Hägen-Dazs-Eis aufgefüllt hatte, das nur auf Sara und mich wartete.

»Welche Sorte?«, hatte ich sie gefragt.

»Karamel-Praline und Walnuss-Daim, natürlich«, hatte sie geantwortet und mich damit praktisch schon überredet.

Jetzt wartete ich nur noch auf ein Wunder, das mich von diesem Schritt abhalten würde. Das musste allerdings ein ziemlich großes Wunder sein.

*

Nach dem Telefonat mit meiner Oma fuhr ich mit Ilaria zu Fernando, um sein »Problem« mit dem deutschen Möchtegernschwiegersohn in Angriff zu nehmen. Fernando betrieb eine zweifelhafte Pizzeria in einem trostlosen Münchner Vorort.

»*Oddio, ragazze. Aiuto, aiuto, aiuto*[31] …«, begrüßte er uns und schlug die Hände theatralisch über dem Kopf zusammen.

»Hätte sie nicht Alberto nehmen können, den Sohn meines Trauzeugen?«, fragte er mit weinerlicher Stimme und schaute uns mitleidheischend an. Mit ›sie‹ meinte er wohl seine Tochter Samanta, die beschlossen hatte, ausgerechnet einen Deutschen zu heiraten. Und das in Deutschland! Auf was für Ideen die kam, da konnte man nur den Kopf schütteln … Und genau das tat Fernando gerade.

»Aber nein! Gerade KURT musste es sein!«, schrie er nun und spuckte den Namen seines Schwiegersohns in spe förmlich aus. »KURT!«, sagte er wieder und rollte das R extra lang, um dem Ganzen die nötige Dramatik zu verpassen. »Als wäre das ein Name! Ich frage euch: Ist das ein Name? IST DAS EIN NAME???«

Das können Sie mir glauben, Klischee hin oder her, sein Verhalten war wirklich typisch italienisch: emotional, theatralisch, komplett übertrieben und völlig unsachlich. Aber eben liebenswert.

Ein Deutscher hätte vielleicht gesagt: »Nun, der Name ist vielleicht gewöhnungsbedürftig, aber Hauptsache er hat eine Rechtsschutzversicherung«, oder etwas in der Art. In seiner Naivität auch recht liebenswürdig.

»Fernando«, sagte Ilaria und legte ihm mitfühlend eine Hand auf die Schulter.

»Nimm es nicht so schwer, so schlimm ist es auch wieder

31 Aiuto, aiuto, aiuto: »Hilfe, Hilfe, Hilfe!« Ein Deutscher hätte sich hier vermutlich mit einem einzigen ›Hilfe‹ begnügt, ein Italiener eben nicht.

nicht, einen deutschen Schwiegersohn zu haben. Stell dir vor: Es hätte auch ein Krimineller sein können.«

Der Blick, mit dem Fernando sie bedachte, sprach Bände. Doch immerhin hatte Ilaria ihn von seinem Kummer abgelenkt, denn jetzt glitt sein Blick über ihre Erscheinung und schien mit dem, was er sah, sehr zufrieden zu sein. Ilaria war wie immer richtig toll angezogen: Zu einer Leopardenbluse mit Halsschleife, was unter normalen Umständen der Inbegriff der Spießigkeit gewesen wäre, trug sie eine rattenscharfe Röhrenjeans mit gezielten Rissen, pinkfarbene Peeptoes und eine pinkfarbene Handtasche. Einfach affengeil!

»Fernando, Kurt ist kein so schlimmer Name«, mischte ich mich ein. »Stell dir vor, er hätte Horst oder Eberhardt geheißen«, lautete meine zugegebenermaßen nicht gerade erwachsene Argumentation.

»Na ja, vielleicht hast du recht«, gab Fernando zögernd zu und wiegte den Kopf hin und her. »Trotzdem: Ein deutscher Schwiegersohn! Wer hätte sich das vorstellen können? *Madonna mia!*«, ereiferte er sich dann aber weiter.

»Aber du wohnst doch seit dreißig Jahren in Deutschland. Hast du nie damit gerechnet, dass so etwas passieren kann?«, fragte ich behutsam.

Fernando schaute mich an, als wäre ich verrückt geworden.

»*Va bene, ma*… Wenn sie nun mal heiraten wollen…«, sagte ich schnell, bevor er mich rausschmeißen konnte.

»*Sì, sì*, das ist das Problem. Ich habe alles Mögliche versucht, um Kurt davon zu überzeugen, dass Samanta keine gute Wahl ist. Ich habe ihm zum Beispiel gesagt, dass sie nicht so gut kochen kann. Das schien ihn aber nicht zu interessieren. Dann habe ich ihm gesagt, dass sie stundenlang im Bad verbringt, aber auch das war ihm egal. Und dann habe ich ihm verraten, dass Samanta ein großes Muttermal an einer geheimen Körperstelle hat, aber da hat er nur gelacht. Komischer Kauz, dieser Kurt.«

»Und wie wollen wir das ›Problem‹ jetzt angehen?«, fragte ich und benutzte die so ziemlich einzige Geste, die man in Italien nicht verwendet, nämlich die virtuellen Anführungszeichen in der Luft. Fernando strafte mich mit einem giftigen Blick. Er fühlte sich offenbar nicht ernst genommen.

»*Bene, allora*: Da Kurt meine Samanta um jeden Preis heiraten will, soll er auch wissen, was es heißt, in eine italienische Familie einzuheiraten. Ihr sollt eine richtig große italienische Hochzeit organisieren. Genauso, wie wir es in Italien machen, mit allem Drum und Dran. Und Kurt soll bei allen Vorbereitungen schön mitmachen, damit er ein Gefühl für die Sache bekommt, *capito*?«, grinste Fernando und sah dabei ein bisschen aus wie Jack Nicholson in *Shining*.

Ich schaute Ilaria an, aber die flirtete gerade mit dem *pizzaiolo* hinter dem Tresen und hörte gar nicht mehr richtig zu. Dieses Projekt würde eine richtige Herausforderung werden. Fernando war Süditaliener und bei uns in Norditalien sagte man, Süditaliener würden alles gnadenlos übertreiben. Oder war das auch nur ein Klischee? Jedenfalls: Fernando meinte es ernst, bitterernst. Racheles Hochzeit würde im Vergleich zu Samantas Hochzeit wie ein Kindergartenfest ausfallen.

»Äh, Fernando … Kommen auch Verwandte aus Italien?«

»*Naturalmente*! Was glaubst denn du?«, rief er entrüstet. »Die freuen sich schon alle!«

»Wie, alle? Wie … äh … wie viele werden es denn?« Mir wurde ein bisschen mulmig.

»Das wissen wir noch nicht genau. Meine Frau Maria macht gerade eine Liste. Kurt ist oben in der Wohnung und hilft ihr dabei. Es werden aber viele. *Tanti, tanti, tanti …*«, freute er sich diebisch.

Der arme Kurt. Der tat mir jetzt schon leid. Doch auf der anderen Seite hatte Fernando recht. Italienische Familien waren eine Welt für sich, und je früher Kurt das herausfand, desto besser; und am allerbesten wäre es noch VOR der Hochzeit, denn danach gab es kein Entrinnen mehr.

»*Va bene*, wir erstellen erst mal einen Projektplan«, sagte ich. Fernando schaute mich verständnislos an.

»Äh, ich meine, wir schreiben alles auf, was machbar ist, und dann besprechen wir das, okay?«

»*Perfetto*«, sagte Fernando scheinbar zufrieden. Nun wollte er uns um jeden Preis seinen besten Wein kredenzen und eigenhändig einen *pizza pane* backen, aber wir hatten es eilig. Besser gesagt: ICH hatte es eilig, denn Ilaria bewunderte gerade die mehlverstaubten Tätowierungen auf dem kräftigen Unterarm des *pizzaiolo* und schien in dieser meditativen Aufgabe voll aufzugehen.

»Ilaria, ich störe dich wirklich ungern, aber wir wollten noch zu Gino.«

»Ah, ihr fahrt zu Gino? Dann wartet kurz«, sagte Fernando und verschwand hinter einem Vorhang. Zwei Minuten später tauchte er mit einem großen, geknoteten Küchentuch wieder auf, das er mir in die Hand drückte. »Schöne Grüße von mir, ja?«, sagte er und zwinkerte mir zu. Aha, Gastronomen unter sich.

Im Auto beäugte ich skeptisch das Päckchen auf der Rückbank.

»Ilaria, was glaubst du, was da drin ist?«

»*Non so*[32]«, antwortete Ilaria und tippte weiter in ihr Handy.

»Aber schon etwas, was man essen kann, oder? Ich meine, etwas, das man *legal* essen kann?«

Keine Antwort. Ilaria schien das nicht weiter zu interessieren. War ja auch mein Auto und nicht ihres, das gerade für dubiose Transportgeschäfte eingesetzt wurde. Hoffentlich hielt uns kein Polizeiwagen an, dachte ich und schaute besorgt in den Rückspiegel. Und dann kam ich mir doch ziemlich dumm vor. War ich selbst schon Opfer blöder Italienklischees, nach denen Italiener nie, aber auch wirklich nie die Finger von kriminellen Geschäften lassen können? Als ob es für Fernando nicht einfacher gewesen wäre, in der Heimat zu bleiben und Handlanger für organisiertes Familienverbrechen zu werden, als sich für eine ehrliche Arbeit in einem grauen Vorort im fremden Ausland zu entscheiden.

»*Ah, le mie ragazze*«,[33] empfing uns Gino wie immer überschwänglich.

Seit wir sein Lokal aufgepeppt hatten, konnte uns keiner mehr Ginos Gunst streitig machen. In Nullkommanix hatten wir Aperol Spritz und einen Teller mit leckeren Häppchen in der Hand. Außerdem verscheuchte er ein paar Leute vom Tresen, damit wir bequem Platz nehmen konnten. Um uns herum standen mehrere Leute, die offenbar direkt aus dem Büro gekommen waren und sich bei einem gepflegten *aperitivo* prächtig amüsierten. Eine Lokalzeitung hatte einen Artikel mit dem Titel »Deutschland und Italien: Allianzpakt im Gino's« herausgebracht. Seitdem konnte sich der Laden vor Kunden nicht mehr retten.

---

32 Non so: »Ich weiß nicht.«

33 Ah, le mie ragazze: »Ah, meine Mädels!«

»*Ah, i tartufi*«, freute sich Gino, als er Fernandos Küchentuch lüftete. »Damit mache ich einen ganz besonderen *antipasto*. Fernandos Schwager hat gute Connections zu den besten Trüffelquellen.«

Na also, dachte ich, solange es nur Trüffelconnections sind… Ich persönlich konnte dieses ganze Getue um die komischen Gewächse nicht nachvollziehen.

»Laura, was ist jetzt? Zieht ihr zu mir?«, fragte Ilaria und knabberte an einer panierten Olive.

»*Non so,* es ist nicht so einfach, nicht so, als würde man sich mal eben die Fingernägel lackieren«, antwortete ich.

»Äh, warum? Hör zu: Bist du mit Martin glücklich?«

Ich antwortete mit einem leisen Schnalzen der Zunge und einem angedeuteten Kopfschütteln. Mehr braucht eine Italienerin nicht, um zu verneinen.

»*Allora!* Es IST einfach! Worüber denkst du noch nach?«

So, wie sie das sagte, klang es tatsächlich ganz einfach. Sie hatte allerdings auch kein Kind, ein freies Leben und hunderte von Flirts.

Ich wollte gerade zu einer Antwort ansetzen, da öffnete sich die Tür. Alex, der Innenarchitekt, kam herein.

»Hey!«, sagte er und zwinkerte uns zu.

»Hey!«, antworteten wir im Chor, während ich eine merkwürdige Hitze in mein Gesicht steigen spürte, die mit dem Alkohol nichts zu tun hatte.

Ich konnte es nicht verstehen: Dieser Mann hatte die Fähigkeit, mich binnen Sekunden in ein stammelndes, hochrotköpfiges und sich idiotisch benehmendes fünfzehnjähriges Mädchen zu verwandeln.

»Worüber habt ihr gerade gesprochen?«, fragte er frech, holte sich einen Hocker und setzte sich ohne zu fragen dazu.

»Ale, setz dich doch einfach dazu«, witzelte Ilaria, die es schaffte, selbst den Namen ›Alex‹ noch abzukürzen. So klang er wie die Abkürzung des italienischen Vornamens ›Alessandro‹.

Gino, der Alex bewunderte und wie einen Sohn liebte (das geht bei Italienern ganz schnell), stellte ihm einen Campari und ein paar Häppchen hin.

»Ich habe Laura eben gesagt…«, setzte Ilaria an, aber ich unterbrach sie geschickt.

»Wir haben gerade über die politische Situation in Italien gesprochen«, sagte ich schnell und möglichst würdevoll.

»Und wieso bist du so rot im Gesicht?«, grinste er. Saufrecher Kerl.

»Ja, weil, also… äh… weil man sich doch dafür schämen muss, oder? Ich meine, bei allem, was da passiert…«, murmelte ich nicht gerade überzeugend. *Madonna santa*, was erzählte ich denn da für einen hirnlosen Mist?

Gino blickte von Alex zu mir und lächelte wissend. Danach entfernte er sich langsam und summte dabei die Arie *»La donna è mobile, qual piuma al veento…«*, mit der sein Doppelgänger seinerzeit berühmt geworden war. Wahrscheinlich dachte er wirklich, er wäre Pavarottis Reinkarnation, der Witzbold.

»Laura, super, dass wir uns treffen. Ich wollte dich sowieso anrufen«, sagte Alex, der einfach nicht aufhören konnte zu grinsen.

»Wirklich? Äh, und warum?«, stammelte ich.

Ilaria stieß mir ihren Ellenbogen in die Rippen. Tolle Freundin.

»Wegen meines Einrichtungsgeschäfts in der Marschallstraße. Ich brauche eure Hilfe, weißt du noch?«

»Äh, ja, klar. Natürlich weiß ich das noch. Ilaria, hast du was zu schreiben?«, versuchte ich den Profi herauszukehren.

»Nur einen Lippenstift«, antwortete Ilaria blöde. Tolle Kollegin.

»Wir müssen das aber nicht jetzt besprechen. Du kannst auch die nächsten Tage bei mir vorbeikommen«, sagte Alex und schaute mir dabei tief in die Augen.

Der hatte sich … äh … ich meine … doch nicht … äh … ETWA … ALSO … IN MICH VERGUCKT??? Das ging nicht, völlig ausgeschlossen, komplett hirnrissig! Ich war Mutter, ich war alt, ich hatte Cellulite! Ilaria wäre für ihn viel besser geeignet gewesen: Sie war jung, knackig, und sie brauchte definitiv keine Stützunterwäsche!

Ich schaute Ilaria an. Sie tippte gelangweilt in ihr Handy. Dann schielte ich wieder zu Alex. Der starrte mich nach wie vor an. Okay, so verblödet konnte ich auch durch Pseudoehe und Kind nicht geworden sein. Der war tatsächlich an MIR interessiert! Aber warum? Hatte er eine heimliche Schwäche für Schwangerschaftsstreifen? War er masochistisch veranlagt? Litt er unter einem Ödipuskomplex? Nein, das konnte nicht sein, so alt war ich dann doch nicht. Und bis auf die unvermeidlichen Spuren der Zeit sah ich im Grunde gar nicht so schlecht aus, zumindest behauptete das Ilaria – vor allem das mit den Spuren der Zeit betonte sie dabei immer. Vielleicht hatte ich ihn durch meinen unwiderstehlichen Charme und mein Selbstbewusstsein geblendet (nein, streichen Sie das bitte wieder). Wie dem auch sei: Jetzt hatte ich den Salat. Denn mit seinem fantastischen Lächeln, diesen dunklen Locken, den leicht angegrauten Schläfen und seinem ultimativ coolen Kleidungsstil war mir Alex alles andere als gleichgültig, wie aufmerksame Leserinnen vielleicht schon gemerkt haben. Und da ich keine Lust hatte, mein Leben unnötig zu verkomplizieren, fand ich es angebracht, in dieser Angelegenheit die Handbremse zu ziehen.

»So, ich muss jetzt mal los«, sagte ich und versuchte möglichst lässig vom Hocker zu rutschen, ohne nach vorne zu kippen oder mit den Schuhabsätzen im Kleid hängen zu bleiben.

»Wieso? Wir sind gerade erst gekommen«, erwiderte Ilaria, zum Glück auf Italienisch, und somit für Alex nicht verständlich. »Also ich bleibe noch«, fügte sie trotzig hinzu.

Alex grinste nur und näherte sich mir, um mit mir die üblichen blöden zwei Abschiedsküsschen auf die Wange auszutauschen. Und natürlich geschah das, was eben immer geschieht, wenn man sich in solchen Situationen um Lässigkeit *bemüht,* aber nicht lässig *ist:* Beide wenden den Kopf in dieselbe Richtung, merken es, drehen sich *beide* dann schnell zur anderen Seite, kichern nervös wie zwei Vollidioten, und in der Panik küssen sie sich doch auf den Mund. Dann der peinlich berührte Blick zu Boden und irgendein Gefasel, um von der Situation abzulenken.

So ähnlich verlief es bei uns. Nur dass wir darüber hinaus noch von Gino und Ilaria angestarrt wurden, die mit offenem Mund danebenstanden. Was die Sache aus meiner Sicht unnötig dramatisierte. Abgesehen natürlich von meinen hektischen Handbewegungen nach dem Fauxpas, als würde ich unsichtbare Krümel von meiner Bluse entfernen (ganz klare Übersprungshandlung), und dem albernen und komplett überflüssigen Winke-Winke beim panischen Abschied durch die Tür und hinaus ins Freie.

Capitolo sei 

Es braucht im Leben wohl immer wieder mal einen Punkt, an dem man der Wahrheit ins Gesicht sehen und Nägel mit Köpfen machen muss. So ist es vom lieben Gott offenbar vorgesehen. Dass ich diesen Punkt kurz nach meiner so souveränen Begegnung mit Alex erreicht hatte, war mir allerdings, wenn überhaupt, nur ganz dunkel bewusst. Doch ich näherte mich einem Showdown. Einem Showdown mit Martin.

Auf dem Nachhauseweg von Gino hielt ich bei Simona an, um Sara abzuholen. Bereits im Treppenhaus war der Kinderlärm nicht auszuhalten. In der Wohnung dann klang es wie in einem Irrenhaus. Simonas Sohn Daniele rannte wie wild um den Tisch und wickelte dabei eine Klopapierrolle aus. Sara hatte die kleine Elena auf den Hund gesetzt, der ebenfalls wie verrückt um den Tisch und um sein Leben rannte. Der achtjährige Luca saß an besagtem Tisch und versuchte seine Hausaufgaben zu erledigen.

»*Ciao* Luca, wo ist deine Mutter?«, fragte ich das einzige ansprechbare Wesen im Raum auf Italienisch.

»In der Küche«, antwortete Luca, wie jedes deutsch-italienische Kind im Lande auf Deutsch.

»*Ciao* Simo«, begrüßte ich meine Freundin in der Küche mit zwei normal ausfallenden Küsschen. »Was gibt es Leckeres?«, fragte ich und schielte in die Töpfe.

»Ich habe eine Auberginen-Lasagne gemacht. Willst du etwas mit nach Hause nehmen?«

»Darf ich das?«, freute ich mich. Ich konnte mein Glück kaum fassen, am Abend nicht kochen zu müssen! »Simo, du bist meine Heldin. Wie schaffst du das nur mit drei Kindern und einem Hund?«

»Das Kochen lenkt mich von den Selbstmordgedanken ab«, antwortete meine Freundin, die in mein Lachen nicht einstimmte, sondern die Lasagne wie ein Obduktionsobjekt zerteilte.

»Äh, Simo«, lenkte ich wiederum leicht besorgt vom Obduktionsobjekt ab, »Fernando will uns eine richtig große Hochzeit für seine Tochter in Auftrag geben, mit allem, was dazugehört.«

»Mit italienischem Hochzeitsmenü?«, fragte Simona mit leuchtenden Augen. »Mindestens zwölf Gänge«, bestätigte ich und machte mich auf die Suche nach meinem Kind.

Im Auto fragte ich Sara, wie ihr der Tag bei Simona gefallen hatte.

»Gut, vor allem, als wir den Hund frisiert haben«, antwortete Sara.

»Ah, mit einer Bürste, ja?«

»Mit einer SCHERE, *mamma*, wie beim richtigen Friseur!«

»*Ah, sì, certo* … Äh … was habt ihr dann mit den Haaren gemacht?«, fragte ich etwas bange. Hoffentlich sagte sie jetzt nicht, sie hätten die langen weißen Haare in den Lasagneragù geworfen; sie wären zwischen den Selleriefäden wahrscheinlich nicht weiter aufgefallen.

»Die haben wir zum Basteln benutzt, wir brauchten noch einen Bart für den Weihnachtsmann«, nickte Sara und schien mit sich ganz zufrieden. Na also, alles im grünen Bereich.

»*Mamma?*«

»Hm?«

»Wann ist Weihnachten?«

»Das dauert noch lange, Püppchen, noch sechs Monate.«

»Wie viele Male schlafen?«

»Viele.«

»Aber WIE viele? Hundert?«

»Ja, so ungefähr.« Ich staunte, dass es sogar in etwa hinkam.

Entrüstetes Schnauben von der Rückbank.

»*Mamma?*«

»Hm?«

»Wer kommt denn nun Weihnachten?«

»Wie meinst du das, Püppchen?«

»Du sagst immer, der Weihnachtsmann kommt, und der *papà* sagt, das Christkind kommt. Wer kommt denn jetzt?!«

»So, wir sind da!«, rief ich eine Spur zu laut und enthusiastisch aus, um vom Thema abzulenken. Wie sollte ich meiner armen, verwirrten Tochter erklären, dass sie ein klassisches Opfer bikultureller Erziehung war? Und das war noch ein harmloses Beispiel, denn das hätte ja auch einem Kind mit einem nord- und einem süddeutschen Elternteil passieren können. Richtig schlimm wurde es, wenn das Kind bei den wirklich wichtigen Themen verwirrt wurde, wie etwa beim Essen:

»Wieso will das Kind BUTTER auf das Brot?«, fragte mich meine Mutter bei Italienbesuchen irritiert.

Bei sozialen Interaktionen:

»*No*, Sara, Du brauchst zur Begrüßung nicht die Hand zu geben, nur ein Küsschen!«, sagte ich ihr, weil ich mich an den Anblick einer händeschüttelnden Zweijährigen nie gewöhnen konnte.

Oder eben beim richtigen Verhalten bei lauwarmem Wetter:

»Natürlich darfst du nicht wie Papa ins Wasser springen, wir haben gerade mal zwanzig Grad!« Wieso Papa es tat, konnte ich ihr natürlich nicht erklären.

Ich wagte mir gar nicht vorzustellen, welches Chaos im Köpfchen meiner kleinen Tochter herrschen musste. Einiges würde sich hoffentlich fügen, wenn sie ihren Zwischenweg durch die zwei Kulturen finden würde.

Als wir vorigen Sommer meine Schwester und deren Kinder in Italien besucht hatten, freute sich Sara, dem Sportfest ihrer Kusine beiwohnen zu können. Alle Klassen aus Elisabettas Schule sollten in einem großen Sportzentrum am Stadtrand Wettbewerbe in verschiedenen Disziplinen austragen. Sara und ich warteten gespannt auf die Kinder, die mit Bussen direkt aus der Schule kommen sollten. Die Ankunft war für neun Uhr geplant. Viele Mütter und auch einige Väter waren ebenfalls angereist, um ihre Kinder anzufeuern. Neun Uhr war schon eine Weile vorbei, und doch war von den Bussen immer noch keine Spur. Bis um neun Uhr dreißig blieben alle komplett entspannt, wir waren schließlich in Italien. Man unterhielt sich, lachte und schloss Bekanntschaften. Nur Sara wurde nervös, sie war solche Wartezeiten einfach nicht gewohnt und durch das deutsche Umfeld bereits zur Optimierung erzogen.

»Aber wann kommen sie denn?«, fragte sie mit zusammengezogenen Augenbrauen. Es fehlte nur der kritische Blick zur Uhr, und dann wäre sie ganz Martins Tochter gewesen.

»Bestimmt bald, Püppchen.«

»Aber wir warten schon zwei Stunden. Haben sie denn keinen Zeitplan?«

»Na ja, sicher, aber hier sind solche Pläne … äh … flexibel.«

»Was heißt flexibel?«

Und so ging es eine ganze Weile.

Ich für meinen Teil war schon zu lange in Deutschland, um ein Gefühl dafür zu haben, was in Italien noch als tolerabel galt, und so hielt ich mich an die anwesenden *echten* Italiener. Um zehn Uhr fingen allerdings auch die an, irritiert auf ihre Uhren zu schauen. Alle klemmten sich an ihre Handys und versuchten herauszufinden, wo die Kinder steckten. Die Hitze war erbarmungslos, und der Schweiß rann uns aus allen Poren.

Endlich, um zehn Uhr dreißig, also mit geschlagenen anderthalb Stunden Verspätung, trudelten die Busse ein, und die Kinder strömten laut schnatternd und guter Dinge heraus. Das einzige Kind, das schlechte Laune hatte, war Sara, und zwar aus Prinzip. Jetzt war sie wirklich Martins Tochter.

»Zu Fuß wären die Kinder schneller gewesen. Außerdem gehen die Kinder nicht in richtigen Reihen, sondern eher so alle durcheinander!«, maulte sie noch.

Unter ohrenbetäubendem Lärm nahmen die Kinder auf den Stufen der Zuschauertribüne Platz. Alles schrie durcheinander und warf sich Gegenstände und Sprüche zu. Eine Lehrerin unternahm den halbherzigen Versuch, die Kinder durchzuzählen. »Zweite Klassen, Mädchen, Weitwurf und dritte Klassen, Jungen, Fünfhundert-Meter-Lauf«, rief der Sportlehrer. Und obwohl die Informationen im Lärm hätten untergehen müssen, wurden sie durch Mund-zu-Mund-Propaganda nach hinten getragen, und schließlich bewegte sich eine ansehnliche Menge Kinder in Richtung Wiese. Dass das funktionierte! Von den Rängen kamen Anfeuerungsrufe, eine Begeisterung, die sich auch auf die kleinen Sportler auf dem

Feld übertrug. Als die Veranstaltung zu Ende war, merkte ich, dass Sara meine Hand fest umklammert hielt und glänzende Augen hatte.

»*Mamma*, das interessiert sie nicht, wer gewonnen hat, oder?«

»*No*, Püppchen, das interessiert sie nicht.«

»Sie hatten aber viel Spaß, oder?«

»Ja, das sah ganz so aus«, sagte ich und freute mich, dass sie auch einmal den italienischen Teil von sich kennengelernt hatte.

*

Auf dem Heimweg traf ich im Treppenhaus Katrin.

»Hey, Laura, wart ihr bei Fernando?«

»Ja, und es war super. Wieso kommst du nachher nicht zu uns runter, dann erzähle ich dir alles?«

»Klar. Ich komme gegen neun«, sagte sie und ging die Treppe weiter hoch.

Meine Katrin wieder: Sie wusste, dass wir Italienerinnen abends niemals schon um sieben mit dem Essen fertig sind. So eine flexible und anpassungsfähige Freundin, dachte ich, während ich in meiner Tasche nach dem Schlüssel kramte.

Bei dem Gedanken an das Abendessen freute ich mich wieder über Simonas Auberginen-Lasagne. Wie einfach waren wir Frauen doch zufriedenzustellen! Dass Männer das immer noch nicht verstanden hatten.

Ich steckte den Schlüssel in das Schloss und öffnete die Tür. Oder, besser gesagt, ich versuchte es, denn sie ging nur ungefähr fünf Zentimeter auf. Irgendetwas blockierte den Eingang. Mir fiel spontan eine Fernsehreportage über einen Messie ein. Bei dem hatten sich tausende uralte Zeitungen und

Zeitschriften, die er im Laufe von Jahrzehnten gesammelt hatte, bis an die Decke gestapelt. Sie standen überall in der Wohnung herum und blockierten alle Türen, selbst die Klotür konnte man nicht mehr schließen. Aus diesem Grund, aber nur aus diesem Grund, hatte sich seine Lebensgefährtin von ihm getrennt, die es nicht ertrug, ihre Geschäfte quasi in der Öffentlichkeit zu verrichten.

Nun hatte ich aber nicht mehr als acht, neun Zeitschriften in meiner Wohnung. Was also blockierte meine Eingangstür? Und wie sollten wir jetzt da reinkommen?

»Sara, komm her.« Meine Tochter hatte die Zeit nicht ungenutzt lassen und klingelte gerade bei den Nachbarn Sturm. »Pass auf, ich drücke gegen die Tür und du schlüpfst hinein. Dann sagst du mir, was du da drinnen siehst, okay?«

Sara nickte begeistert und quetschte sich kichernd durch den Spalt hindurch. Danach Stille.

»Sara?«

Keine Antwort.

»Saraaa?«

Immer noch keine Reaktion.

Unter immenser Kraftanstrengung und nach mehreren Versuchen hatte ich mir ebenfalls Zugang verschafft.

Auf dem Boden lag ein Riesenberg Kleidungsstücke, Taschen und Regenschirme, der zwischen Eingangstür und Türrahmen zum seitlichen Zimmer feststeckte.

Martin, dachte ich.

Er nervte mich schon eine ganze Weile mit dieser Geschichte mit der übervollen Garderobe. Er hatte sie jetzt wohl ausgemistet.

Nun konnte er mich aber mal erleben.

»Sag mal, spinnst du?«, schrie ich ihm im Wohnzimmer

entgegen, während ich mit einem kurzen Blick ins Kinderzimmer sehen konnte, dass Sara bereits selbstvergessen und seelenruhig mit ihren Puppen spielte.

»Das hast du davon, dass du so schlampig bist«, antwortete er mit einer oberlehrerhaften Miene, die zu Gewalttaten reizte.

»So, und jetzt siehst du, was du davon hast: Ich ziehe morgen eine Weile mit Sara zu Ilaria. Es ist höchste Zeit, dass wir eine Pause in dieser beschissenen Beziehung einlegen!«

Upps, was hatte ich da gesagt? War ich das gewesen? Und war ich wirklich dazu bereit? Egal, jetzt gab es kein Zurück mehr. Sonst würde er mich nicht mehr ernst nehmen. Konsequenz war wichtig. Ich hatte mal von einer Frau gelesen, die ihrem Mann ständig damit drohte, ihn zu verlassen, ihre Drohungen jedoch nie in die Tat umsetzte. Eines Tages kam sie nach Hause und fand ihren Mann im Bett mit ihrer besten Freundin. Der Mann schaute sie nur geringschätzig an und sagte dann: »Ach, ich dachte, du wärst schon längst ausgezogen.«

Martin schien vom Donner gerührt zu sein; dann marschierte er in den Flur, fischte aus dem Stapel seine Jacke, kickte wütend ein paar Mäntel zur Seite und verschwand durch die Tür.

Bildete ich es mir ein, oder war er kreidebleich geworden? Es konnte für ihn doch gar nicht so überraschend gekommen sein, und wenn doch, musste er einsehen, dass es so nicht weiterging. Hatte er etwa Lust, für den Rest seines Lebens Pappschilder zu malen und sich mit mir über überfüllte Garderoben zu streiten? Ich hatte jedenfalls keine Lust dazu. Wahrscheinlich würde er mit einer anderen Frau viel, viel glücklicher werden. Einer, die ordentlicher wäre und bei der alles viel selbstverständlicher laufen würde, weil … ja, einfach weil man sich ähnlicher war.

»Ich will einfach mehr Selbstverständlichkeit! Es ist wahnsinnig anstrengend, immer Kompromisse finden zu müssen«, sagte ich später zu Katrin, die mich besuchen gekommen war.

»Ja, ich verstehe dich, aber ihr wart früher so verliebt. Was ist bloß passiert?«

»Der Alltag«, zuckte ich mit den Schultern, »das, was so spannend war, ist einfach nur noch ätzend.«

»Dabei hattest du mit Martin die Feuerprobe gemacht. Und er hatte sie bestanden.«

*

Da hatte Katrin recht, die Feuerprobe hatte Martin damals bestanden. Sogar mehr als das. Als Martin meine italienische Familie kennengelernt hatte, wurde mir klar, was für ein ganz großes Glück ich mit ihm hatte. Der Test war ganz einfach: Würde Martin nach dem Treffen mit meiner Familie nicht möglichst schnell das Weite suchen, wäre das ein unumstößliches Zeichen seiner Liebe.

Die Gelegenheit ergab sich bei unserem ersten gemeinsamen Weihnachtsfest.

Natürlich dachte Martin, meine Familie wäre normal, und warf sich für den großen Tag in Schale. Er brachte meiner Oma Blumen mit und war in seinem unerschütterlichen Optimismus sehr guter Dinge.

Gegen Mittag kamen wir bei der *nonna* an. Und das war die Szenerie, die uns erwartete: Die Frauen der Familie standen in der Küche und schrien sich gegenseitig Anweisungen und Beleidigungen zu. Anscheinend hatte irgendjemand den riesigen Fehler begangen, den Salat erst mit Öl und dann mit

Essig zu beträufeln, wo jeder Idiot doch weiß, dass es genau andersherum zu handhaben ist, denn sonst löst sich das Salz nicht auf.

Die Männer saßen bereits am Tisch und warteten darauf, bedient zu werden. Alle bis auf meinen Opa, der mit grimmigem Gesichtsausdruck bereits angefangen hatte, von den *antipasti* zu essen. Laut meiner Oma war mein Opa ein tyrannischer Macho, der sein Essen jeden Mittag um exakt zwölf Uhr verlangte. War das mal nicht der Fall, pflegte er sich furchtbar aufzuregen, und meine Oma, die immerhin schon Mitte achtzig war, eilte leise schimpfend an die Töpfe und Pfannen, um seinen Ärger in Grenzen zu halten. Auch an Weihnachten machte Opa da keine Ausnahme.

Die Kinder, dem drastischen Geburtenrückgang in Italien sei Dank nur drei an der Zahl, sprangen auf dem Sofa herum und warfen mit Kissen um sich, die gefährlich nah am wacklig aussehenden Plastikweihnachtsbaum vorbeiflogen. Besagter Baum war wie überall in Italien der Inbegriff des Kitsches: Kugeln in allen Formen und Farben leuchteten mit den wild blinkenden Lichterketten und dem silber- und goldfarbenen Lametta um die Wette. Dieser Baum war ein besonders schlimmes Exemplar, denn er gab in regelmäßigen Abständen mit metallischem Klang kurze Ausschnitte aus Weihnachtsliedern zum Besten.

Niemand nahm Martin die Blumen ab oder plagte sich mit Formalitäten herum wie dem Begrüßen der Gäste, die in diesem Fall immerhin aus Deutschland und damit nicht gerade aus der nächsten Nachbarschaft angereist waren. Stattdessen bekamen wir mit einem kurz angebunden »*Ciao*« eine Tüte weißer Brötchen in die Hand gedrückt, die für den Tisch gedacht waren und in alter italienischer Tradition die Mahlzeit begleiten sollten (eine Mahlzeit ohne Brötchen ist in Italien undenkbar).

»Wieso hat er sich die Schuhe ausgezogen?«, war das Einzige, was meine Tante zum Thema Martin von sich gab. Bei der Gelegenheit ein Tipp: Ziehen Sie in Italien bloß Ihre Schuhe nicht aus, wenn Sie eine Wohnung betreten, und verlangen Sie das bitte auch nicht von Ihren italienischen Gästen! Das würden sie zweifellos als Beleidigung betrachten.

Nachdem die Diskussionen in der Küche langsam abgeebbt waren, tauchten die wie für den Opernball angezogenen Frauen mit den Tellern im Esszimmer auf, wo sie die Diskussionen jedoch unvermittelt wieder anfingen. Diesmal ging es um die Sitzplätze, da jeder neben dem Fernseher und keiner neben der Oma sitzen wollte. Meine Oma hat nämlich die schlechte Angewohnheit, während des Essens laut gegen die verschiedenen Politiker der rechten Fraktion zu wettern, die im Fernseher erscheinen, und ihrer Meinung besonderen Nachdruck zu verleihen, indem sie regelmäßig mit dem Ellenbogen in die Rippen des unglücklichen Sitznachbarn stößt.

Ich schaute Martin an. Ihm quollen förmlich die Augen aus den Höhlen, er gab sich jedoch sichtlich Mühe, es mit Fassung zu tragen. Das rechnete ich ihm hoch an.

Endlich saßen wir irgendwann und fingen ohne großen Firlefanz (das heißt: ohne uns gegenseitig einen guten Appetit zu wünschen oder gar gepflegt anzustoßen) zu essen an. Als Neuling hatte es Martin naturgemäß erwischt, er musste neben der *nonna* sitzen. Geistesgegenwärtig hatte er die Blumen in einen Krug Mineralwasser gesteckt und sich der Krawatte mit Blick auf die männlichen Familienmitglieder, die in Jogginghose (mein Onkel) oder abgewetzter Cordhose (mein Opa) einen eher ungezwungenen Kleidungsstil hatten, kurzerhand entledigt. Wow, der Mann war vielleicht anpassungsfähig! Mein Opa, der mit dem Essen schon fertig war, stand da schon wieder auf, um sich in seinem Zimmer seine Lieblingssoap anzuschauen.

»*Nonno*«, schrie ich ihm nach, bevor er auf Nimmerwiedersehen verschwinden konnte, »das ist Martin, mein deutscher Freund.«

»Hä?«, kam es von ihm zurück, der durch jahrelange Bergarbeit in Belgien in jungen Jahren so gut wie taub geworden war.

»ER! MEIN FREUND! DEUTSCHER!«, brüllte ich und zeigte wie wild mit dem Finger auf Martin.

»Ah, *Tedesco*! *Beaucoup krank*! HAHAHAHA! Mussten wir dem Arzt in Belgien immer sagen, damit er uns krankschreibt«, brüllte mein Opa zurück, offenbar zufrieden mit seinem Beitrag zur internationalen Konversation, und wollte schon den Raum verlassen. Doch nach ein paar Schritten kam er zurück und winkte Martin zu sich, um ihm seinen nagelneuen Fernseher mit kabellosen Kopfhörern zu zeigen. Ich staunte, denn mir hatte er seine neue Errungenschaft nie gezeigt, wahrscheinlich aus Angst, dass ich es mir in seinem Bett mit seiner Fernbedienung bequem machen könnte. Martin schien ihm zu gefallen.

»*Mamma*, bring den Papa endlich zum Arzt, damit er mal ein Hörgerät bekommt«, sagte meine Tante zur *nonna*.

»Pah!«, kam es von meiner Oma. »Da waren wir doch schon. Er sagt, das Gerät piept, und er will es nicht mehr benutzen. Wo es doch so teuer war! Ich glaube eher, in seinem Kopf piept es«, fügte sie noch bösartig hinzu und zeigte mit der linken Hand einen Vogel, während sie mit der rechten Martins Teller nochmal mit Kaninchenbraten und Polenta füllte. Ungefragt natürlich und immer mit den Worten: »*Prendi, è buono.*«[34] Dann zeigte sie auf den Fernseher, »da, schau dir diesen Kriminellen an«, und rammte den Ellenbogen schwungvoll in Martins Seite, der daraufhin eine Ladung Polenta von seiner Gabel verlor. »Was für eine blöde Visage! Und so ein bescheuerter Aktenkoffer, was wird er schon Wichtiges da drinnen haben?«, regte sie sich weiter über den Politiker in der Tagesschau auf, während Martin seine Gabel zum dritten Mal füllen musste. Zum Glück verstand Martin damals nicht so gut Italienisch, sonst wäre er aus den Gesprächsfetzen, die am Tisch hin und her flogen und sich thematisch längst in alle Richtungen weiterbewegt hatten, womöglich noch schlau geworden:

»Mit Pelzmantel …« (meine Mutter)

»Wie, Pelzmantel? Aber doch kein echter!« (meine Tante)

»Wer ist das mit dem Pelzmantel?« (mein Onkel)

»Gib mir das Brot.« (der Mann meiner Tante)

»Doch, ich schwöre es, der war echt!« (meine Mutter)

»Jingle bells, jingle bells.« (der Weihnachtsbaum)

»Aus einem echten toten Tier???« (meine kleine Kusine)

»WER MIT DEM PELZMANTEL?« (wieder mein Onkel)

»Das Brot, nicht das Wasser!« (der Mann meiner Tante)

»Den wird ihr neuer Freund ihr geschenkt haben.« (meine Oma)

»WELCHER NEUE FREUND?« (meine Mutter und meine Tante zusammen)

»WER???« (mein Onkel, der Arme)

»Und seine Frau hat auch eine blöde Visage, komplett operiert!« (meine Oma natürlich, wer sonst?)

---

34 Prendi, è buono: »Nimm, es ist lecker.«

Und so weiter.

Später fragte mich Martin, worüber sich meine Verwandten gestritten hätten.

»Die haben sich nicht gestritten«, antwortete ich seelenruhig.

»Aber die haben die ganze Zeit geschrien«, erwiderte er, während er sich die schmerzenden Rippen massierte.

»Na und? Willst du einen Kaugummi?«, fragte ich und hakte mich bei ihm unter, stolz, dass er es überlebt hatte.

Capitolo sette

Am Morgen nach dem Streit mit Martin fanden sich auf magische Weise keine Pappschilder auf meiner Windschutzscheibe. Na also, geht doch, dachte ich. Kaum hat man den baldigen Auszug angekündigt, schon hört der Psychoterror auf. Vielleicht hatte Martin aber auch keine Pappschilder mehr. Geschlafen hatte er in der Nacht auf dem Sofa. Gute Entscheidung, denn in manchen Nächten konnte ich der Versuchung nicht widerstehen, ihm aus Wut die Decke wegzuziehen und ihm noch mit dem Ellenbogen in die Seite zu stoßen. Und das wäre mit Sicherheit eine solche Nacht gewesen.

Nach der Arbeit wollte ich ein paar Sachen zusammenpacken und mich bei Ilaria einquartieren. Mir war zwar mulmig dabei, aber die Entscheidung war gefallen, und ich fand es an der Zeit, eine neue Lebensphase einzuläuten. Ich fühlte mich wie die Überlebende eines Krieges, die am Ende ihrer Kraft und mit dem einen übriggebliebenen Arm eine weiße Flagge schwenken und um Gnade flehen muss. Nur musste ich auch noch meine kleine Tochter informieren, und das tat ich auf dem Weg in den Kindergarten.

»Sara?«

»Hm?«, kam es halbherzig von der Rückbank.

»Wir werden eine Weile bei Ilaria wohnen, du und ich.«

»*E il papà?*«

»*Il papà* nicht, Sara. Du weißt, dass wir immer streiten. Die *mamma* braucht eine kleine Pause.«

»*Ma il papà* ist so lustig«, erwiderte Sara.

»*Sì, è vero.* Aber im Moment ist ein bisschen Schluss mit lustig, weißt du?«

»Ja, ich mache auch gerade eine Pause mit Mark«, antwortete sie nach kurzer Zeit, in der sie wahrscheinlich nachgedacht hatte. »Immer wenn ich ihn sehe, denke ich, ich muss ihm die Haare aus dem Kopf reißen.«

Meine Tochter!, dachte ich voller Stolz. Denn obwohl es sich bei dieser unkontrollierten Emotionalität eindeutig um keine allzu positive Eigenschaft handelt, hat es die Natur doch so eingerichtet, dass man sich immer über seine genetischen Hinterlassenschaften freut.

»Ich sehe, du verstehst mich, Püppchen«, lächelte ich.

*

Als ich Sara im Kindergarten abgeliefert hatte, fuhr ich weiter zu meiner Arbeitsstelle. Kollegin Petra befand sich wieder im telefonischen Gespräch mit einer unserer ›Stammkundinnen‹.

»Ja, Frau Hohenbecker, das gebe ich Ihnen schriftlich: Auch, wenn Sie nur EINE Pille vergessen haben, müssen Sie zusätzlich verhüten«, sagte sie mit ihrer üblichen Engelsgeduld und winkte mir freundlich zu.

Das werde ich vielleicht vermissen.

Ich fuhr meinen Computer hoch. Zweiundachtzig E-Mails, meine Güte! War jetzt der absolute Pillennotstand ausgebrochen? Hatten alle Spiralen aus unserer Produktion versagt? Wollten unsere neuen Diaphragmen einfach nicht die Stellung halten? Ich öffnete meine erste E-Mail:

Sehr geehrte Damen und Herren,
ich habe ein großes Problem (Ich auch, dachte ich, aber ich wende mich damit nicht gleich an eine Pharmafirma): *Vor zwei Jahren habe ich eine Operation durchführen lassen, bei der mir die Eileiter entfernt wurden* (okay, ich ahnte schon, wie es weitergehen würde). *Damals war ich mir sicher, dass ich keine weiteren Kinder wollte. Jetzt habe ich einen wundervollen Mann kennengelernt* (dass die wundervollen Männer sich aber auch immer so viel Zeit lassen … Oder lungern wundervolle Männer prinzipiell vor dem Ausgang gynäkologischer Chirurgieabteilungen herum?), *und beide wünschen wir uns bald eigene Kinder, am liebsten vier* (ja, klar, warum nicht gleich sechs oder acht?). *Gibt es eine Möglichkeit, die Operation wieder rückgängig zu machen, und wenn ja, welche? Schließlich bin ich erst siebenundzwanzig …* (hier hörte ich auf zu lesen, ich hoffe auf Ihr Verständnis).

Ich klickte auf ›Weiterleiten‹; die liebe Petra würde sich darum kümmern. Ich würde mich wahrscheinlich sowieso nicht zurückhalten können und eine ungünstig ausfallende Antwort verfassen. Dabei musste ausgerechnet ich ja Verständnis dafür haben, dass man seine Meinung durchaus revidieren konnte. Ich öffnete eine weitere E-Mail:

Hallo, ich un mein Frau wolle noch ein Kind (aha, ein Ausländer wie ich), *aber dies mal soll Junge sei den wir habe schon drei Mädchen und jetzt brauche wir ein Junge und wolle fragen ob es geht das wir sicher sei das es ein Junge wird aber mus sicher sein den Mädchen wolle wir nich mehr.*

Na, dachte ich, da kannst du aber lange fragen. Bei mir wirst du mit deinem Patriarchenvorhaben leider kein Glück haben.

Ich wollte gerade zu einer gepfefferten Antwort ansetzen, da klingelte das Telefon.

»All-heil-Arznei Mattina?«, flötete ich in den Hörer.

»Gott zum Gruß, Frau Mattina«, kam es zurück. Unser Außendienstmitarbeiter aus Franken, der hatte mir gerade noch gefehlt.

»Herr Bitsch, was kann ich für Sie tun?«, fragte ich möglichst geschäftsmäßig.

»Eine ganze Menge, Frau Mattina, eine ganze Menge«, kam es zweideutig zurück.

»So, so, eine ganze Menge, also«, antwortete ich nun Herrn Bitsch im Sinne von Angriff ist die beste Verteidigung. »Erzählen Sie mal: Wie viele Frauen mit trockener Scheide haben Sie heute auf Tubina umstellen lassen?«

»Nee, das nicht, aber ich habe gerade mit Herrn Dickerson gesprochen!«, prahlte er.

Typisch, erst ruft der Verkäufer mit einem genialen Einfall den Geschäftsführer an, lässt sich aufgrund seiner sensationellen Verkaufszahlen etwas versprechen und anschließend darf ich seine Scheißidee umsetzen.

»… und wir haben ausgemacht, dass Sie uns Außendienstlern eine künstliche Scheide zur Verfügung stellen«, lachte er.

»So, so, eine künstliche Scheide«, versuchte ich mich ungerührt zu geben. Bloß dem Feind keine Flanke zeigen.

»Ja, zu Demozwecken! Da kann man richtig rumfummeln und alles vorführen, was wir haben!«, lachte er weiter.

Wenn er jetzt sagte: ›Mir wäre eine echte Scheide lieber, zum Beispiel Ihre‹, würde ich ihn anzeigen, nahm ich mir vor. Das sagte er aber nicht. Schade.

»Und wo soll ich so eine Scheide hernehmen?«, provozierte ich ihn. So schnell gab ich nicht auf. In Amerika konnte man durch eine Anzeige wegen sexueller Belästigung richtig reich werden.

»Schauen Sie mal im Internet nach, die Auswahl ist riesig«, rief Herr Bitsch jovial aus, und ich hatte keine Zweifel, dass er sich damit richtig gut auskannte. Wahrscheinlich erhielt er regelmäßig diskret aussehende Päckchen aus einschlägigen Internetshops.

»Ach ja, und Frau Mattina: Richtig ästhetisch soll sie sein, richtig schön, aber bei Ihnen als Italienerin mache ich mir keine Sorgen«, setzte er gönnerhaft hinzu und legte mit einem kehligen Lachen, das sexy klingen sollte, es aber nicht tat, endlich auf.

Ich hatte mich gerade widerwillig auf die Suche nach einer künstlichen Scheide im Internet gemacht und ein überdimensionales Exemplar auf dem Bildschirm, da platzte Herr Dickerson in mein Büro. Leider konnte ich die Seite nicht schnell genug verlassen, und so kam der Geschäftsführer in den Genuss der »Magina: the Magic Vagina«, einer Neueinführung, die laut Hersteller schon alle Verkaufsrekorde gebrochen hatte.

»Frau Mattina, äh, ich sehe, Sie *habe* schon mit *die* Recherche von *die* Scheide angefangen«, sagte der Finne, der, wie immer, ein Businessoutfit in abenteuerlicher Farbkombination trug.

Da ich auf Diskussionen über geeignete Scheidenmodelle nur mäßig Lust hatte, sagte ich schnell: »Äh, Herr Dickerson, ich würde mich sehr gerne mit Ihnen über dieses tolle neue Projekt unterhalten, aber ich habe gleich eine internationale Telefonkonferenz zum Thema »Verhütung bei prämenopausalen Frauen«, und so musste er wohl oder übel mein Büro verlassen, denn wie bei allen Machos widerten auch ihn die Problematiken älterer Frauen an. Davon hatten sie schon genug zu Hause.

»Ilaria!«, rief ich in den Hörer, als Herr Dickerson außer Hörweite war. »Ist das Eis noch da?«

»*Certo!*«, antwortete Ilaria. »*Venite*[35]*?*«

»*Sì*, heute kommen wir endlich«, teilte ich feierlich mit. »Nur eine Zeitlang, versteht sich. Wir würden gegen achtzehn Uhr da sein, *va bene?*«

»Euer Zimmer ist bereit«, rief Ilaria und schien sich richtig zu freuen. »Außerdem läuft heute im italienischen Fernsehen X-Faktor. Ach, das wird ein super Abend!«

Was würde ich nur ohne meine Freundinnen machen?

*

Bevor ich Sara vom Kindergarten abholte, packte ich zu Hause ein paar lebenswichtige Utensilien ein und leerte die Garderobe so gründlich, dass sie wie komplett verlassen aussah. Eine Garderobe in der Wüste sozusagen. Aus reiner Boshaftigkeit bastelte ich mühsam ein Pappschild aus einem Schuhkarton (wo hatte Martin immer seine Pappschilder her?) mit der Botschaft: ›Viel Spaß mit der leeren Garderobe‹.

»Tut mir leid, La. Ich habe eine schlechte Nachricht für dich«, empfing uns Ilaria in ihrer Wohnung.

»Hast du einen neuen Mitbewohner?«, fragte ich besorgt. Das wäre äußerst ungünstig, jetzt, wo ich mich einmal durchgerungen hatte.

»No, schlimmer: Wir können uns X-Factor nicht an-

35 Venite: »Kommt ihr?«

schauen, die Mädels kommen gleich vorbei«, teilte sie mit. Mir fiel ein Stein vom Herzen.

Ilarias Wohnung war groß und geschmackvoll eingerichtet. Sie sprach zwar nicht gerne darüber, aber meine Freundin war von Haus aus sehr wohlhabend. Während ich von meiner Großmutter nur den schlechten Charakter geerbt hatte, hatte sie von ihrer Oma einige Immobilien in Genova bekommen, die ihr Bruder verwaltete und an deren Rendite sie natürlich beteiligt war. Da sie jedoch nicht den ganzen Tag auf der faulen Haut liegen wollte, hatte Ilaria hier und da Gelegenheitsjobs und vertrieb sich ansonsten die Zeit mit ihren zahlreichen Affären. Auch kein schlechtes Leben, wie ich fand.

In meinem neuen Zimmer standen ein tolles, großes Bett, ein Schrank, eine Kommode und, der Traum meines Lebens, ein altmodischer Frisiertisch mit extragroßem Spiegel. Alles in Kirschholz. Sara sprang begeistert auf das offenbar frisch bezogene Bett; nur gut, dass sie vorher ihre Schuhe artig ausgezogen hatte. Waren das etwa seidene Bettbezüge? Und hing da über dem Bett etwa ein Bild der Madonna??

»Äh, Ila, du hast da ein Bild der Madonna hängen.«

»Weiß ich.«

»Das heißt, es ist Absicht?«

»Ja, natürlich«, nickte sie, als wäre es das Selbstverständlichste der Welt.

»Aber betest du? Gehst du in die Kirche?«, fragte ich ungläubig.

»*Sì, certo*. Solltest du auch tun, das hilft«

Ich dachte an meine Oma und daran, dass sie Zustände bekommen hätte, wenn sie vom Fensterbrett aus ihre eigene Enkelin in die Kirche hätte laufen sehen. Nein, das konnte ich ihr nicht antun. Doch das musste ja nicht bedeuten, dass ein bisschen Beten schädlich sein muss. Vielleicht sollte ich es wirklich mal versuchen.

»Ilaria, bist du sicher, dass wir hier bleiben können? Es ist alles zu schön, um wahr zu sein.«

Sara schien sich zu freuen über diese kleine Programmänderung. Für sie war das wie ein tolles Abenteuer.

»*Ma certo!* Solange du willst. Ich freue mich, dass ihr da seid. Du wirst schon sehen, das wird eine lustige WG mit uns dreien!«

»Aber lass mich zumindest einen Teil der Miete übernehmen.«

»Brauchst du nicht. Die Wohnung habe ich gekauft, als Investition sozusagen.«

Nee, klar, dachte ich. Wer kann sich bitte eine große Wohnung in einem der schönsten Münchner Viertel leisten? Ilaria offensichtlich.

Nach dem Abendessen brachte ich Sara ins Bett, die schnell einschlief, und ging ins Wohnzimmer, wo Ilaria bereits ein paar Aperol Spritz mixte.

Kaum hatte ich einen Schluck des Entspannungsgetränks zu mir genommen, klingelte mein Handy. Martin! In mir stieg Panik auf. Was, wenn er verlangte, dass ich auf der Stelle wieder meinen rechtmäßigen Platz an seiner Seite einnehmen sollte? Quatsch, wir waren ja nicht verheiratet. Aber das Kind; Sara war auch seine Tochter. Und wenn er mich wegen Kindesentführung angezeigt hatte? In der Presse las man immer wieder Horrorgeschichten, wenn es um Trennungen mit Beteiligung von Kindern ging. Bloß die Ruhe bewahren und drangehen, es wird schon nicht so schlimm werden. Aber wie sollte ich mich melden? ›Hallo, Schatz‹ war ausgeschlossen.

Aber auch mit einem aggressiven ›Was willst du?‹ würde ich mir wahrscheinlich keinen Gefallen tun. Ich entschied mich für ein neutrales, jedoch nicht unfreundliches:

»Martin?« (Nach dem Motto: ›Ja, ich kenne deinen Namen noch, und es macht mir trotz allem nichts aus, ihn auszusprechen‹.)

»Äh, hallo, Laura«, kam es fast schüchtern von der anderen Seite. Aha, er hatte wohl die gleiche Strategie.

»Äh, hallo«, war mein nächster geistreicher Beitrag zur Konversation. Dann stockte es.

Ilaria fragte mit unserer typischen Handgeste etwas, das ich in diesem Fall als ›Was will er?‹ interpretierte. Als Antwort hob ich die Schultern, da ich tatsächlich den Grund von Martins Anruf noch nicht erfahren hatte, und sie hob leicht das Kinn als Zeichen, dass sie verstanden hatte. Das liebte ich an meinen italienischen Freundinnen. Wir verstanden uns auf Anhieb, und das machte alles viel einfacher. In dem Moment klingelte es an der Tür, und Ilaria verschwand, um die Besucherinnen hereinzulassen.

»Dann seid ihr also bei Ilaria?«, fragte Martin.

»Äh, ja.«

»Und wie lange bleibt ihr?«

»Weiß nicht, mal sehen.«

»Laura, wenn es wegen der Garderobe ist …«

»Es ist nicht wegen der Garderobe«, unterbrach ich ihn schärfer als beabsichtigt. »Zumindest nicht ausschließlich«, fügte ich in milderem Tonfall hinzu. Schließlich hatte ich keinen Grund, aggressiv zu sein. Aggressivität entsteht oft aus Verzweiflung, und Verzweiflung aus Ausweglosigkeit. Ich aber hatte für mich, zumindest für den Moment, einen Weg aus der Misere gefunden.

»Ich weiß, dass es zwischen uns in letzter Zeit nicht zum Besten stand…«

Das war eine gnadenlose Untertreibung, und es war typisch Mann: Alles schönreden und der Realität nicht mal dann ins Gesicht sehen, wenn sie laut deinen Namen schreit.

Inzwischen waren die Mädels eingetroffen und veranstalteten im Flur, dem Lärm nach zu urteilen, eine Party. Hoffentlich würde Sara davon nicht aufwachen.

»Ich höre, ihr habt Besuch. Dann will ich nicht länger stören«, sagte Martin. »Gib Sara einen Kuss von mir«, fügte er hinzu und legte auf.

Ich verharrte eine Weile regungslos, bis Simona, Michela und Katrin polternd ins Wohnzimmer kamen und mich aus meiner Apathie rissen.

»Laura!«, riefen sie alle durcheinander, und ich wurde innerhalb kürzester Zeit mit Links- und Rechts-Küsschen überhäuft. Simona überreichte mir einen Riesenluftballon, einen von der Sorte, die man frischgebackenen Müttern beim Krankenhausbesuch schenkt. Normalerweise tragen solche Ballons die Beschriftung »It's a boy« oder »It's a girl«, auf diesem prangte jedoch die Aufschrift »It's a man«.

Eine Lachsalve begleitete die Übergabe. Dahinter steckte bestimmt Ilaria, die sich vor Lachen kringelte. Natürlich hatte sie dabei an ›Ale‹ gedacht.

Hoffentlich waren sie mit diesem Luftballon auf dem Weg hierher niemanden begegnet.

»Äh, Laura, wir sind auf dem Weg hierher jemandem begegnet«, eröffnete mir Simona zögerlich.

Oh Gott, lass es nicht meine ultraperfekte Nachbarin Barbara gewesen sein.

»Barbara«, sagte Michela. »Sie wollte wissen, für wen der

Luftballon ist. Na ja, uns ist nichts Besseres eingefallen, als ihr die Wahrheit zu sagen.«

Aber klar, es machte mir natürlich nichts aus, dass die vorbildlichste Ehefrau der Welt, die mit dem besten Ehemann der Welt verheiratet war und die artigsten Kinder der Welt hatte, von meiner erbärmlichen Beziehungsniederlage erfuhr.

»Mach dir nichts draus«, sagte mir Michela. »So perfekt wird es auch bei ihr nicht laufen. Als sie uns erzählte, dass Piero ihr einen zweiten Heiratsantrag gemacht hat, klang das wie in einem schlechten Film. Sie wollen tatsächlich ihr Ehegelübde erneuern, auf den Fidschis. Stell dir vor! Klingt das nicht total unglaubwürdig?«

Na ja, dachte ich, so etwas wie die perfekte Ehe soll es ja geben. Und Fidschi klang auch nicht schlecht. Da wäre ich jetzt auch gerne gewesen: ganz, ganz weit weg.

»*Non fa niente ragazze*[36], sie hätte es irgendwann sowieso herausgefunden«, sagte ich nach einer Weile und seufzte. Barbara hatte nämlich die übernatürliche Fähigkeit, immer vor Ort zu sein, wenn aus den unterschiedlichsten Gründen meine Unzulänglichkeit immer wieder neu unter Beweis gestellt wurde.

Wir machten es uns auf Ilarias Sofa bequem, schlürften leckere Getränke und löffelten das aus meiner Sicht beste Eis der Welt, das nicht italienisch war, sondern aus den U.S.A. kam und einen pseudodänischen Namen hatte.

»Laura, ich finde es ziemlich traurig, dass ich nicht mehr wie früher auf ein Pläuschchen herunterkommen kann«, sagte Katrin.

»Ja, ich auch. Aber so weit weg wohne ich jetzt auch nicht. Nur fünf Minuten zu Fuß.«

---

36 Non fa niente ragazze: »Macht nichts, Mädels.«

»Schon, aber mit Gesichtsmaske kann ich nicht mehr vorbeischauen.«

»Was für eine Gesichtsmaske? Doch nicht etwa die grüne von Simona?«, fragte Ilaria angeekelt.

»Was hast du gegen meine Maske? Die ist super!«

»Von wegen! Ich habe davon neulich Ausschlag bekommen und konnte eine Woche nicht aus dem Haus.«

»Dann hast du was falsch gemacht. Du kannst noch nicht mal das Rezept für eine Gesichtsmaske richtig lesen«, lachte Simona.

»Mir sind andere Dinge wichtig«, schmollte Ilaria und blätterte betont lässig in einer Frauenzeitschrift.

»*Sentite qui*[37]*!*«, rief sie nach einer Weile und las aus dem Magazin vor: »*Stecken Männer in einer schwierigen Beziehung, reagieren sie oft komplett unlogisch. Da sie mit Gefühlen nicht umgehen können, machen sie in der Regel praktische Problematiken zum Gegenstand der Auseinandersetzung mit dem Partner. Auf diese Weise vermeiden sie die für sie unüberwindbare Hürde, die emotionale Thematik anzugehen.* Hey, das klingt nach Martin!«

»Und nicht nur nach ihm«, riefen Michela und Simona gemeinsam.

Der Artikel traf ziemlich ins Schwarze. Ich dachte an Martin, die Garderobe, das Auto, die Pappschilder: Waren das alles stumme Hilferufe wegen akuter emotionaler Unfähigkeit? Schon möglich. Ich konnte nur immer wieder darüber staunen, wie unterschiedlich Frauen und Männer waren. Wie konnte es zwischen ihnen überhaupt gutgehen?

»Laura, wollen wir morgen zu Alex? Ich freue mich riesig

37 Sentite qui: »Hört her!«

auf dieses Projekt!«, sagte Michela und lenkte mich so von meinen Gedanken ab.

»Äh, *sì, certo*«, stotterte ich, »ich hole dich nach der Arbeit ab, okay?«

»*Sì, sì*, geht zu Ale, gute Idee«, sagte Ilaria und warf mir lachend ein Kondom zu, das der Zeitschrift beigelegen hatte. Dann flog das Kondom noch ein wenig zwischen uns kichernden Mädels hin und her, bis es irgendwann in einem Glas Aperol landete, und bald darauf war die Party zu Ende.

Capitolo otto

Am nächsten Tag fuhren Michela und ich schweigend zu Alex' Laden. Jeder weiß, dass Italierinnen viel, gerne und laut reden. Doch ich konnte mich gerade nicht unterhalten, ich brauchte die Zeit, um mir Sorgen zu machen. Was würde aus mir werden? Was würde aus Martin werden? Doch vor allem: Was würde aus Sara werden? Hätte ich mir bei der Wahl ihres Vaters nicht mehr Mühe geben können? Hätte ich schon jetzt anfangen müssen, für ihre Psychotherapiestunden Geld beiseitezulegen? Oder war es auch dafür schon zu spät? Ich versuchte mich zusammenzureißen. Schließlich hatte ich irgendwo diesen tollen Spruch gelesen, dass Kinder am Ende nur eines brauchen: nämlich liebende Eltern. Und die hatte Sara zum Glück. Von zusammenlebenden Eltern stand da nichts geschrieben.

Ich war noch in meine Überlegungen versunken, als wie aus dem Nichts jemand an die Scheibe klopfte. Ich fuhr aus dem Sitz hoch, in etwa so, wie wenn der Zahnarzt einen Nerv erwischt. Und merkte erst da, dass wir längst angekommen waren und Alex mich durch das Seitenfenster angrinste. Ich schaute ihn gleichermaßen irritiert und verärgert an: *Che idiota*[38]*!* Ich hätte fast einen Herzinfarkt bekommen!

Ich wollte mir natürlich keine Blöße geben und stieg des-

38 Che idiota: »Was für ein Idiot!«

halb möglichst würdevoll aus dem Auto und hielt ihm zur Begrüßung die Wange hin. Gelernt ist gelernt. Es sollte aussehen wie früher bei diesen viktorianischen Damen, die bloß ihre behandschuhte Hand zum Kuss reichten. Doch das Bild hatte ich mir kaum ausgemalt, da riss Alex mich mit einem kräftigen Ruck in seine Arme. *Madonna*, war der stürmisch!

»Vorsicht, du stehst auf dem Fahrradweg!«, lachte er.

Kurz war ich verwirrt, doch ich fing mich schnell wieder.

»Ja, weißt du, wir Italiener sind Fahrradwege nicht gewohnt«, gab ich zurück und befreite mich aus seinen starken Armen. Wow, die waren wirklich sehr stark. Mir wurde wieder heiß im Gesicht.

Dabei war das noch nicht einmal gelogen, Fahrradwege sind in Italien tatsächlich eine Seltenheit. Und alles, was zu Hause nicht üblich ist, verschwindet nun mal schnell aus dem Bewusstsein der Italiener: Fahrradwege haben wir nur im Arbeitsspeicher, nicht auf der Festplatte. Und schon gar nicht in unseren Genen. Wenn es nicht mittlerweile nervtötende Piepalarme gäbe, würden wir auch vergessen, im Auto den Sicherheitsgurt anzulegen. Als in den 80ern in Italien die Anschnallpflicht eingeführt wurde, kamen zeitgleich T-Shirts mit aufgemaltem Sicherheitsgurt auf den Markt, um die Carabinieri aus der Ferne in die Irre zu führen. Doch auch das war eigentlich unnötig, denn nach einer kurzen Zeit intensiver Kontrollen fuhren alle wieder ohne Gurt, auch die Carabinieri.

Alex führte uns in sein Geschäft für Inneneinrichtung.

Von Inneneinrichtung verstehe ich eigentlich nicht besonders viel, aber das, was ich sah, gefiel mir sehr gut. Betten, Kommoden, Schränke, Küchenbüfetts, Tische – alles war im italienischen Landhausstil und hätte genau so auch in einem

Bauernhaus des neunzehnten Jahrhunderts stehen können. Es hatte Stil und Charme, und es war wunderbar nostalgisch.

»Hey«, entfuhr es mir, »das ist entzückend.«

»Freut mich, dass es dir gefällt«, lächelte mich Alex an.

Michela sagte zwar nichts – ihr Stil war das eindeutig nicht –, aber man merkte ihr an, dass sie vor dem exquisiten Geschmack dieser Möbelstücke Respekt hatte.

»Wo hast du diese wunderbaren Möbel denn her?«, fragte ich ihn.

»Ich habe einen kleinen Betrieb in der Toskana ausfindig gemacht, in der Nähe von San Gimignano. Sie fertigen Einzelstücke an, und das meiste ist noch mühsame Handarbeit«, sagte er und zeigte auf die Schnitzereien.

»Wirklich schön, Alex, aber wie können wir dir helfen?«, fragte Michela und musterte ihn über den Rand ihrer Brille hinweg.

»Na ja, meine Ware ist nicht gerade billig, und ich habe den Eindruck, sie könnte besser präsentiert werden«, antwortete er.

»Wie meinst du das?« Hoffentlich dachte er nicht, dass wir uns am verkaufsoffenen Samstag im Bikini auf seinen Möbelstücken räkeln würden.

»Wie soll ich sagen? Wenn die Leute in meinem Geschäft sind, sollen sie das Gefühl haben, sie betreten eine wunderbare Welt. Sie sollen glauben, sie können ein Stück Italien erwerben und mit nach Hause nehmen«, sagte er. Besser hätte ich es auch nicht ausdrücken können.

Ich näherte mich einem Frisiertisch und schaute ihn genauer an. Er war schlicht, aber aus einem sehr edlen Holz, und die bemalten Blumen auf dem Spiegel sahen so aus, als wären sie das Werk eines erfahrenen Künstlers. Oh ja, daran hätte ich mich auch gerne frisiert und wäre mir vorgekommen wie in einem Roman von Giovanni Verga. Doch der Blick auf das Preisschild holte mich auf einen Schlag in die Realität zurück.

»Äh, Alex … soll das etwa der Preis sein?«

»Ja, aber er ist es wert, glaub mir, und es gibt Leute, die bereit sind, für diese Qualität zu bezahlen. Kommt, Mädels, ich zeige euch auch die anderen Sachen«, sagte er und führte uns sein Sortiment vor.

Ich hatte schon eine vage Idee, wie dieses Ambiente richtig zur Geltung kommen könnte. Es war zwar ein wenig gewagt, aber durchaus machbar. Ich musste mit den Mädels mal darüber sprechen.

»Alex, bis wann brauchst du unsere Ideen?«

»Lasst euch Zeit. Wenn es am Ende so toll wird wie bei Gino, dann … Also … ich warte gerne«, sagte er und schaute mir dabei tief in die Augen. Upps, war ich damit gemeint? Vorsichtshalber schaute ich zu Boden, sicher ist sicher.

»Apropos«, fuhr er fort, »Ilaria sagte mir, du wohnst im Moment bei ihr.«

Zwei Fragen schossen mir durch den Kopf: ›Wieso apropos?‹ und ›Wo hatte er diese Tratschtante nur wieder getroffen?‹

»Wir haben uns heute Morgen zufällig beim Frühstück bei Gino getroffen«, sagte er, als hätte er meine Gedanken gelesen.

»Ja«, gab ich widerstrebend zu, »ich bin mit meiner kleinen Tochter vorübergehend bei Ilaria untergekommen.«

Er schaute mich an. Es knisterte lautstark zwischen uns. Michela sah gespannt von Alex zu mir und wieder zurück, wie bei einem Tennismatch.

»Wollen wir mal was essen gehen?«, holte er dann zum Schmetterball aus.

»Äh, wir beide?«, fragte ich dämlich zurück. Ich musste Zeit gewinnen, denn mein Herz hatte kurzzeitig ausgesetzt.

»Ja, wenn du nichts dagegen hast«, lächelte er.

»Äh, ja, gerne. Nur weiß ich im Moment nicht so recht, wo mir der Kopf steht«, behauptete ich. Dass ich auch *sonst* nicht wusste, wo mir der Kopf stand, verschwieg ich lieber.

»Kein Problem. Wie gesagt: Ich warte gerne.« Und jetzt hatte sogar ich es verstanden.

*

Als ich nach Hause kam, spielten Sara und Ilaria auf dem Boden im Wohnzimmer. Sara hatte toupierte Haare und Glitzersteine an den Fingernägeln. Sie sah aus wie eine Mini-Lolita.

»Na, wie lief es?«, wollte Ilaria sofort wissen.

»Ila, kennst du den Spruch »*Mogli e buoi dei paesi tuoi*?«[39]

»*Naturalmente*, wieso?«, grinste sie.

»Na ja, ich möchte nicht nochmal denselben Fehler machen, weißt du?«

»Du meinst, dich wieder mit einem deutschen Mann liieren?«

»Ja, denn dann hätte ich wieder dieselben Missverständnisse, Diskussionen, anstrengenden Unterhaltungen, ich müsste alles immer mühsam erläutern, um dann am Ende doch nur einen verständnislosen Blick zu ernten …«

---

39 Mogli e buoi dei paesi tuoi, bedeutet wörtlich: ›Ehefrauen und Ochsen aus deinem Dorf‹. Ein Sprichwort, nachdem es eher ratsam ist, sich die Ehefrau (und die Ochsen!) aus dem eigenen Dorf zu nehmen. Gilt natürlich auch für den Ehemann/Pseudo-Ehemann (und wahrscheinlich für alle Tiere über Ochsen hinaus).

»Er würde Cappuccino nach dem Essen bestellen«, ergänzte Ilaria.

»Oder zu Pasta einen Salat …«

»Oder er hätte kein Problem mit normalem Käse auf der Pizza …«

Wir schüttelten uns kurz angeekelt.

»Und dann müsstest du ihm umständlich klarmachen, dass ein Mann zu Shorts ausschließlich ein Hemd anziehen darf.«

»Und dass auch Italiener unter der Hitze leiden.«

»Aber dann hast du dein Problem doch gelöst«, sagte Ilaria schließlich.

»*Perché?*«

»Na, mit Ale hast du diese Probleme nicht mehr!«

»Äh, *ma perché?*«

Irgendwie stand ich auf dem Schlauch.

»*Ma perché Ale è Italiano*[40]*! Alessandro, no?*«, rief Ilaria.

Ich fiel aus allen Wolken. Alex war Italiener? Alessandro?

»Wieso ist er Italiener?«, fragte ich ungläubig.

»Weil seine Eltern Italiener sind. Er ist zwar in Deutschland geboren, aber er ist ein waschechter Landsmann. Hast du das wirklich nicht gewusst?«

Ich schüttelte den Kopf.

»Aber ich nenne ihn doch die ganze Zeit ›Ale‹«, regte sich Ilaria auf.

»Ja, aber du sagst auch La und Lauri und Simo und Michi … Und überhaupt: Wieso spricht er dann kein Italienisch mit uns?«

»Das Übliche halt. Er ist hier geboren, und wie alle Kinder

40 Ma perché Alex è Italiano! »Weil Alex Italiener ist!«

von Einwanderern kommt er mit seiner doppelten Identität nicht immer klar«, erklärte Ilaria.

»Woher weißt du das so genau?«

»Äh, von Emanuele.«

»Den siehst du immer noch?«

»Ab und zu.«

Sieh mal an. Für Ilarias Verhältnisse hielt das schon eine ganze Weile. Ich schaute sie an, aber sie wich meinem Blick aus. Was erzählte sie mir da für Geschichten?

»Ich rufe jetzt Michela an. Ich glaube dir kein Wort«, sagte ich herausfordernd und wählte Michelas Nummer, ohne Ilaria aus den Augen zu lassen.

»Sag mal, Michi, eine gewisse ILARIA hier behauptet, Alex, der Innenarchitekt, wäre ITALIENER. Hast du das gewusst?«

»*Certo. Tu no?*«

Ilaria warf mir einen triumphierenden Blick zu, bevor sie wieder zu Sara ging, wahrscheinlich, um ihr aus dem Kamasutrabuch vorzulesen.

Wieso waren mal wieder alle im Bilde, und nur ich hatte nichts gecheckt? Meine Mutter hatte für Situationen wie diese eine Erklärung: Angeblich lag es nicht daran, dass ich prinzipiell doof war, sondern dass ich an so viele Dinge gleichzeitig dachte. Hoffentlich hatte sie recht.

»Aber wie konntest du das nicht bemerken, der sieht so was von italienisch aus!«, rief Michela.

»Kann sein, aber Deutsche sind auch nicht immer blond und blauäugig«, gab ich zurück.

»Aber bei Alex sieht das doch ein Blinder mit Krückstock«, erwiderte sie bösartig.

Ja, genau, dachte ich, genauso fühle ich mich: Wie ein Blinder mit Krückstock, nur manchmal sogar ohne den Stock.

»Okay, Michela, hab schon verstanden. Und jetzt lass mich in Ruhe, ich muss kochen.«

»Aber du hast mich doch angerufen!«, empörte sie sich, aber da hatte ich schon fast aufgelegt. Wie gesagt, ich musste immer das letzte Wort haben.

Nach dem ausgezeichneten Abendessen (›ausgezeichnet‹, da nicht angebrannt und nicht von Ilaria gekocht) lag ich mit meiner Tochter im Bett. Ilaria war schwer aufgebrezelt zu einem geheimnisvollen Treffen aufgebrochen.

»Mamma, wann kommt der *papà* endlich nach Hause?«, fragte Sara.

»Äh, Sara, der *papà* ist doch schon zu Hause. Und wir beide machen gerade Urlaub bei Ilaria, erinnerst du dich?«

»Ah, *sì*«, sagte sie, »aber ich vermisse ihn so sehr. Der ist so lustig und hat so schöne Locken wie ein Schaf!«, sagte sie und brach mir damit fast das Herz.

»Okay, Püppchen, morgen ruf ich ihn an, und dann darfst du ihn besuchen, *va bene?*«

»*Va bene*«, murmelte sie und entglitt dann in die wunderbare Welt der Kinderträume.

*

»*Nonna!*«, rief ich so leise wie möglich in den Hörer.

»Was ist los?«, kam es von der anderen Seite wie aus der Pistole geschossen.

»Nichts, wieso?«

»Weil du normalerweise brüllst und heute nicht!«

Typisch. Immer hatte sie einen Grund, unzufrieden zu sein.

»Äh, ja, in der Tat, es gibt was Neues. Äh … also, Martin und ich haben uns vorübergehend getrennt«, gab ich zu.

Ich horchte. Von der anderen Seite kam kein Ton. Und dann, nach einer gefühlten Ewigkeit, in der ich im Hintergrund die monströse Messing-Kaminuhr ticken hören konnte:

»Weißt du eigentlich, wie schlimm dein Opa ist? Hätte ich mich damals doch bloß für den richtigen Mann entschieden. Aber nein, ausgerechnet ihn musste ich nehmen, und das nur, weil er so gut aussah. Und was habe ich jetzt davon? Äh?«

»*Ma nonna!*«, rief ich entrüstet. »Ich habe Martin nicht wegen seines Aussehens genommen!«

»Gestern habe ich ihm ein Huhn zubereitet«, erzählte sie unerschrocken weiter, »und er hat fürchterlich gemeckert. Er sagte, es schmeckt nach nichts. Wo doch jeder weiß, dass Huhn NIE nach irgendetwas schmeckt! Als er noch jung war, konnte er schon froh sein, wenn ihn seine Mutter den *polenta*-Löffel abschlecken ließ. So bitterarm waren sie!«

Ja, die Geschichte kannte ich. Mein Opa schien während des Krieges und danach dermaßen unter Hunger gelitten zu haben, dass er heutzutage im Supermarkt mit meiner Oma stets peinlich genau darauf achtete, dass ihr Einkaufswagen auf jeden Fall voller war als der der anderen Kunden. »Futterneid« war sein Leitmotiv.

»Aber mir ist der Kerl mittlerweile absolut egal. Ich schlafe sowieso seit Jahren im kleinen Zimmer«, sagte meine Oma, und bei der Vorstellung vom Intimleben meiner Großeltern (viel schlimmer als von dem der eigenen Eltern!) bekam ich einen Schweißausbruch.

»Äh, *sì*, *nonna*. Grüß mal schön den *nonno*, äh, oder auch nicht. Wie dem auch sei, ich melde mich bald wieder. *Ciao*!«, sagte ich eilig und legte auf.

*

Da ich mir den Tag freigenommen hatte und Sara bereits im Kindergarten war, beschloss ich, mit der Vespa zu Gino zu fahren, um zu frühstücken. Später musste ich zu Simona, mit der ich über Fernandos Hochzeit oder, besser gesagt, Kurts Hochzeit reden wollte.

Bei Gino war es wie neuerdings üblich rappelvoll und sehr laut. Das Lokal sah aus wie eine echte Bar in Italien, nur dass hier eine gesunde Mischung aus Deutschen und Italienern herrschte. Die Leute standen um den Tresen und verschlangen *cornetto alla crema*, der vorher in den Cappuccino getunkt wurde (ja, ich weiß, es *ist* eklig, aber so macht man das nun mal in Italien). Ein paar Jungs, zweifellos Italiener, spielten am Flipper und sorgten so für noch mehr Lärm. Die *espressi* wurden auf italienische Art in drei, vier Schlucken ausgetrunken und dann ging es eilig weiter. Das erinnerte mich an die Hausfrauen in Italien, die sich am Automaten im Supermarkt einen *caffè* holten und im Stehen schnell herunterschluckten, um Energie für den Rest des Tages zu tanken. Das hätten mal all die Möchtegernlebenskünstler sehen sollen, die in Münchner In-Lokalen stundenlang an ihrem kalt gewordenen *espresso* nippen und sich dabei so unglaublich italienisch vorkamen!

Gino bereitete im Akkord *espressi macchiati caldi*[41], *espressi macchiati freddi*[42], *ristretti*[43], *cappuccini* und *cioccolate*[44] zu, die er dann mit knappen Worten über den Tresen schob. Oh ja, auf eine echte italienische *cioccolata* hatte ich jetzt auch

41 Espressi macchiati caldi: Espressi mit warmer Milch

42 Espressi macchiati freddi: Espressi mit kalter Milch

43 Ristretti: »Kurze«, also stark konzentrierte Espressi

44 Cioccolate (Pl.): Heiße Schokolade von der Konsistenz eines Schokopuddings. Vorsicht: Auf keinen Fall Zucker hinzufügen! Akute Diabetes-Gefahr.

Lust! Ich drängte mich durch die Massen und entdeckte am anderen Ende des Tresens Ilaria mit Emanuele. Sie waren offenbar direkt aus dem Bett gekommen, denn sie alberten herum und fütterten sich gegenseitig mit windelweichen *cornetti.* Also, appetitlich sieht das nicht gerade aus, dachte ich und versuchte Ilarias Winken zu ignorieren.

»Gino, *mi fai una cioccolata*[45]*?*«

»*Ah, ciao* Laura! Willst du auch einen Spezial-*cornetto* mit Mascarponecreme?«

»*No, no,* ich bekomme morgens nichts runter«, wehrte ich ab.

»Was für ein Zufall, ich auch nicht«, hörte ich eine Stimme von hinten.

Ich drehte mich um. Ale, Alex, Alessandro, wie auch immer. Ich hätte wissen müssen, dass ich ihn bei Gino treffen würde. Vielleicht hatte ich das aber auch gewusst. Aber es war nicht so, dass ich extra seinetwegen hergekommen war (allerdings konnte man auch nicht unbedingt behaupten, ich wäre ihm konsequent aus dem Weg gegangen).

»*Ciao* Alex, oder sollte ich vielleicht besser … Alessandro sagen?«, fragte ich wie in einem schlechten Film.

»Ganz wie du willst«, antwortete er und lachte, »ich bin da flexibel.«

»Oh ja, das habe ich gehört.«

»*La tua cioccolata«,* rief Gino und reichte mir die Tasse mit der duftenden Köstlichkeit.

Na prima, dachte ich. Jetzt würde mir dieser außerordentlich attraktive Mann dabei zuschauen, wie ich die braune Kalorienbombe schlürfte und davon einen Schokoladenbart

45 Mi fai una cioccolata? »Machst Du mir eine Schokolade?«

bekam. Währenddessen würde er sicher einen prüfenden Blick auf meinen nicht gerade cellulitefreien Hintern werfen.

»Wie ist das denn jetzt genau? Bist du Deutscher oder Italiener?«, fragte ich nervös und zog meinen Pulli in die Länge, um möglichst viel zu verdecken.

»Wenn ich das mal wüsste«, seufzte er und sah einen Augenblick lang wirklich gequält aus. »Ich bin in Deutschland geboren und aufgewachsen. Wir haben zwei Jahre in Italien gelebt, als meine Eltern den Sprung zurück in die Heimat versucht haben. Der Sprung hat aber nicht geklappt, und wir sind dann wieder nach Deutschland zurück. Also bin ich wahrscheinlich beides, oder nichts richtig.«

Ich dachte an Sara. Sie würde in zehn Jahren vermutlich dasselbe sagen.

»Aber Italienisch sprichst du«, sagte ich und traute mich nicht, meine Schokolade zu trinken.

»*Certo che parlo italiano*[46]«, antwortete er und jagte mir damit einen wohligen Schauer über den Rücken. Ich konnte mit ihm Italienisch sprechen! Und er würde mir auf Italienisch antworten! Wahrscheinlich müsste ich nur ein Wort sagen, und er würde wissen, was ich wollte. Er würde mich nie aussprechen lassen, aber das war mir egal, denn ich würde ihn auch nicht aussprechen lassen, und wir würden dann gleichzeitig reden, und das ziemlich laut, um den anderen zu übertönen, und trotzdem würde jeder verstehen, was der andere sagen wollte, denn MAN KANN reden und gleichzeitig zuhören, wir Italiener sind dafür das lebende Beispiel!

»*Ciao ragazzi!*«, rief Ilaria, die offensichtlich mit ihrem Ge-

46 Certo che parlo Italiano: »Natürlich spreche ich Italienisch!«

turtel fertig war und mit Emanuele im Schlepptau zu uns an den Tresen kam.

»*Ciao*«, antworteten Alex und ich im Chor, und ein bisschen fühlte ich mich wie auf frischer Tat ertappt.

»Habt ihr euch zufällig getroffen?«, fragte das Biest, als gäbe es auch noch eine andere Möglichkeit.

»Ja, und ihr?«, fragte ich zuckersüß zurück. Was du kannst, kann ich schon lange, dachte ich.

»Nee, wir nicht«, lachten die beiden und fingen sofort wieder an, miteinander zu knutschen. Wo nahm Ilaria bloß dieses Selbstbewusstsein her? Lernt man das in der Bibel?

»Trinkst du deine Schokolade nicht?«, fragte Alex amüsiert.

»Nee, schlecht für die Figur«, antwortete ich blöde.

Wenn er jetzt sagen würde ›Das kannst du dir doch leisten‹ oder noch schlimmer ›Wieso hast du dir dann eine bestellt?‹, wäre er durchgefallen. Auf Schleimer und Korinthenkacker konnte ich verzichten. Alex nahm jedoch meine Tasse und führte sie mit einem »Dann trinke ich sie« zum Mund.

»Dann sehen wir uns bald, oder?«, sagte Alex mit einem Augenzwinkern.

Ich schaute irritiert zurück. Hatte ich etwas verpasst? Da auch Ila zwinkerte und mich bedeutungsvoll anlächelte, schien ich definitiv etwas verpasst zu haben. Ich ahnte Böses.

»Ach ja? Wir sehen uns bald? Und wann genau?«

»Am Freitag, natürlich«, antwortete er nun selbst etwas irritiert und mit einem fragenden Blick in Richtung Ilaria.

»Ach, Freitag? *Ah, bene, bene …*« Auch mein funkelnder Blick traf Ilaria. »Komisch, dass ich das gar nicht in meinem Terminkalender habe. Wo es doch schon in drei Tagen ist! Genaugenommen kann ich mich auch nicht wirklich erinnern, eine solche Verabredung getroffen zu haben …«, sagte ich und tat so, als müsste ich angestrengt nachdenken.

»Ah, habe ich etwa vergessen, dir das auszurichten?«, fragte die *vipera* scheinheilig. »Ale hatte über unser Firmenhandy angerufen und wollte dich sprechen. Aber da ich ja deine Assistentin bin, habe ich dir die Mühe erspart und alles selbst arrangiert, toll, oder?«

»Ah, meine Assistentin, ja? Hmm, ja, wirklich toll«, nickte ich scheinbar gutmütig. Währenddessen kreisten folgende Gedanken in meinem Kopf herum:

Ich habe am kommenden Freitag ein Date.

Mit Alex.

Von der Schlange eingefädelt.

VON DER SCHLANGE EINGEFÄDELT!

Wie tötet man eigentlich Schlangen?

Capitolo nove

Und da wären wir wieder am Anfang unserer Geschichte. Sie erinnern sich? Mein Date mit dem charmanten, faszinierenden, geschmackssicheren, selbstbewussten, gutaussehenden, knackigen und braungebräunten – also schlicht: perfekten – Italiener stand vor der Tür. Der Mann, für den ich die erniedrigende Anstrengung auf mich nehmen musste, mich in meine nagelneue Oroblú-Strumpfhose zu zwängen. Ein Date, das ich einfach nicht absagen konnte. Einmal natürlich, weil es nun mal bereits ausgemacht war. Aber auch, weil es sich um einen jener Männer handelte, die es im wirklichen Leben normalerweise gar nicht gibt. Kann man sich so etwas straffrei entgehen lassen? Natürlich nicht.

Am Tag vor dem Date war ich bei Simona gewesen, offiziell um über Fernandos Hochzeit zu sprechen. In Wahrheit wollte ich aber ihre Meinung über Alex erfahren und vielleicht auch ein wenig, um mir ihren Segen abzuholen.

»*Allora*«, sagte Simona und schleppte ein gigantisches Fotoalbum zum Wohnzimmertisch, den sie vorher von Kekskrümeln und Knetmasse befreit hatte. Auf dem Deckblatt des Albums prangte das Relief eines kitschigen silbernen Engels. Es war eindeutig ein älteres italienisches Modell, wie sie meine Oma in ihrem Wohnzimmerschrank neben den Likörflaschen zu Dutzenden aufbewahrte.

»Hier sind die Bilder aller Hochzeiten meiner Familie«,

sagte Simona und schlug voller Vorfreude die erste Seite auf.

Uah!, dachte ich, wenn das keine Achtziger waren! Die erste Braut, die wir zu sehen bekamen, hatte eine rassige Dauerwelle, buschige, dunkle Augenbrauen und trug ein Stirnband aus Satin mit einer weißen Kunststoffblume. Das Kleid war ein aufgebauschter Albtraum aus Tüll und Spitze, die Schultern waren so aufgepolstert, dass die Braut damit hätte Rugby spielen können. Der Bräutigam trug einen Zwei-Knopf-Anzug und eine grauenvoll gemusterte schmale Krawatte, die von einer goldenen Nadel festgehalten wurde. Ich beugte mich über das Bild, um den Schlips besser betrachten zu können: War das etwa Leder? Aber nein, Lederkrawatten waren zwar furchtbar, aber nie bunt gemustert. Meist waren sie schwarz, seltener weiß, und wenn, dann eher in einschlägigen Milieus. Die Bilder waren offensichtlich im Restaurant aufgenommen worden, denn viele Aufnahmen waren vor, hinter und neben der monströsen Hochzeitstorte geknipst worden: das Brautpaar beim Anschneiden, das Brautpaar beim Anschneiden mit den jeweiligen Eltern, mit Omas, ohne Omas, dafür mit Opas, mit Trauzeugen, ohne Trauzeugen, aber mit angeheitertem Pfarrer, mit Kindern, ohne Kinder, beim gegenseitigen Füttern, beim Küssen mit vollem Mund. Die Freundinnen der Braut hatten alle eine Dauerwelle, die Freunde des Bräutigams alle einen Schnurrbart (und zwar einen buschigen, keinen dünnen Schnauzer, wie es in Deutschland üblich war. Nicht, dass es das irgendwie besser machen würde).

Das Restaurant war eines dieser Etablissements, die es in Italien extra für solche Anlässe gab: ein riesig großer Saal, unterteilt durch zahlreiche Säulen, die Wände unten mit dunklem Holz, oben mit Spiegeln verkleidet, grauenvolle Leuchtkörper ohne jeden Charme, weiße Lamellen-Gardinen an den Fenstern, hässliche Zimmerpflanzen vor besagten Gardinen, kalter Steinboden mit unsagbarem Muster. Und da soll noch einer sagen, Italiener hätten Geschmack.

Die Leute trugen auf den Bildern zwar aus heutiger Sicht altmodische Kleidung, aus damaliger Sicht jedoch zweifellos das Beste, was zu bekommen war. Selbst die uralten Omas trugen seidene Kleider, feine, dunkle Strumpfhosen und elegante Schuhe mit immerhin fünf Zentimeter hohen Absätzen. Ihre Haare waren natürlich vom Friseur frisch gefärbt und sorgfältig gelegt worden. Die kleinen Mädchen sahen mit ihren Tüllkleidern und Schleifen ausnahmslos alle aus wie rosafarbene Bonbons. Und mindestens zweihundert Gäste trieben sich im Saal herum.

Simona und ich kriegten uns vor Lachen nicht mehr ein.

»Guck mal, dieses Mädchen mit der Riesenschleife im Haar, es sieht aus wie ein Hündchen!«, prustete ich.

»Das bin ich«, sagte Simona trocken.

»Oh, *scusa*«, sagte ich und tat so lange zerknirscht, bis auch Simona losprustete und ich mit ihr.

Die anderen Hochzeitsfeiern von Simonas Familie unterschieden sich nur in Kleinigkeiten: Mal sahen die *bomboniere*[47] aus wie Rosen, mal wie zwei sich küssende Schwäne, mal war die Braut hübsch, mal war sie weniger hübsch. Doch im Großen und Ganzen waren alle Feiern prunkvoll, kitschig, groß und laut (Letzteres konnte man natürlich nicht sehen, sich aber bestens vorstellen).

---

47 Bomboniere: Kleine Behälter aus Porzellan, mehr oder weniger hässlich, die den Gästen auf Hochzeiten oder bei anderen freudigen Anlässen als Erinnerungsstück geschenkt werden. Meist beinhalten sie Mandelkonfekt (*confetti*, siehe nächste Fußnote).

»Natürlich müssen wir Kurt das Kitschigste vom Kitschigen anbieten. Schließlich wird er nach der Hochzeit mit Samantha auch zum Italiener!«, sagte Simona.

»Aber wo finden wir so ein Restaurant in Deutschland?«

»Zufällig kenne ich eines. Das gehört einem Freund von mir, Nicola.«

»Ein Stück Klischee-Italien mitten in Deutschland?«

»Wenn du mir nicht glaubst, musst du es dir mit eigenen Augen anschauen. Und Kurt nehmen wir natürlich auch mit, das ist klar«, freute sich Simona. »Nicola bietet klassische italienische Hochzeitsmenüs an, alle Gänge immer drei- und vierfach. Bei der Hochzeit meiner Exkollegin Francesca gab es mehrere Vorspeisen, drei erste Gänge – soweit ich mich erinnere, selbstgemachte *ravioli* mit Wildfüllung, *pasta al salmone*, Trüffelgnocchi –, dann hatten wir *bocconcini*, Fischvariationen und Hasenbraten als zweiten Gang, dazu Beilagen wie Rosmarinkartoffeln, gratinierte Artischocken, gegrilltes Gemüse, Orange-Fenchel-Salat und noch vieles mehr. Zwischen den Gängen hatten wir kleine Sorbets, um die Verdauung anzuregen. Und natürlich dann drei oder vier Nachspeisen und die Hochzeitstorte.«

Vom bloßen Zuhören war ich schon pappsatt.

»Und was machen wir mit den *bomboniere?*«, fragte ich.

»*Bomboniere* mit *confetti*[48] müssen sein. Nicolas Kusine

48 Confetti: Bretthartes, überzuckertes Mandelkonfekt. Meistens befinden sich drei oder fünf *confetti* in einem Tütchen aus Tüll in besagter *bomboniere*. In der Regel kommt es bei jeder italienischen Hochzeit durch den Verzehr von *confetti* zur Schädigung einer Krone oder eines Backenzahns bei mindestens einem Verwandten. (Nicht selten hört man in italienischen Familien: »Weißt du noch, wie mir bei Maras Hochzeit dieser eine Zahn auseinandergebrochen ist?«)

importiert für alle italienische Hochzeiten in Deutschland die klassischsten Modelle.«

»Auch küssende Schwäne?«

»Auch die. Und handbemalte rosafarbene Muscheln aus Porzellan mit Glitzer oben drauf!«

»Oh ja, so etwas hatten wir zu Hause auch.«, freute ich mich. »Wann besuchen wir Kurt mit unseren Vorschlägen?«

»Vielleicht nächste Woche? Glaubst du, Fernando wird bis dahin die Gästeliste fertig haben?«

»Keine Ahnung, die soll richtig lang werden«, antwortete ich.

»Perfekt, Nicolas Saal hat Platz für zweihundertfünfzig Gäste. Und natürlich müssen wir auch eine italienische Musikgruppe organisieren, aber da hat Nicola bestimmt eine Empfehlung für uns.« Simona war eindeutig in ihrem Element.

»Solange es nicht Toto Cutugno ist«, murmelte ich und biss von Simonas leckeren italienischen Keksen mit Cremefüllung ab (das Sättigungsgefühl über Patrizias Hochzeitsmenü hatte leider nicht angehalten).

»Sag mal, was ist das eigentlich mit Alessandro?«, fragte mich Simona nach einer Weile.

»Wie, du weißt es auch??«, fragte ich ungläubig.

»Was denn? Ach so, dass er Italiener ist? Ja, das hatte uns Gino mal erzählt, als wir wegen der Renovierung bei ihm waren, aber du warst so mit diesen Messingvasen beschäftigt, dass du es nicht mitbekommen hast«, antwortete sie und nahm auch einen Keks. »Also, was ist jetzt mit Alex?«

»*Non so.* Wir haben morgen ein Date«, murmelte ich möglichst undeutlich und schob mir schnell einen weiteren Keks rein.

»Was habt ihr??«

»Ein Date«, nuschelte ich.

»Ein Date? Mit Alex?«, brüllte sie fast.

»Das war ich nicht, das war die blöde Ilaria, *la stupida* …«, beeilte ich mich hinzuzufügen.

Simona beobachtete mich eine Weile und amüsierte sich sichtlich darüber, dass ich puterrot geworden war.

»Wenn du meine Meinung hören willst …«

»Will ich nicht!«

»Also, auch wenn du es nicht hören willst: Ich würde an deiner Stelle zugreifen. Ich denke oft daran, wie mein Leben verlaufen wäre, wenn ich statt Kai einen Italiener geheiratet hätte.«

»Na ja, in vieler Hinsicht einfacher, denke ich.«

»Stell dir vor, was neulich passiert ist. Die Kinder waren schon im Bett, ich hing gerade auf dem Sofa ab, hörte Vasco Rossi[49] und sang mit. Dann kam Kai rein und fragte, also halt dich fest, er fragte, ob das Eros Ramazzotti wäre!«

»*NOOOOOO!!!*«, schrien wir beide unisono und schlugen die Hände über dem Kopf zusammen.

»Da war die Stimmung natürlich auf einen Schlag zerstört!«, ereiferte sich Simona.

»Ich verstehe dich, Simo, wirklich, ich verstehe genau, was du sagen willst, aber …«

»Überleg doch mal!«, unterbrach sie mich. »Du kannst demnächst mit Alex auf dem Sofa abhängen und mit ihm zusammen Vasco-Lieder singen, obwohl, wenn ich es mir recht überlege, ich würde mit ihm auf dem Sofa ganz andere Dinge tun …«, kicherte sie wie eine Fünfzehnjährige.

»Und du sieh zu, dass du dir das Verhütungsmittel ver-

---

49 Vasco Rossi: In Italien eine Rocklegende, im Ausland leider gänzlich unbekannt. Ein echter Rebell, schwimmt gerne gegen den Strom und provoziert. Seine Lieder kennen in Italien alle, ältere und jüngere Menschen. Zu Eros Ramazzotti möchte ich keinen Kommentar abgeben.

schreiben lässt, das ich dir empfohlen habe, sonst darfst du demnächst auf dem Sofa wieder stillen«, sagte ich streng, worauf mich meine Freundin empört mit Kekskrümeln bewarf.

*

»Hey, bleibst du stehen?«, rief ich und hielt Sara an der Kapuze fest. Es war der Nachmittag vor meinem ominösen Date, und wir waren auf dem Rückweg vom Kindergarten.

»*Ma mamma*, die Oma geht immer bei Rot über die Ampel!«

»Welche Oma?«

»Die *nonna* Lucia.«

»Eben!«, sagte ich und nickte bestätigend.

Ein verständnisloser Blick aus unschuldigen Kinderaugen traf mich.

»Sara, die *nonna* Lucia wohnt in Italien«, versuchte ich ihr zu erklären. »Da geht jeder bei Rot über die Ampel!«

»Und warum? Ist es dort nicht gefährlich?«

»Äh … doch … schon«, mir wurde ein bisschen warm, wie immer, wenn ich solche eigentlich unlogischen kulturellen Unterschiede zu erklären versuchte.

»Halten in Italien die Autos nicht an, wenn sie Rot haben?«, gab Sara nicht nach.

»Äh, doch, ich meine, meistens jedenfalls, aber sie halten nicht für Fußgänger an, und deswegen … also … ja, ist es egal, ob man Rot oder Grün hat!«, sagte ich und zog mir die Jacke aus. Was für eine Hitze für Mitte Mai!

»Also soll ich in Italien bei Rot stehenbleiben oder nicht?«

Von wem hatte sie bloß diese Hartnäckigkeit? Sicherlich von Martin. Italienische Kinder stellten solche Fragen nicht, sie hatten akzeptiert, dass man nicht alles verstehen muss, vielleicht war es auch Resignation.

»Nein … äh … doch! Äh … am besten nimmst du die Oma an der Hand und gehst mit ihr mit, okay?«

»Okay«, antwortete Sara brav, und ein bisschen tat sie mir leid.

Ein deutsches Kind wie Sara würde in Italien zweifellos überfahren werden, weil es sich felsenfest auf die Ampel verließ. In meiner Heimat war man beim Überqueren der Straße auf ganz andere Dinge angewiesen: gute Augen, schnelle Reaktionsfähigkeit und ein Quäntchen Glück. Dass ein Auto beim Abbiegen auf die Fußgänger achtete, ist in Italien, glaube ich, noch nie vorgekommen.

»Wie war es im Kindergarten?«, fragte ich, um auf harmlosere Themen zu kommen.

»Mittel.«

»Mittel?«

»Mittel: Ein bisschen gut, ein bisschen schlecht.«

»Ah«, erwiderte ich und schluckte trocken.

Als Mutter hört man natürlich nicht gerne, dass dem eigenen Kind auch Schlechtes widerfährt. Was wäre jetzt die pädagogisch richtige Reaktion darauf? Soll man nachfragen oder es einfach im Raum stehen lassen? »Was war schlecht, Püppchen?«

»Dass Mark mich ständig herumgeschubst hat und mir meinen Lieblingsdinosaurier weggenommen hat. Und dann hat er auch noch Sand in meine Gummistiefel geschüttet.«

»Das war aber wirklich gemein von ihm!«, gab ich zu. »Und was war gut?«

»Als er endlich nach Hause gegangen ist.«

Ich bewunderte meine Tochter: Sie hatte eine ganz klare Meinung und ließ sich selten beirren.

»Und was gab es heute zu essen, Püppchen?«, stellte ich

betont munter die typischste Frage einer italienischen Mutter und machte mich gleichzeitig auf das Schlimmste gefasst.

»Spaghetti!«, rief sie begeistert, korrekt mit S und P, ganz ohne SCH.

Vor meinem geistigen Auge tauchte eine klebrige Masse weichgekochter Nudeln auf, die wahrscheinlich von den Erzieherinnen in kleine Stückchen geschnitten und von den Kindern mit dem Löffel gegessen worden waren. Und wie wenn man alle Details eines fürchterlichen Unfalls erfahren will, obwohl man dann hinterher nicht schlafen kann, hakte ich weiter nach:

»Äh … und was gab es drauf?«

Der Phantasie des Küchenpersonals im Kindergarten waren leider keine Grenzen gesetzt.

»Ketchup natürlich!«

»*Beh, certo*«, sagte ich und schüttelte mich. Aber immerhin, dachte ich, wahrscheinlich besser als ›Schleimsoße‹, wie sie von den Kindern genannt wurde und deren Zusammensetzung ich lieber nicht erfahren wollte.

»Aber *mamma*?«

»Hm?«

»Das war aber nicht so lecker wie der Ketchup, den du immer drauftust.«

Na Gott sei Dank, dachte ich, meine Tochter! Irgendwann würde ich ihr den Unterschied zwischen selbstgemachtem Tomatensugo aus bestem *soffritto*[50], mindestens eine halbe

---

50 Soffritto: Ich bezweifele, dass es eine deutsche Bezeichnung dafür gibt. Also, man nehme kleingeschnittenen Stangensellerie und Karotten und lasse sie mit Zwiebeln und Knoblauch in einer Mischung aus Butter und Olivenöl dünsten. Wenn die Zwiebeln goldfarben sind, ist der *soffritto* bereit für die weitere Verwendung. In diesem Fall kommen reife Tomaten hinzu.

Stunde auf leichter Flamme geköchelt, und Ketchup aus der Flasche erklären. Im Moment reichte mir aber zu wissen, dass sie den Unterschied immerhin schmeckte, die Welt war also wieder in Ordnung.

Und dann fiel es mir plötzlich wieder ein: Die Welt war absolut und überhaupt NICHT in Ordnung! Ich hatte heute Abend etwas vor, von dem ich nicht im Ansatz wusste, ob es gut oder schlecht war, wahrscheinlich auch eher ›mittel‹.

Ich schaute panisch an mir herunter, zum Glück war noch etwas Zeit. Den kleinen, sprießenden Härchen an den Beinen würde ich später mit Ilaria den Garaus machen und natürlich würde ich den ollen Rock mit Schwangerschaftsbund gegen etwas Vorteilhafteres austauschen.

»Sara, weißt du noch, dass du heute Abend zum *papá* gehst? Freust du dich?«, fragte ich wieder betont munter, jedoch mit einem unüberhörbaren hysterischen Unterton. Das schlechte Gewissen nagte an mir.

Zum Glück war Sara erst vier Jahre alt und hysterischen Untertönen gegenüber noch komplett gleichgültig.

»Ja, megamäßig! Der ist soooo süß, *mamma*!«, antwortete sie, drückte mit Schwung ihr Kuschelhäschen und gab ihm ein paar feuchte Küsschen auf die Löffel.

So viel Begeisterung hatte ich früher auch mal an den Tag gelegt, wenn ich Martin traf. Na ja, zumindest hatte ich eine würdige Nachfolgerin gefunden.

Wir waren fast zuhause angekommen, als ich eine Stimme hörte, die laut meinen Namen rief. So, wie mein Name ausgesprochen wurde, konnte es nur eine Italienerin sein. Und in Anbetracht der Tatsache, dass ich ungeschminkt und behaart war, konnte es sich bei meinem Glück nur um eine ganz bestimmte Person handeln.

»Barbara!« Ich drehte mich um und tat so, als würde ich mich freuen, sie zu sehen.

»Laura, lange nicht gesehen.«

Aber nicht lange genug, antwortete ich in Gedanken.

»Was machst du denn so?«, fragte sie mit ausgesuchter Freundlichkeit und ließ den Blick über mein Äußeres gleiten. Dabei gab sie sich noch nicht mal besonders Mühe, ihr Entsetzen zu verbergen.

»Na ja, nichts Besonderes.«

»Ich habe gehört, du hast dich von Martin getrennt. Oder hat er sich von dir getrennt?«, bohrte sie mit gespieltem Mitgefühl. Ich musste an einen Dokumentarfilm über Gottesanbeterinnen denken, den ich neulich im Fernsehen gesehen hatte. Die verspeisen ihre Männchen nicht nur, sie tun das sogar während des Liebesspiels. Barbara wäre in dieser Disziplin zweifellos unschlagbar.

»Äh, ja, wir nehmen uns gerade eine Pause.«

»Ach so, eine Pause. Für Kinder ist so etwas natürlich ganz schlimm«, säuselte sie und schaute Sara mit einer Miene an, die mitfühlend sein sollte, jedoch nur falsch war. Dabei strich sie sich selbstvergessen über den Bauch. Aha, also doch ein weiteres Baby, in der Gerüchteküche brannte aber auch nichts an.

»Also, Piero und ich, wir wollen demnächst unser Ehegelübde auf den Fidschis erneuern.«

»Schön für euch«, quälte ich mir ab, »und jetzt entschuldige mich, aber ich habe heute Abend etwas vor, und ich muss mich noch fertigmachen.«

»Ja, geh nur, du brauchst bestimmt jede Minute«, drückte sie mir noch rein und ging mit einem blöden Winken weiter.

*

»Hör doch endlich auf, dich über Barbara zu ärgern«, schimpfte Ilaria, als sie mir gerade heißes Wachs auf die Beine strich. Hatte man früher so etwas nicht als Foltermethode angewandt? »Ich habe dir doch gesagt, man geht nicht wie eine Pennerin aus dem Haus. In Italien machst du das doch auch nicht!«, setzte sie noch hinzu und zog mit einem Ruck den Wachsstreifen herunter.

»*Aia*![51] *Ma sei matta*?«, schrie ich auf. »Natürlich mache ich das in Italien nicht, in Deutschland aber darf man das, hier sind die Leute toleranter! Und außerdem: Wieso quäle ich mich überhaupt? Wozu soll das gut sein? WER WOLLTE DENN DIESES DATE?«, rief ich beleidigt und rieb mir die enthaarte Stelle.

»Du solltest mir dankbar ein. Oder wolltest du mit dem Date warten, bis dir der Hintern zum Boden reicht?«

»MAMMA!«, rannte Sara ins Badezimmer. »Wieso zieht Ilaria dir die Haut ab??«Angeekelt und gleichzeitig fasziniert untersuchte sie den benutzten Wachsstreifen.

»Sie zieht mir nicht die Haut ab, Püppchen, sondern nur die Haare«, antwortete ich und bemühte mich um ein tapferes Lächeln.

»ABER DAS TUT DOCH WEH!«, empörte sie sich.

»Aber nein, nicht wirklich!« Doch in dem Moment zog Ilaria den nächsten Streifen ab, und ich brüllte wieder vor Schmerzen. Sara schaute mich geringschätzig an. Zweifellos beschloss sie in dem Moment, mir nie wieder ein Wort zu glauben, was ich ihr beim besten Willen nicht verübeln konnte.

---

51 Aia! Aua! Ausdruck des Schmerzempfindens auf Italienisch. Dabei drängt sich mir die Frage auf: Wieso schreit man seinen Schmerz unterschiedlich heraus? Ist das Schmerzempfinden eine Frage der Kultur?

Jetzt gab es nur noch einen letzten Punkt auf meiner Liste der Torturen vor dem Date: die neue Oroblú-Strumpfhose. Diese war, wie anfangs bereits erwähnt, absichtlich eine Nummer zu klein, damit sie meine Fleischreserven schön zusammenpressen und mich schlanker wirken lassen konnte. Achtung, liebe Leserin, das funktioniert prinzipiell natürlich nur, wenn man vorher nicht an Organzerquetschung qualvoll verendet ist. Aber es gibt noch weitere Voraussetzungen, die den meisten Frauen wohl bekannt sind, die ich zur Sicherheit hier aber noch einmal anführen möchte:

1. Die Haut darf keinesfalls nass oder auch nur leicht feucht sein. Das ganze Unternehmen ist sonst gleich zu Beginn zum Scheitern verurteilt, da der Strumpf nicht gleiten kann. Problematisch wird es, wenn man schwitzt, weil man aufgeregt ist, oder weil man Versagensangst hat. Beides traf auf mich zu.
2. Die Hände sollten ebenfalls möglichst trocken sein. Problematisch wird es, … siehe oben.
3. Raue Fingernägel oder Nagelhäutchen sind ein absolutes No-go, damit hat man sofort Laufmaschen.
4. Die Strumpfhose darf maximal eine Größe kleiner sein, auf keinen Fall kleiner!

Und das waren meine Strategien: Um Punkt 1 einhalten zu können, benutzte ich ein Handtuch, mit dem ich mich bei jedem neuerlichen Schweißausbruch abtrocknen konnte. Für Punkt 2 und 3 hatte ich Handschuhe angezogen, die wiederum den Zustand um Punkt 1 verschlimmerten, aber immerhin konnte ich damit gleich zwei Fliegen mit einer Klappe schlagen. Für Punkt 4 war es zu spät.

Und dann klingelte es zu allem Überfluss an der Tür.

Bestimmt Martin, ärgerte ich mich, wie immer überpünktlich, und ich stecke noch mit einer Pobacke im Elastikbund fest!

»Ilaria, kannst du bitte aufmachen?«, rief ich, aber Ilaria lag auf dem Sofa und alberte am Telefon mit Emanuele herum.

Super, dann wird Martin eben die ganze nackte Realität zu Gesicht bekommen, dachte ich, und drückte im derangierten Zustand trotzig auf den Türöffner. In letzter Sekunde änderte ich aber doch meine Meinung und warf mir das Erstbeste aus der Garderobe über. Im durchsichtigen Regenmantel, mit Handschuhen und schief hängender und nur partiell gefüllter Strumpfhose wartete ich an der offenen Tür.

»Hi«, sagte Martin leise, als er die Treppe heraufstieg, und ich erschrak. Er sah grauenvoll aus: leichenblass, dünn, mit wirren Haaren und unrasiert stand er im Türrahmen und lächelte mich unsicher an. In der Hand hielt er eine Discount-Tüte, die er mir entgegenstreckte. »Hier, die hast du vergessen«, sagte er, »ich habe gedacht, die brauchst du vielleicht«.

»PAPA!«, schrie Sara und warf sich ihm in die Arme, während ich die Tüte entgegennahm, die einige Utensilien aus meinem Badezimmerschrank enthielt. Alles eher peinliche, aber doch überlebensnotwendige Dinge wie meine Faltencreme, die Gesichtsmaske und die Anticellulite-Packung. Sogar die dazugehörige durchsichtige Plastikhose hatte er eingepackt, wie aufmerksam von ihm, das hätte ich ihm gar nicht zugetraut.

»Äh, danke,«, sagte ich, »und hier ist Saras Rucksack, ich habe ihr ein paar Sachen eingepackt.«

»Okay, dann …«, setzte er an.

»Ja?«

»Nichts. Dann sieht man sich.« Er nahm Sara an die Hand und ging mit ihr die Treppe hinunter.

»*Ciao mamma*«, winkte Sara noch und hoppelte neben ihrem Papa her.

Und da ich emotional veranlagt bin, bekam ich augenblicklich feuchte Augen und einen ziemlichen Kloß im Hals.

»*Uno spritz?*«, fragte mich Ilaria von hinten mit dem Rettungsgetränk in der Hand, das ich dankbar entgegennahm. Damit ließ sich der Knoten problemlos hinunterschlucken und eine Welle der Entspannung erfasste mich. Ich hatte irgendwo gelesen, dass der schwierigste Moment nach einer Trennung das erste Wiedersehen mit dem Ex-Partner sei. Wenn Kinder im Spiel seien, dann potenziere sich der emotionale Supergau um ein Vielfaches. Das konnte ich nun bestätigen.

Vom Alkohol gestärkt tippelte ich zur verabredeten Zeit die Treppe hinunter. Alex wartete bereits vor seinem Auto, einem roten Alfa Romeo, und hielt in der Hand eine interessante Blume in einem kleinen Topf. Trotz hoher Promillewerte war ich schrecklich aufgeregt, und dass Alex fantastisch aussah, trug keineswegs zur Beruhigung bei. Er trug ein schwarzes, leicht schimmerndes Hemd, das wie maßgeschneidert passte und sicherlich ein Vermögen gekostet hatte. Die Ärmel hatte er hochgekrempelt, am Handgelenk trug er ein silbernes Armband, das sich wunderbar von seiner gebräunten Haut abhob (denjenigen Leserinnen unter Ihnen, die prinzipiell nicht auf Männerschmuck stehen, sei gesagt: Es hätte garantiert auch Ihnen gefallen!). Seine Jeans im Used-Look sollten wahrscheinlich von der Tatsache ablenken, dass auch sie sündhaft teuer und super-exklusiv waren. Außerdem trug er Männersandalen von Prada, die ich neulich in einem Schaufenster bestaunt hatte und die nichts, aber auch gar nichts mit

Jesuslatschen gemeinsam hatten. Seine Haare waren ein bisschen länger und sein Fünf-Tage-Bart war hinreißend sexy.

»*Ciao bellissima*«, sagte er, während er mir den Topf überreichte und wir die üblichen Küsschen austauschten. In dem Moment war ich heilfroh über dieses Ritual, denn richtig ausgeführt hatte man damit die ersten peinlichen Augenblicke ganz gut überbrückt. Okay, manchmal erwischte man auch solche Leute, die drei Küsschen gaben, weil »zwei Küsschen langweilig sind«. Mittlerweile gab es sogar ganz Hartgesottene, die viermal küssten, weil »drei Küsschen Unglück bringen«. Wenn man das nicht vorher wusste, konnte es also auch holprig werden. Aber im Großen und Ganzen war es eine nette Begrüßungsform, nicht zu viel, nicht zu wenig.

»Was ist das für ein komisches Gewächs?«, fragte ich Alex, als wir im Auto saßen. In seinem Alfa fühlte ich mich ganz wie zuhause, denn mein Vater hatte auch immer einen gehabt.

»Eine Kohlblume. Als Dankeschön, dass du mit einem *crucco*[52] ausgehst«, lachte er.

»*Senti*, Ale, können wir Italienisch sprechen?«, fragte ich gespannt, während ich so tat, als würde ich die seltsame und doch schöne Blume betrachten.

»*Certo*«, antwortete er, und so wechselten wir in unsere Muttersprache. Er sprach Italienisch mit einem ganz leichten Akzent, aber so unmerklich, dass man sich immer wieder fragen musste, ob da tatsächlich einer war oder nicht, was sehr faszinierend war. Meine Aufregung verflog im Nu, denn er beherrschte die lockere Konversationsart der Italiener, das bedeutet, er redete über alle möglichen Themen, aber vor allem natürlich über die unwichtigsten:

---

52 Crucco: wohlwollend-spöttische Bezeichnung für einen Deutschen

»Heute haben die mich hier geblitzt«, sagte er zum Beispiel mit einer kurzen Handbewegung Richtung Blitzkasten. Oder: »Schau, mein Handydisplay hat einen Riss«, wozu er demonstrativ sein Handy in die Höhe hielt. Dabei erwartete er keine besonders schlaue Erwiderung, und so entspannte ich mich automatisch, denn ich wusste, das Niveau konnte ich ohne weiteres halten:

»*Che stronzi!*[53]«, antwortete ich lässig auf die Bemerkung mit der Blitze. Oder: »Das ist doch noch gar nichts, bei meinem Handy sind die Buchstaben vertauscht«, im guten Vertrauen darauf, dass Handythemen aller Art bei Italienern obligatorischer Bestandteil jeder Konversation sind. Auf die Handy-Bemerkung hin lachte er übrigens, ließ sich mein Handy geben und stellte – während er rückwärts einparkte – meine Tastatur wieder korrekt ein. Keine blöden Kommentare, kein besserwisserisches Auftrumpfen, keine Belehrungen. WOW!

Wir gingen natürlich zu einem Italiener der Sonderklasse, einem von denen, die ich mir von meinem Gehalt nie hätte leisten können. Das Ambiente war allerdings nicht gestelzt oder spießig, es herrschte eine gemütliche Eleganz und roch dennoch nach Exklusivität. Schon als Alex mir die Tür öffnete, um mir gleichzeitig ganz gentlemanlike den Vortritt zu lassen, kam der Besitzer freudestrahlend auf uns zu.

»Alessandro, welch eine Ehre!«, rief er, lachend gaben sie sich die Hand.

»Mario, darf ich vorstellen: Laura, *la piú bella donna di Monaco*[54]«, sagte Alex, wobei er das nicht wie ein Kompli-

---

53 Che stronzi: »Die Schweine!«

54 La piú bella donna di Monaco: »die schönste Frau Münchens«

ment, sondern wie eine Tatsache klingen ließ. Und damit hatte er schon wieder gepunktet, der Schlingel!

Ein paar Floskeln später und nachdem sich sämtliche Kellner den Hals in unsere Richtung verrenkt hatten und ausnahmslos alle Köche mit einem Vorwand aus der Küche gekommen waren, um einen Blick auf mich zu erhaschen, wurden wir zu unserem Tisch geführt.

Mir fiel auf, dass Alex, wie viele italienische Männer, sein Handy, die Brieftasche und den Schlüssel einfach in der Hand hielt und nicht seine Hosentaschen damit ausbeulte. Es war sicherlich nicht besonders praktisch, sah dafür aber sehr lässig aus.

»Ale, du siehst aus wie ein richtiger Italiener«, scherzte ich.

»Ich bin ein richtiger Italiener!«, erwiderte er.

»Ja, aber du bist in erster Linie Deutscher«, stellte ich besserwisserisch richtig.

»Wolltest du mit einem deutschen oder mit einem italienischen Mann ausgehen?«, fragte er eindringlich.

»Äh ... mit einem italienischen, vermute ich, wobei ich eigentlich ...«

»*Vedi? Quindi sono italiano.*«[55]

»Das bedeutet, du kannst einfach entscheiden, welche deiner Persönlichkeiten du auslebst? So wie Dr. Jekyll und Mr. Hyde?«, fragte ich und tat so, als würde ich ängstlich Abstand nehmen.

»Sagen wir eher wie ein Chamäleon«, lachte er.

»Ich weiß nicht, ob ich mit einem Reptil zu Abend essen möchte«, sagte ich, diesmal mit gespieltem Ekel. Er lachte wieder, wurde dann aber wieder ernst.

---

55 Vedi? Quindi sono Italiano. »Siehst du? Dann bin ich Italiener!«

»Manchmal glaube ich, dass die Fähigkeit, eine Sache aus zwei Perspektiven zu betrachten, alles noch schwieriger macht. Jemand, der nur seinen Blick auf die Welt kennt, muss sich lange nicht so quälen wie jemand, der zwischen verschiedenen Blickwinkeln wählen muss. Schließlich braucht man doch etwas, woran man sich festhält in dieser Welt«, sagte er und wirkte wirklich gequält.

Mir ging es ähnlich. War ich in Deutschland, vermisste ich die italienische Art geradezu schmerzhaft; sobald ich mich aber in meiner Heimat befand, ging mir alles auf die Nerven, und ich wollte zurück. Vielleicht kann ich es an einem trivialen Beispiel verdeutlichen: Mit der Art, wie in Deutschland die Nachrichten in der Tagesschau gesprochen werden, konnte ich mich nie anfreunden. »Ah, du hörst dir wieder die Totenmesse an«, hatte ich Martin häufig gesagt, wenn er sich die Nachrichten anschaute. Die Eintönigkeit und die Emotionslosigkeit der Sprecher gepaart mit dem unattraktiven Fernsehstudio waren mir schon immer zuwider. Ganz anders da die italienische Tagesschau: mit echten Journalisten, die nicht ausschließlich vorlasen, sondern selber formulierten, und deren Mimik etwas von ihren eigenen Emotionen verriet. Doch wenn es dann um politische Diskussionen ging, fand ich die deutsche, sachliche und respektvolle Art viel kultivierter und effektiver als die italienische, bei der jeder jeden anschrie, niemand aussprechen konnte, und man am Ende nichts verstanden hatte und keinen Schritt weitergekommen war. Selten, fast nie, kam es in Italien vor, dass Mitglieder von gegnerischen Parteien sich bei irgendetwas recht gaben. Es war vermutlich eine Frage des Prinzips (nach dem Motto: ›ich gut, du schlecht‹), doch war das der Sache und dem Fortschritt insgesamt nicht sonderlich dienlich. Dass deutsche

Politiker so zivilisiert miteinander umgingen, zeugte eindeutig von Intelligenz und Weitsicht.

Und gerade an dieser Weitsicht hatte es in Italien immer gemangelt. Als bei uns noch Plastikflaschen in den See und kaputte Fernseher in den Straßengraben geworfen wurden, kaufte man in deutschen Supermärkten schon biologisch abbaubare Waschmittel. Es war mir damals ein Rätsel, warum jemand Interesse an biologisch abbaubaren Waschmitteln haben konnte. Was hatte man davon, wuschen die besser, waren sie günstiger? Offensichtlich nicht, es war vielmehr eine Frage der Einstellung, die über den Einzelnen hinausging, und die gab es in Italien nicht.

»Jedenfalls wolltest du mit mir essen gehen, sonst wärst du nicht hier, und darüber freue ich mich sehr«, flüsterte Alex mit seiner tiefen, dunklen Stimme und riss mich damit aus meinen Gedanken.

»Eigentlich war es nur ein Versehen«, sagte ich schnell, bevor ich dunkelrot werden konnte. »Den Termin hast du ja nicht mit mir gemacht.«

»Aber mit deiner Assistentin.«

»Meiner *selbsternannten* Assistentin«, verbesserte ich.

»Wie auch immer. Sie hat behauptet, sie könne das für dich ausmachen. Und da sitzen wir nun.«

»Ilaria behauptet viel, wenn der Tag lang ist«, erwiderte ich und griff nach meinem Wasserglas, um meine Verlegenheit zu überspielen.

Er schaute mich lächelnd an.

»Du machst es dir nicht gerade leicht, oder?«

»Womit?«, fragte ich ein wenig erschrocken.

»Na ja, mit allem, vermute ich.« Er lächelte noch immer, wandte jedoch netterweise den Blick von mir ab.

Ich fühlte mich ertappt. Was erwartete er von mir? Sollte ich in Tränen ausbrechen und zugeben, dass ich nachts des Öfteren wach lag und mir alles, aber auch wirklich alles durch den Kopf ging, das in meinem Leben schiefgehen konnte? Dass mir manchmal der kalte Schweiß ausbrach, wenn ich daran dachte, dass Sara schon in nicht so weiter Zukunft Teenager sein würde? Oder sollte ich ihm erzählen, dass mir beim Anblick meiner Mütterrente die Tränen in die Augen schossen?

»*Scusami*, sprechen wir über was anderes. Was für Musik hörst du gerne?«, unterbrach Alex ein weiteres Mal meine Gedanken und rettete mich aus dem peinlichen Schweigen.

Und ab diesem Moment verlief der Abend wunderbar harmonisch. Ich erzählte von meiner Kindheit, meiner Agentur und von Sara. Martin ließ ich einfach aus. Er erzählte mir von seiner Kindheit, seinem Geschäft und seinen Eltern. Kinder und Ehefrau schien er keine zu haben, aber er konnte sie natürlich auch einfach ausgelassen haben. Er wunderte sich auch nicht darüber, dass ich die Meeresfrüchte, es gab Jakobsmuscheln und *gamberetti* als Vorspeise, stehen ließ, und erwartete auch nicht, wie Martin das immer tat, dass ich »zumindest probierte«. Und niemals hätte er gesagt, dass »man bei dem Preis alles aufessen sollte«. Wie selbstverständlich zahlte er am Ende für uns beide und hinterließ natürlich kein Trinkgeld, ein echter Italiener halt.

Capitolo dieci 

»Sag schon, hat er dich geküsst?«, fragte Ila am nächsten Abend. Wir saßen wie üblich in unserer Mädelsrunde auf ihrem Sofa. »Oder sogar noch schlimmer?«, brüllte sie fast und schaute Beifall heischend in die Runde.

»*Scema*[56]*!* Weder noch!«, lächelte ich versonnen, schaute auf die Kohlblume auf der Fensterbank und dachte an den gestrigen Abend. Das tat ich sowieso schon den ganzen Tag. Alex hatte mich nach Hause gebracht und vor der Haustür gesagt:

»Laura, ich will dich nicht drängen, aber ich würde dich sehr, sehr gerne wiedersehen.«

Und dann hatte er mir einen langen Kuss auf die Wange gegeben. Strenggenommen hatte er mich also doch geküsst, wenn auch nicht richtig. Der Kuss hatte aber gereicht, um mich zu einer weiteren Verabredung am Sonnabend überreden zu lassen. Und jetzt saß ich da und bildete mir ein, ich könnte sein Parfüm noch riechen. So viel zu meiner Standhaftigkeit.

»Und wann seht ihr euch wieder?«, fragte Ila, wahrscheinlich sofort bereit, zum Telefon zu greifen, um die Fortsetzung dingfest zu machen.

»*Non so*, erst mal würde ich gerne mit euch ein paar Ideen

---

56 Scema! »Du Dumme!« (lieb gemeint)

für sein Geschäft sammeln«, versuchte ich professionell zu klingen.

»Ach, hör doch auf!«, kreischten alle im Chor und bewarfen mich mit fettreduzierten, ungesalzenen Erdnüssen (schließlich mussten wir die Kalorien, die von den Toffifees kamen, wieder ausgleichen). Und doch erzählte ich nichts mehr, die drei mussten schließlich nicht unbedingt erfahren, dass ich bei Alex so schnell eingeknickt war.

»Wegen Alex' Geschäft sollten wir Katrin fragen. Die hat immer gute Ideen«, schlug Michela vor, wie immer konzentriert bei der Sache.

»*Sì, giusto*«, bestärkte ich, froh, diese Klippe umschifft zu haben.

»Aber trotzdem, Laura«, setzte Michela nach, »überleg dir das gut mit Alex. Es ist nicht immer toll, mit einem Italiener liiert zu sein.«

»WARUM??«, fragten Simo und ich gleichzeitig, in der Hoffnung auf spannende Details aus ihrem Leben mit Antonio.

»Weil sie doch im Grunde alle Machos sind.«

»Ach, das ist doch nur ein Klischee«, erwiderte ich. »Du denkst schon wie die Deutschen!«

»Keineswegs. Wenn ich es euch sage …«, sie ließ den Satz geheimnisvoll in der Luft hängen.

»Jetzt erzähl doch! Gib uns ein bisschen Futter!«, rief Simona ungeduldig, die eine Möglichkeit witterte, ihre eigene Ehe ein wenig aufzuwerten. Es gibt ja bekanntlich nichts Besseres als das Unglück anderer Leute, um das eigene zu relativieren.

Über Antonio wussten wir nicht viel. Nur dass er aus Neapel kam und Fußball-Fan war. Da er zu den Spielen seines Lieblingsvereins, dem SC Neapel, nicht so ohne weiteres kam, begnügte er sich damit, zu Bayern München zu gehen, wobei, wie er zu sagen pflegte, »der italienische Fußball in einer ganz anderen Liga spielt« (hier lachte er dann über seinen eigenen Witz).

»Na ja, er hat am Samstag zum Beispiel seine Fußballfreunde nach Hause mitgebracht und natürlich erwartet, dass ich für die ganze Meute koche. Dabei hatte ich eigentlich zu tun, ich musste meinen Unterricht vorbereiten.«

»Konntest du dich nicht einfach weigern?«, fragte ich und dachte an Martin. Er brachte zwar selten jemanden mit nach Hause, aber wenn er es doch tat, dann schwang er höchstpersönlich den Kochlöffel.

»Das ist es ja, das wird nicht in Frage gestellt. Er sagt einfach: ›Du bist die Frau‹, und das Thema ist erledigt. Das ist wie aus einem lang vergangenen Jahrhundert«, echauffierte sie sich.

»Also, ich würde ihn einfach vor die Tür setzen«, sagte Ila und knabberte an einer Pistazie (natürlich ebenfalls fettreduziert und ungesalzen).

»Na ja, zumindest geben dir italienische Männer das Gefühl, eine echte Frau zu sein«, bemerkte Simona.

Was allerdings ein wichtiger Punkt ist, dachte ich später am Abend, die Mädelsrunde hatte sich gerade aufgelöst, beim Zähneputzen. Diese Erfahrung hatten Simo und ich erst neulich wieder gemacht. Vor einigen Monaten hatten wir unsere Männer überredet, uns zwei Tage mit Übernachtung für ein Wellness-Wochenende in Südtirol freizugeben. Wir hatten dafür natürlich lange abwechselnd betteln und drohen müssen. Martin hatte ich zum Beispiel versprochen, sein Auto dafür innen und außen zu reinigen. Bei Simona und ihren drei

Kindern war der Einsatz deutlich höher gewesen, er sah die einwöchige Beherbergung ihres unerträglichen Schwiegervaters vor.

Jedenfalls fuhren wir gemütlich auf der Autobahn Richtung Süden, quatschten über Gott und die Welt und sangen italienische Lieder aus dem Radio mit.

Als wir die italienische Staatsgrenze überquert und die italienische Nationalhymne gen Autodecke geschmettert hatten, beschlossen wir, in einem *autogrill* eine Pause einzulegen. Und kaum standen wir an der Theke, Simo mit ihrem *espresso*, ich mit meinem *caffè d'orzo*, da fühlten wir uns auch schon von der Seite eindringlich beobachtet. Vier italienische Polizeibeamte in voller Montur (also mit sexy Polizeiuniform!) starrten uns unverhohlen an.

»Habe ich was im Gesicht?«, fragte ich Simo. Die Blicke fingen doch an uns zu irritieren.

»Das Übliche halt«, antwortete sie.

»Aber warum schauen die so?«

»Keine Ahnung. Wo haben wir das Auto geparkt? Stehen wir vielleicht im Halteverbot?«

»Das Auto kann es nicht sein, das sieht man doch von hier aus gar nicht.«

»Ja, aber was dann?«

Wir diskutierten eine ganze Weile, bis uns klar wurde, dass sie uns anschauten, weil sie Männer waren und wir Frauen, und dass wir uns ja gerade in Italien befanden. In Deutschland war der insistierende Blick eines männlichen Wesens eher die Ausnahme, in Italien war es eine Frage der männlichen Ehre: Mann starrt Frau einfach an (ein bisschen wie die Geschichte mit Tarzan und Jane, Sie wissen schon).

Womöglich fühlten sich die Polizisten durch unsere Beratschlagungen erst recht ermuntert, denn italienische Frauen (und damit meine ich ECHTE italienische Frauen) ignorieren so etwas einfach, schließlich werden sie immer und überall angebaggert. Wird eine Italienerin auf der Straße angehupt, zuckt sie nicht mal mit den Schultern, in Deutschland muss sie davon ausgehen, dass sie etwas Falsches gemacht hat, wie zum Beispiel eine Fußgängerampel übersehen, und dass sie schon in wenigen Sekunden überfahren wird.

Keine Frage, wir Ausgewanderte sind in puncto Männerschmeicheleien eindeutig ziemlich ausgetrocknet und würden zweifellos verwelken, wenn wir nicht zwischendurch an Baustellen vorbeilaufen und zumindest ein paar anerkennende Pfiffe – meist von polnischen Bauarbeitern – ernten würden.

*

»*Nonna!*«

»Na endlich rufst du auch mal wieder an!«, schrie meine Oma in den Hörer.

»Gibt es was Neues?«, fragte ich, offensichtlich musste sie sich dringend mal wieder über Opa beschweren.

»*Sì*, stell dir vor: Rachele heiratet nun doch nicht!«, triumphierte sie.

»Äh, wieso das denn?«, wunderte ich mich. War die sehr komplizierte Maschinerie der Hochzeitsvorbereitungen einmal in Gang gesetzt, passierte es doch sehr selten, dass man sie wieder anzuhalten versuchte. Sie selbst, also meine Oma, hatte es zwar laut eigener Aussage damals versucht, weil sie vor der Trauung dem schlechten Charakter meines Opas auf die Schliche gekommen war. Doch hatte die Familie damals ihr Veto eingelegt, da ja »die Einladungen bereits verschickt worden« waren und »das Restaurant bereits gebucht und angezahlt«. Und wegen ein paar verschickter Einladungskarten und umgerechnet zweihundert Euro wurde dann die unglücklichste Ehe der Welt doch noch geschlossen. Tolle Entscheidung.

»Stefano hat einen Rückzieher gemacht!«, rief sie begeistert. »Stell dir vor, alles schon gekauft und in Auftrag gegeben, die Einladungen schon verschickt, das Restaurant gebucht, das Kleid schon genäht, und jetzt sagt Stefano, dass er es sich anders überlegt hat.«

»Aber warum?«

»Und das fragst du noch? Hast du dir Rachele mal angeschaut? Nichts für ungut, aber kein Vergleich zu euch beiden …«, sagte meine Oma und meinte damit tatsächlich meine Schwester und mich. Woher dieser Ausbruch an großmütterlicher Liebe kam, konnte ich mir nur denken. Nicht verheiratet zu sein war zwar eine Schande, aber vor dem Altar sitzen gelassen zu werden war die noch viel größere Schmach. Im Vergleich dazu waren wir in ihren Augen geradezu rehabilitiert, zumal unser Vergehen mittlerweile so gut wie verjährt war.

»Und dazu noch ihr Charakter …«, fügte sie hinzu und schnalzte mit der Zunge. »Du hättest Tante Maria hören sollen, als sie mir das verkünden musste. Es war ihr so peinlich, der Armen«, säuselte sie.

Ja, in der Tat, die Arme, dachte ich. Ich hatte keine Bedenken, dass es ihr meine Oma nicht wirklich leicht gemacht hat.

»Und was machen sie mit den Geschenken und allem?«, fragte ich und wusste nicht, was ich denken sollte. Rachele war zwar nicht meine Lieblingscousine, aber das hatte ich ihr nun wirklich nicht gewünscht.

»Alles zurück!«, jubelte Oma. »Die Geschenke kamen bis jetzt eh nur von den Verwandten aus dem Ausland. Die Anzahlung für Restaurant und Auto sind aber natürlich futsch. Und die *bomboniere* … tja, die können sie jetzt als Andenken behalten!«

Um Gottes willen, meine Oma hätte ohne weiteres die Cruella De Vil in dem Film »101 Dalmatiner« geben können.

»Das Kleid, das ich mir für die Hochzeit gekauft habe, behalte ich natürlich«, erzählte sie munter weiter. »Echte Seide, auch von Bertani, allerbeste Qualität! Als ich dort war, habe ich übrigens Racheles Hochzeitskleid erspäht, mindestens Größe 48, würde ich schätzen. Und das, obwohl sie noch keine Kinder hat. Und jetzt wahrscheinlich auch nie haben wird.«

Nun war meine Oma aber wirklich in Fahrt.

Ich dachte an Samanta und Kurt. Zu den beiden wollten Simona und ich später noch fahren. Hoffentlich würde zumindest diese Hochzeit ein gutes Ende nehmen. Hatten wir überhaupt ein Recht, uns da einzumischen?

*

Später im Auto erzählte ich Simona von meinen Zweifeln.

»Das ist wieder typisch für dich, dass du dir den Kopf zerbrichst«, lachte sie. »Wir machen doch nichts Schlimmes. Wir richten eine ganz normale italienische Hochzeit aus.«

»Simo, du weißt genau, dass eine normale italienische Hochzeit für einen Deutschen ein furchtbarer Schock sein kann«, erwiderte ich, während ich das Auto Richtung Vorort lenkte. »Meine Cousine wurde übrigens jetzt kurz vor der Hochzeit sitzengelassen.«

»Ah, deswegen«, nickte Simona.

»Deswegen was?«

»Deswegen machst du dir jetzt Sorgen um Fernandos Projekt. Laura, du versetzt dich zu stark in die anderen hinein. Lass uns erst mal ankommen und die beiden kennenlernen. Dann schauen wir weiter.«

Samanta entpuppte sich als eine hübsche, selbstbewusste junge Frau, die sich offensichtlich in erster Linie als Deutsche fühlte und nur mit viel Geduld ihre italienischen Wurzeln und ihren italienischen *papà* ertrug.

»Eigentlich wollten wir eine ganz einfache Hochzeit, nur wir beide und die Trauzeugen«, erklärte sie uns seufzend auf Deutsch.

Kurt, mit seinen hellblonden Haaren und blauen Augen typisch deutsch, saß neben ihr und tätschelte ihr die Hand, als müsse er ihr in diesen schweren Zeiten beistehen. Wir waren in Fernandos Lokal, das aufgrund der frühen Nachmittagsstunde bis auf den *pizzaiolo* leer war. Der stand schon an seinem Arbeitsplatz, bereitete den Teig vor und warf uns zwischendurch enttäuschte Blicke zu, schließlich war Ilaria diesmal nicht dabei. Fernando war noch oben in seiner Wohnung und wollte später dazustoßen.

»Dein Vater hat uns beauftragt, eine klassische italienische Hochzeit für euch beide zu organisieren«, sagte ich so behutsam wie möglich.

»Ja, ich weiß«, sagte sie resigniert. »Und er hat die ganze Verwandtschaft aus Italien eingeladen.«

»Wie viele werden es denn?«, fragte Simona.

»Mehr als zweihundert. Sie kommen mit Bussen. Ein Cousin meines Vaters hat ein Busunternehmen.«

»Und was sagst du dazu, Kurt?«, fragte ich.

»Ach, ich finde es toll!«, antwortete er und lachte.

»Du findest es toll?«, platzte es aus Simo und mir im Chor.

»Ja, wer hat denn schon das Glück, eine so tolle Hochzeitsfeier zu bekommen?«, fragte er fröhlich.

Simona und ich tauschten einen vielsagenden Blick.

»*Ciao ragazze!*« Der krummbeinige Fernando kam herein. Seine Frau Maria schleppte sich mühsam hinter ihm her.

Maria sah aus wie eine typische Frau aus Süditalien, ganz Mutter und Haushalt. Auch wenn sich natürlich in Süditalien mittlerweile vieles geändert hatte. Aber man fand sie dennoch immer wieder, die ganz in Schwarz gekleideten Frauen, die selten die Wohnung verließen und auch sonst kaum Interessen hatten außer ihrer Familie und ihrem Zuhause. Bis auf das Essen natürlich, denn Maria war alles andere als schlank, um es dezent auszudrücken. Ich hatte schon immer den Verdacht, dass gerade diejenigen, die ausgewandert waren, besonders stark an den Traditionen festhielten. Fast so, als wäre für sie in dem Moment die Zeit stehengeblieben, in dem sie ihre Heimat verlassen haben.

Maria gab mir die schlappe Hand.

»Maria«, hauchte sie lustlos und zog dabei die Vokale in süditalienischer Manier in die Länge.

»Äh, Laura!«, rief ich eine Spur zu enthusiastisch, um ihre Trägheit zu kompensieren. »Und das ist Simona.«

»Na, dann wollen wir mal«, freute sich Fernando und rieb sich die Hände. Er klopfte seinem zukünftigen Schwiegersohn kräftig auf die Schultern. Hey, der wäre glatt meiner Oma ebenbürtig.

»Maria, gib mir die Liste«, befahl er seiner Frau, die ihm mehrere, mit kindlicher Schrift beschriebene Zettel aushändigte.

»*Allora,* es sind genau … äh … zweihundertundvier Gäste,

also nur die aus Italien«, verkündete er und schaute uns stolz an.

»Kein Problem«, sagte Simona. »Nicolas Restaurant hat zwei große Säle, die extra für italienische Hochzeiten ausgerichtet sind.«

»Hast du das gehört, Samanta, EXTRA für italienische Hochzeiten!«, rief Fernando begeistert, während seine Tochter die Augen zur Decke rollte.

»Na, KURRRRRT, was sagst du, ZWEIHUNDERTUNDVIER Gäste. ÄH? *Duecentoquattro!* Und alle passen rein!«

Der lachte aber nur. Fernando hatte recht, Kurt war wirklich ein komischer Kauz.

»Und wann können wir uns dieses Restaurant mal ansehen?«, fuhr Fernando fort. »*Ragazze,* fahrt doch mal mit Kurt hin. Und dann müsst ihr auch die Musikgruppe aussuchen. Hat Nicola vielleicht ein paar gute im Angebot? Echt italienische? Die muss sich Kurt alle anhören, schließlich ist es seine Hochzeit. Gönnen wir dem Jungen ein bisschen Spaß, ÄH, KURRRRRT? Denn bald ist der Spaß vorbei! HAHAHA!«, lachte er, holte sich jedoch augenblicklich von Maria einen Schlag auf den Hinterkopf.

»*Smettila*[57]«, rief sie leise und doch eindringlich, wie jemand, der es gewohnt war, im Hintergrund die Fäden zu ziehen.

Sieh mal an, dachte ich, Maria scheint der Chef im Haus zu sein. Das ist in Italien oft so: Nach außen lassen die Männer den Macho raushängen, und zuhause ziehen sie vor ihren Frauen den Schwanz ein.

»Äh … *va bene, allora* …«, stammelte der nun kleinlaut vor sich hin.

---

57 Smettila: »Hör doch auf!«

»Wir können auch gleich hinfahren, oder?«, fragte Kurt zu unserer Überraschung.

»Äh, klar. Nicola hat immer offen«, sagte Simona tastend.

Wir schauten uns an. Mit so viel Begeisterung von Kurt hatten wir nicht gerechnet.

»Dann los, Kinder, fahrt hin, das wird *bellissimo!*«, ermutigte uns Fernando, worauf Maria ihn am Oberarm packte und kurz aber kräftig daran zog, um ihn zum Schweigen zu bringen.

Eine halbe Stunde später standen wir vor Nicolas Restaurant. Von außen sah das Lokal alles andere als attraktiv aus, eher wie ein klobiger Bungalow im Stil der 70er Jahre. Vor den Fenstern hingen cremefarbene Lamellengardinen, die wohl vor neugierigen Blicken schützen sollten (doch wer wollte da schon reinschauen?). Drinnen sah es nicht wesentlich besser aus, alles erinnerte an Simonas Hochzeitsbilder. Auch hier war die Zeit wohl stehengeblieben. Riesige Speisesäle, dunkle Holzvertäfelung, große Spiegelwände und viel Zeug aus Messing.

»Sieht aus wie bei uns zuhause«, maulte Samanta.

Kurt ließ den Blick scheinbar amüsiert durch die Räume schweifen und enthielt sich eines Kommentars.

Im Lokal schwirrten klassisch-elegant angezogene italienische Kellner mit schwarzer Fliege herum und bereiteten offensichtlich die Tische für eine Abendveranstaltung vor. Dabei fiel mir wieder auf, wie schnell sich italienische Kellner bewegten. In Italien müssen die Speisen möglichst warm und ›al dente‹ an den Tisch gebracht werden, weshalb die Bedienung mit schnellem Schritt zwischen Küche und Speiseraum pendelt und dabei gefährlich viele Teller auf den Armen jongliert. Auch Nicolas Kellner waren schnell, arbeiteten mit präzisen Bewegungen und riefen sich gegenseitig knappe Anweisungen zu.

»*Ciao* Simona!«, freute sich Nicola und küsste sie auf die Wangen. Er war ein älterer Herr mit wenig Haaren, seine kleine, dünne Gestalt schlackerte in der dunklen Anzughose und dem weißen Hemd. »Und das ist bestimmt die Braut«, rief er, lächelte mich an und setzte zur Umarmung an.

»Äh, *no, no. È lei*[58]«, sagte ich hektisch und deutete auf Samanta, die ein Stück entfernt gelangweilt auf ihrem Handy tippte.

»*Venite, ragazzi. Prendete qualcosa?*[59]«, fragte Nicola und lotste uns in einen Salon, der wahrscheinlich als Besprechungszimmer diente. Natürlich lehnten wir ab, denn so wollte es die italienische Tradition: Wird einem etwas angeboten, muss man freundlich ablehnen. Alles andere wäre unhöflich, denn man würde die Gastfreundschaft dadurch zu sehr in Anspruch nehmen. Die Tradition wollte aber darüber hinaus, dass der Gastgeber trotz der Ablehnung alles auf den Tisch stellte, was er zu bieten hatte, und zwar bis der Tisch unter dem Gewicht all der Kekse, Törtchen, Kuchen, Schokoriegel, Bonbons, Säfte, Liköre schier zusammenbrach.

Und genau das tat Nicola jetzt auch, er deckte den großen, wuchtigen Holztisch mit den selbstgehäkelten Deckchen. Hinter der Küchentür konnten wir ein paar Frauen hantieren sehen, die allesamt Marias Schwestern hätten sein können. Sie waren zweifellos die Seele des Restaurants, Ehefrau, Schwägerinnen, Tanten, Cousinen, wahrscheinlich alle aus Italien im-

58 È lei: »Sie ist das!«

59 Prendete qualcosa? Wörtlich: ›Nehmt ihr was?‹ (›Was kann ich euch anbieten?‹). Obwohl es auf Deutsch nicht ganz so höflich klingt, ist es auf Italienisch ein lässiges, freundliches Angebot.

portiert, als das Geschäft so sehr florierte, dass es nicht mehr alleine zu bewältigen gewesen war. Ich hätte meine Hand dafür ins Feuer gelegt, dass keine dieser Frauen auch nur ein Wort Deutsch sprechen konnte. Schließlich waren die Gäste, Angestellten und Lieferanten dieses Etablissements, das die Frauen wahrscheinlich selten verließen, alle Italiener.

»*Prendete, prendete*[60]«, ermunterte uns Nicola, der uns ungefragt auch *caffè* gekocht hatte.

»*No, grazie*«, antworteten Simona und ich, wobei wir uns verpflichtet fühlten, zumindest am *caffè* zu nippen, weshalb ich am Abend dann stundenlang nicht einschlafen konnte.

Samanta saß zwar bei uns am Tisch, tippte jedoch weiterhin in ihr Handy und langweilte sich sichtlich zu Tode. Es war ihr auch nicht zu verdenken, das Restaurant sah aus wie ein Mausoleum. Sie gehörte eindeutig einer ganz anderen Generation an.

Wer allerdings hemmungslos zuschlug, war Kurt. Der machte sich wohl keine Sorgen um überstrapazierte Gastfreundschaft, sondern stopfte sich begeistert Kuchen, gefüllte Croissants und Salamischeiben rein, als wäre es seine letzte Mahlzeit.

»Mmmh, lecker! Nicola, hast du noch ein bisschen Brot?«, fragte er mit vollem Mund, woraufhin Nicola begeistert aufsprang und in die Küche eilte.

»Probiert mal«, sagte er dann zu uns. »Es ist wirklich köstlich.«

»Scheint dir ja wirklich zu schmecken, Kurt, wie schön. Und wie gefällt dir … äh … das Ambiente?«, fragte ich vorsichtig.

---

60 Prendete: »Nehmt!«

»Es ist halt typisch Italienisch, ich habe nichts anderes erwartet!«, antwortete er fröhlich und nahm das Brot entgegen, das Nicola ihm brachte.

»Wie ihr seht«, sagte Nicola, »habe ich hier nie renoviert, es ist alles wie in den Siebzigern. Meine Gäste sind schon vor vielen Jahren aus der Heimat hergekommen. Sie wollen sich hier noch einmal ganz zu Hause fühlen. Und wenn es diese Generation nicht mehr gibt, dann bin auch ich alt und gehe zurück nach Italien.«

Es sah aus, als wäre Nicola mit seinem Lebensplan sehr zufrieden. Es war aber auch ein wirklich guter Plan, vielleicht würde ich es eines Tages genauso handhaben und meinen Lebensabend in meiner Heimat genießen. Konnte mir das jemand verdenken?

»Ihr habt Glück«, fuhr Nicola fort. »Gerade ist eine Musikgruppe zur Probe gekommen. Wollt ihr sie euch mal anhören? Die sind wirklich gut!«

Samanta seufzte, doch Kurt sprang auf, nahm sie an die Hand und folgte Nicola die Treppe zur *taverna* hinunter.

Gelegenheit für eine Lagebesprechung mit Simona.

»Simo, hier läuft etwas falsch, so hatte sich das Fernando sicherlich nicht vorgestellt. Kurt ist von der ganzen Sache komplett begeistert.«

»Ja, du hast recht. Vielleicht sollten wir mal mit Kurt unter vier Augen sprechen. Ich kann ihn noch nicht richtig einschätzen.«

»Dann mal los«, sagte ich und zusammen stiegen wir die schmale Wendeltreppe hinab in den unteren Bereich.

Der Raum war zwar riesig, jedoch ziemlich finster, da er im Souterrain war und die kleinen Fenster nur wenig Tageslicht hineinließen.

Die Band, die gerade die Instrumente aufgebaut hatte und mit der Probe beginnen wollte, bestand aus drei Männern, jeweils an Gitarre, Keyboard und Schlagzeug, und einer Frau, die den Gesang übernahm. Obwohl sie noch nicht in Auftrittskleidung waren, strahlten sie mit jeder Pore den nostalgischen Glanz vergangener Zeiten aus. Die Männer hatten Schnurrbärte, lichtes Haar, weit offenstehende, bunte Hemden mit üppiger Brustbehaarung, goldene Kreuzketten und Bundfaltenhosen. Die Frau trug einen knallengen Lederminirock, den sie sich bei ihrer Figur eigentlich nicht leisten konnte, hochhackige Lackschuhe und eine senffarbene, glänzende Bluse, die ebenfalls weit offen stand und Einblick auf ihren Hängebusen gab.

»Super!«, schrie Kurt. »Ich liebe die Achtziger«, und manövrierte die lustlose Samanta Richtung Tanzfläche.

»Lass das doch!«, versuchte sie das Schlimmste zu verhindern. Doch Kurt ließ da schon die Hüften zum Rhythmus der *Ricchi e poveri* kreisen und warf die Arme in die Höhe. Samantas Blick war verzweifelt.

»Wir sollten uns bald auf das Menü einigen«, sagte Nicola.

»Dafür kommen wir ein anderes Mal«, sagte Simona mit einem irritierten Blick zum tanzenden Bräutigam.

»Hey, wollt ihr nicht tanzen kommen?«, rief Kurt.

»Äh, nein, danke. Kurt, wir müssten bald aufbrechen«, sagte ich.

»Was? Jetzt schon?«

»Willst du dich nicht mal hinsetzen?«, fragte ihn Simona.

»Gleich«, er verschwand wieder Richtung Tanzfläche.

Nach gefühlten zwanzig weiteren Revival-Liedern war die Probe endlich zu Ende. Nicola hatte sich in der Zwischenzeit aus dem Staub gemacht.

»Hey, die finde ich gut, die nehmen wir«, rief Kurt enthusiastisch, als er sich zu uns setzte.

» Aber glaubt ja nicht, dass ich nicht verstanden habe, was Fernando vorhat!«, sagte er und schaute uns schelmisch an.

»Äh, wie … äh … was meinst du?«, fragte ich erschrocken.

»Na, kommt schon! Erst versucht er mich monatelang davon zu überzeugen, dass Samanta und ich nicht zusammenpassen. Er faselt was von Ochsen und Frauen aus dem eigenen Dorf, verschiedenen Kulturen, mit Italienern und Deutschen sei es noch nie gut gegangen, und so weiter und so fort. Und dann auf einmal erklärt er sich mit der Hochzeit einverstanden. Unter der Bedingung, dass wir einer echten, traditionellen italienischen Hochzeitsfeier zustimmen. Es war mir sofort klar, dass er mich damit abschrecken will.«

»Ja, aber …«, stammelte ich und schaute Simona hilfesuchend an, was sinnlos war, denn sie schaute mich genauso hilfesuchend an.

»Ist nicht schlimm«, sagte er und klopfte mir aufmunternd auf die Schultern. »Ich mache brav bei allem mit. Wisst ihr, ich liebe Samanta über alles, und ich bin bereit für sie zu kämpfen. Nur …« Er machte eine bedeutungsschwangere Pause.

»Nur?«, fragten Simo und ich im Chor.

»Nur wird das für Fernando nicht ganz billig. Rache muss sein, und der Vater der Braut kommt für alles auf, oder?«, fragte er und lachte dabei wie ein Bösewicht aus schlechten Filmen.

*

»Simo, was hat Kurt da wohl gemeint?«, fragte ich auf dem Weg nach Hause.

»Der klang so, als würde er etwas aushecken. Jedenfalls ist

er Fernando auf die Schliche gekommen. Und du hast dir um ihn Sorgen gemacht«, lachte Simona.

Ich schwieg beleidigt, doch ich wusste, dass sie recht hatte. Es blieb abzuwarten, was bei diesem Projekt noch alles auf uns zukam. Schwiegervater und Schwiegersohn schienen beide mit allen Wassern gewaschen zu sein. Da hatte sich Samanta was aufgehalst, und wir natürlich auch.

»Simo, was müssen wir für die Hochzeit noch alles erledigen?«

»Wir müssen die *bomboniere* aussuchen, das Menü festlegen, das Kleid besorgen und das Blumenarrangement für die Kirche organisieren. Ach ja, und Fernando will, dass das Ehegelübde auf Italienisch gesprochen wird. Und wir sollen darauf achten, dass es richtig schön lang wird. Der Pfarrer, Don Vittorio[61], steckt mit Fernando unter einer Decke.«

Oh ja, das konnte ich mir bei Don Vittorio richtig gut vorstellen. Wie der Zufall es wollte, hatte ich vor ein paar Jahren eher unfreiwilligen Kontakt mit der italienischen Kirchengemeinde in München. Und zwar auf einem Kinderfest, auf dem ich mit Sara war, wo Don Vittorio binnen Minuten herausgefunden hatte, dass Sara nicht getauft war und Martin und ich nie geheiratet hatten.

»Das ist aber ein sehr hübsches Mädchen. Wie alt ist sie denn?«, hatte er gefragt.

61 Don Vittorio: ›Don‹ ist eine Respekt-Ansprache und wird in Italien hauptsächlich für Pfarrer und in Verbindung mit deren Vornamen verwendet. Manchmal entscheiden sich Pfarrer für einen anderen Vornamen als den eigenen, und verwenden ein Pseudonym, wie zum Beispiel Don Vittorio, der in Wirklichkeit Vito heißt und keine Lust auf die bekannte Assoziation hatte. (Film-Liebhaber unter Ihnen wissen, dass die Ansprache ›Don‹ in sizilianischen und davon abstammenden Kreisen auch für Nicht-Priester verwendet wird, siehe Don Vito Corleone in ›Il padrino‹.)

»Äh, zweieinhalb«, hatte ich geantwortet und gleich ein schlechtes Gewissen bekommen.

»Ah, schon zweieinhalb, sehr hübsch, ganz die *mamma*. Und wie heißt sie?«

»Sara«, antwortete ich knapp, um mich nicht unnötig in Schwierigkeiten zu bringen. Bei einem Verhör war das immer die beste Taktik.

»Sara und weiter?«, bohrte er gnadenlos nach, und mir blieb nichts anderes übrig, als ihm den Nachnamen meiner Tochter zu verraten.

Don Vittorio machte ein Gesicht, als ginge er im Geiste die Liste aller getauften Kinder der letzten zwei Jahre durch. Dann machte er ein Gesicht, als hätte er Saras Namen darin nicht gefunden.

»*Eh sì*, viele Eltern lassen ihre Kinder ja lieber in Italien taufen«, sagte er ganz lässig. Ich ließ mich von seiner betont coolen Art nicht täuschen und beschloss, keinen Kommentar abzugeben. Bei berühmten Leuten funktionierte das auch immer: Kein Kommentar! Kein Kommentar! Kein Kommentar!

»Aus welcher Gemeinde in Italien kommst du?[62]«, fragte der Inquisitor, und da wusste ich, dass ich verloren hatte. Jetzt würde er sich mit den Vorbereitungen für die nächste Messe entschuldigen, in sein Pfarramt schleichen und zum Telefonhörer greifen.

62 Italienische Pfarrer würden nie auf den Gedanken kommen, ihre Gläubigen zu siezen. Schließlich werden Schafe von ihren Hütern auch geduzt. Das Muster wiederholt sich überall dort, wo eine der beiden Personen in der privilegierten Stellung ist, zum Beispiel kann die Kundin den Friseur ohne weiteres duzen, er würde jedoch im Normalfall die Kundin siezen, wenn er sie nicht näher kennt (was in Italien eher selten vorkommt).

Zum Glück kam in dem Moment die hochschwangere Simona angerauscht.

»*Ciao* Laura, *tutto bene*?«, fragte sie besorgt, da sie meinen hochroten Kopf bemerkt hatte.

»Ah, du heißt Laura! Und mit Nachnamen?«, forderte der wackere Diener Gottes.

»Mattina«, gab ich zerknirscht zu.

»Ah, hast du deinen Nachnamen nach der Hochzeit behalten?«, und so weiter und so fort. Sie können sich vorstellen, wie es weiterging. Nach der Feier fühlte ich mich, als hätte ich die Beichte abgelegt, allerdings eine mit Pistole am Kopf.

Und jetzt machte also unser geschätzter Don Vittorio mit Fernando gemeinsame Sache und wollte den armen Bräutigam vor dem Altar mit einem ellenlangen Ehegelübde auf Italienisch quälen. Das sah ihm ähnlich. Doch wie ich Kurt einschätzte, hatte er mittlerweile einen Intensivkurs gebucht und konnte bald besser Italienisch als seine Peiniger.

*

Es war Sonnabend und damit Zeit für meine zweite Verabredung mit Alex. Diesmal hatte er mich zu sich nach Hause eingeladen. Alex hatte eine wunderschöne Dachgeschosswohnung in einem der trendigsten Viertel der Stadt. Irgendwie hatte ich nichts anderes erwartet.

Als ich eintrat, wehte mir eine dezente Yasmin-Note um die Nase, die sich mit einem verführerischen Duft mischte, der aus der Küche kam.

»Hm, *che buon profumo*[63]. Hast du selber gekocht?«, fragte ich.

---

63 Che buon profumo: »Was für ein herrlicher Duft!«

»*Certo,* hast du gedacht, ich bestelle Gino zum Kochen hierher?«, lachte er und drückte mir einen schnellen Kuss auf den Mund.

Warum eigentlich nicht? Ein früherer Verehrer von Ila hatte regelmäßig einen Koch aus dem Ritz zu sich nach Hause kommen lassen, wenn er eine größere Gesellschaft hatte. Der Koch hatte eingekauft, gekocht, den Tisch gedeckt und serviert. Das war eine sehr elegante Lösung, wenn auch sicherlich keine günstige, dachte ich. Ich überlegte, ob mir so etwas gefallen würde. Wahrscheinlich nicht, denn ich war nicht der Typ, der sich gerne bedienen ließ. Manchmal war es mir sogar regelrecht unangenehm, wenn die Kellnerin in einem Lokal meinen Tisch abräumte und sauberwischte, während ich untätig herumsaß und zuschaute.

Und so sinnierte ich weiter vor mich hin, was natürlich nur den einen Zweck hatte: meine Nervosität zu überspielen. Denn eines war klar: Wenn Alex mich zu sich nach Hause eingeladen hatte, dann hegte er eindeutig Hintergedanken, und die hatten weder mit seinen Kochkünsten noch mit dem heutigen Menü zu tun, sondern eher mit seinem Schlafzimmer. Oder mit dem flauschigen Flokati-Teppich in seinem Wohnzimmer.

»Ich hätte das mit Gino natürlich organisieren können, aber dann wären wir nicht ungestört gewesen«, fügte er hinzu und schaute mir wie immer tief in die Augen. Aha, da hatten wir es ja.

Um den Gedanken an den Flokati-Teppich zu vertreiben, dachte ich an Gino, wie er zwischen den einzelnen Gängen seine Pavarotti-Arien zum Besten gab. Das entspannte mich. Bei der nächsten Verabredung durfte ich auf keinen Fall vergessen, Gino mitzunehmen.

Alex servierte das Essen auf einem Holztisch, der mit einer spitzenbesetzten, handgestickten, weißen Tischdecke gedeckt war. Zum Glück hatte er nicht auch noch Kerzen angezündet.

Alex hatte mein Leibgericht gekocht, *melanzane alla parmigiana*. Was für ein toller Mann! Nicht nur, dass er sich mein Leibgericht gemerkt hatte, er war dann auch noch so umsichtig, es nach dem Kochen abkühlen zu lassen, sodass er mir bei fünfunddreißig Grad Außentemperatur kein kochend heißes Gericht servierte! Lauwarme *melanzane alla parmigiana* schmecken übrigens noch viel besser als warme und eignen sich sehr gut als Sommergericht, vorausgesetzt, die Auberginen werden nur gegrillt und nicht frittiert. Der Tomaten-*sugo* muss ebenfalls sehr leicht sein, auf keinen Fall eignet sich eines jener *sughi*[64], die meine Oma früher mit Öl und Butter verfeinerte und drei Stunden zu köcheln pflegte, um ihre *lasagne* damit zu füllen.

Genau das legte ich Alex zwischen den einzelnen Bissen in aller Ausführlichkeit dar, obwohl ich davon ausgehen konnte, dass er alles bereits wusste. Aber da man die Sprechpausen irgendwie füllen musste und das Thema recht unverfänglich war, redete ich mich um Kopf und Kragen:

»Ja, und meine Oma hat auch Hühner und Kaninchen gezüchtet, ich meine selber gezüchtet. Ihr Kaninchen-*ragù*[65] war in der Familie sehr beliebt. Nur ich konnte dem nichts abgewinnen, mir hat Fleisch nie geschmeckt. Noch nicht mal als Baby, stell dir das mal vor! Meine Mutter fand das natürlich seltsam, denn Gemüsebrei, Obstbrei und alle anderen Breisorten habe ich immer gegessen. Vor allem Obstbrei

---

64 Sughi: Plural für ›sugo‹, Soße

65 Ragù: Tomatensoße mit Hackfleisch (auf Deutsch ›Bolognese‹)

mochte ich ganz gerne, Bananenbrei, Birnenbrei, Apfelbrei … Aber wenn es Brei mit Fleisch gab, dann habe ich das immer im hohen Bogen ausgespuckt. Meiner Oma war das natürlich ein Dorn im Auge, dass ich kein Fleisch essen wollte, denn sie hatte die Tiere für die Familie immer gerne, liebevoll und eigenhändig umgebracht …«

Ich hätte noch stundenlang so weiterreden können, hätte Alex mich irgendwann nicht mit einem Kuss unterbrochen.

»Äh … wo war ich stehen geblieben?«, fragte ich anschließend.

»Gar nicht, du warst fertig. Deine *nonna* scheint eine ganz lustige Frau zu sein. Aber jetzt kommst du mit mir aufs Sofa und wir machen es uns gemütlich. Das Gute ist: Keiner muss irgendein Wort sagen!«, sagte er mit erhobenem Zeigefinger und gespieltem Ernst.

»Nicht?«

»*No*«, sagte er mit Nachdruck und schaltete die Musik ein.

»Noch nicht mal über meine …?«

»Schsch!«, er legte mir einen Finger auf die Lippen.

Und schon füllten die ersten Musiktöne den Raum. Zum Glück war es kein Jazz oder, noch schlimmer, irgendeine langsame Schnulze, bei der man sich verpflichtet fühlt, zu knutschen. Es war ein Live-Konzert von Vasco Rossi, einem meiner Lieblingssänger.

Das Sofa war sehr weich, sehr hell und sehr edel. In dieser Wohnung lebte ganz eindeutig kein Kind. Auf einem Sideboard standen einige Fotografien, doch keine von einer Frau oder einem glücklich lächelnden Alex mit einem Baby im Arm. Es waren künstlerische Bilder und zeigten Menschen aus exotischen Ländern und hochmoderne Gebäude-Interieurs.

»Wohnst du alleine hier?«, fragte ich.

»Wir wollten eigentlich nicht reden«, tadelte er mich sanft. »Aber ja, ich wohne alleine hier. Was dachtest du? Dass ich Frau und Kind habe und sie vor dir verstecke?«

»*Certo che no*[66]«, antwortete ich schnell. Außerdem ließen sich Kinderspuren nicht so leicht beseitigen, dachte ich.

Dann hörten wir Vasco zu, wie er seine berühmten Lieder nuschelte (er war selten richtig nüchtern), und ich fühlte mich wie in Italien. Zwischendurch sangen wir ein bisschen mit, mussten lachen über unsere Gesangskünste und sangen weiter. Es war genauso, wie ich es mir so oft vorgestellt, ja erträumt hatte mit einem italienischen Mann. Martin wäre längst aufgesprungen und hätte an den Knöpfen und Rädchen der Anlage gedreht, weil der Sound eben nicht ganz so perfekt und dolby-soround-mäßig war, wie er sein sollte. Dann hätte er an meinem Musikgeschmack herumgemäkelt und gefragt, was ich an diesem versoffenen Sänger überhaupt fand, um dann aufzustehen und die Musik zu wechseln und etwas »Chilliges« wie Jack Johnson, den ich auf den Tod nicht ausstehen konnte, zu spielen. Kein Wunder, dass Martin etwas Chilliges brauchte, wieso konnte er nicht mal sitzen bleiben und einfach genießen?! Das alles und noch so viel mehr ging mir durch den Kopf, als Alex sich wie in Zeitlupe näherte und mich zu küssen versuchte. An sich nichts Verwerfliches, möchte man meinen. Bloß dass ich, lag es daran, dass ich gerade an Martin gedacht hatte (musste das denn sein?!), oder lag es am Flokati-Teppich, der mir unerklärlicherweise plötzlich eine Heidenangst einjagte, auf einmal wie von der Tarantel gestochen aufsprang und fluchtartig die Wohnung verließ.

66 Certo che no: »Sicher nicht.«

Capitolo undici 

Wollen wir shoppen gehen?«, fragte Ila.

Es war Samstag, ich saß im Bademantel in Ilas Küche und rührte lustlos in meinem Tee. Nun war ich schon seit einigen Wochen bei Ila, und langsam schlug mir die ungelöste Situation auf das Gemüt. Ganz abgesehen vom misslungenen Abend bei Alex, der seit einer Woche in meinem Kopf herumspukte und mir keine Ruhe gab. Alex war so freundlich gewesen und hatte sich gleich am nächsten Tag bei mir gemeldet. Natürlich hatte er so getan, als wäre alles in Ordnung, wie es nicht anders zu erwarten war von einem perfekten Mann. Und ich hatte auch so getan, als wäre alles in Ordnung, wie es nicht anders zu erwarten war von mir.

»Ila, Sara und ich wohnen schon so lange bei dir«, maulte ich, als wäre es ihre Schuld.

»Weiß ich, ihr seid meine längsten Mitbewohner«, lachte sie ungerührt.

»Fallen wir dir nicht auf die Nerven?«

»*Assolutamente no.* Hör mal, La. Ihr könnt bleiben, so lange ihr wollt. Das klappt doch ganz gut mit uns dreien, oder?«

»*Sì, certo, ma …*«

»Na also! Bin ich nicht gut zu dir?«, fragte sie lachend. Das erinnerte mich vage an einen Satz aus einem Film, nur welchem? Hatte das Jessica Lange zu Gwyneth Paltrow gesagt, als sie deren böse Schwiegermutter gespielt hatte? Der Film hatte mir immer Angst eingejagt.

»Na klar, und wie!«, sagte ich, denn schließlich wohnten wir mietfrei in dieser wunderschönen Wohnung. Dafür kaufte ich ein, erledigte den Haushalt und kochte, denn das waren nicht gerade Ilas Spezialgebiete. Sie passte dafür oft auf Sara auf und nahm sie zwischendurch sogar mit in die Kirche (an die Vorstellung von Ila, wie sie sich mit ihren hautengen Jeans mit Schlangenmuster auf das harte Holz kniete, hatte ich mich noch immer nicht gewöhnt).

»Bis auf das eine Mal, als du meine weiße Bluse mit deinen schwarzen Jeans gewaschen hast«, fügte ich trocken hinzu.

»Das war ein Versehen!«, protestierte sie, doch ich lachte nur.

»Ila, das ist echt ganz toll von dir, aber ich will deine Gastfreundschaft nicht unnötig strapazieren. Und du willst doch sicher auch mal mit Emanuele ungestört sein?«

»Gott bewahre! Nach den letzten Erfahrungen bin ich froh, wenn ich mir meine Unabhängigkeit bewahre! Komm schon, La, es ist Samstag, lass uns schön einkaufen gehen, und danach fahren wir zu Lorenzo und schauen uns die *api*[67] an. Sara ist bei Martin, und du und ich, wir beide machen uns einen schönen Tag!«

»Wo ist Emanuele?«, fragte sie.

»Der muss heute im Lokal seines Onkels arbeiten«, lachte sie. Dass er zwischendurch auch mal arbeiten musste, beruhigte mich. Immer wenn ich ihn sah, trug er die teuersten Markenklamotten und telefonierte stundenlang mit dem

---

67 Api: Mehrzahlform von ›ape‹. Witziges, typisch italienisches Transportgefährt auf drei Rädern.

allerneuesten Smartphone oder hing in irgendwelchen Lokalen rum. Aber bekanntlich sparen Italiener ja an allem außer der Kleidung und dem Essen.

»Der Arme! Im Lokal muss er immer so tun, als würde er gebrochen Deutsch sprechen, dabei ist er hier geboren und spricht eher schlecht Italienisch!«, lachte Ila.

»Aber wieso das Theater?«, fragte ich irritiert.

»Sein Onkel besteht darauf. Er sagt, die Leute würden mehr Trinkgeld geben, denn sie würden sich bei einem italienischen Akzent wie im Urlaub fühlen. Ein bisschen wie im ›Piazza Italia‹.«

Das mit dem ›Piazza Italia‹ war wirklich eine nervige Angelegenheit. Immer wenn wir Mädels dort ankamen, wurden wir von einem neuen Kellner oder einer neuen Kellnerin mit einem akzentfreien *Buonasera* begrüßt. Legten wir dann auf Italienisch los, schüttelten die aber nur den Kopf und eröffneten uns, dass sie keine Italiener waren und bis auf die mühsam geübte Begrüßungsformel kein Wort Italienisch konnten. Leider war die Pizza dort einfach zu gut, als dass wir das Lokal hätten boykottieren können.

»Na gut«, sagte ich nach einer Gedankenpause. »Lass uns shoppen gehen.«

*

Wir flitzten mit der Vespa in die Stadt und zogen natürlich wieder alle Blicke auf uns. Ilaria durfte den Roller lenken. Dem hatte ich widerwillig zugestimmt, weil sie einen so kurzen Rock trug, dass nichts anderes in Frage kam, sie hätte sonst hinten mit gespreizten Beinen sitzen müssen, eine doch etwas unnötige Provokation. Trotzdem bereute ich meinen Entschluss sofort, denn sie fuhr wie junge, verrückte Italienerinnen, die keine Kinder hatten, dafür aber jede Menge Gottvertrauen, eben so fuhren.

»Hey«, schrie ich nach vorne. »Kannst du auch langsamer fahren?«

Besonders schlimm waren die Kurven, denn da legte sich Ila gerne in die Seitenlage, was bei so kleinen Rädern fatale Folgen haben konnte.

»Wir sind doch nicht beim Motorradrennen!«, brüllte ich und pikste ihr sanft in die Seite, aus Angst, sie könnte sich sonst erschrecken und loslassen.

Ein Cabrio mit jungen Männern näherte sich, sie hupten und riefen mit erhobenen Händen begeistert:

»Italia! Italia! Italia!«

Ilaria hupte auch, allerdings meinte sie einen Rollerfahrer, der uns mit Karacho überholte.

»Das war Stefano, einer unserer Boys.«

Sie sagte wirklich ›Boys‹.

»Der fährt für die Agentur zu einem neuen Geschäft für italienische Herrenmode!«, schrie sie zu mir nach hinten.

»Und was macht er da?«, schrie ich zurück.

»Einkaufen und den ganzen Tag in den tollsten Klamotten und mit der Tasche des Geschäfts in der Hand herumlaufen.«

Ich hatte wohl den Überblick über unsere Projekte verloren. Zum Glück war llaria so engagiert.

»Und?«, schrie ich wieder nach vorne. »Das klappt?«

»*Benissimo.* Die Besitzerin hat mich vorhin angerufen, sie sind super zufrieden.« Ich hatte keine Zweifel. Ilarias Jungs waren allererste Sahne. Die waren bestimmt eine gute Werbung für das Geschäft.

Wir parkten auf dem Bürgersteig, direkt an einer der besten Einkaufsstraßen Münchens.

Die Mode dieses Jahr war sensationell, eine Mischung aus sportlichem Chic und weiblicher Romantik, mit Tüll, Spitze und gerüschten Säumen, dazu lässige Schnitte und Materialien (ich hoffe, Sie lesen das hier nicht erst in fünf Jahren, sonst werden Sie sich darüber wahrscheinlich schlapplachen. In zehn Jahren ist es dann wieder okay).

Entgegen der in Italien weitverbreiteten Meinung können sich deutsche Frauen durchaus sehr gut anziehen (wie gesagt, abgesehen von den 80ern). Der Unterschied zu Italienerinnen ist, dass sie nicht immer und bedingungslos dem Diktat der gerade aktuellen Mode folgen. Die deutsche Frau ist und bleibt eine Individualistin, mit ihrem persönlichen Geschmack und ihren eigenen Vorlieben. Die Italienerin neigt leider dazu, in Modefragen den Kopf auszuschalten. Sind Dreiviertelhosen gerade in? Dann müssen Dreiviertelhosen her, auch wenn man weiß, dass sie bei Frauen mit kürzeren Beinen nicht gerade Wunder bewirken. Oder es heißt, Leggings in Lederoptik seien dieses Jahr ein Muss? Dann sind sie für die meisten Italienerinnen ein Muss, Fettwulste hin oder her. Leider macht das auch vor den älteren Generationen nicht halt. Bunte Sneakers aus den USA sind vielleicht trendig, aber bei Frauen jenseits der fünfzig sehen sie einfach lächerlich aus. Dabei wird auch gerne mal richtig übertrieben: Ein Catsuit von Prada, gepaart mit einer Tasche von Hermès und Schuhe von Miu Miu sind ein fantastischer Look, wenn man etwas Großes vorhat, doch dazu gehört eindeutig nicht der Einkauf am Samstagnachmittag im Supermarkt. Überhaupt der Markenwahn. Für das richtige Label auf den Klamotten machen Italiener gerne auch mal Schulden. Oder man macht Abstriche bei der Wohnung, nur um dem eigenen Nachwuchs Designerklamotten zu ermöglichen. Ich habe in Italien schon

Zweijährige gesehen, die eine Jacke im Wert eines Tablets tragen. Eines richtig teuren Tablets. Dagegen ist das Leben in Deutschland modisch gesehen eine Oase der Friedfertigkeit und Entspannung.

*

»Eigentlich kaufe ich hauptsächlich bei Patrizia ein«, sagte Ila, die vor einem Schaufenster stehen geblieben war.

»Aber?«

»Aber ich gebe den anderen auch eine Chance«, sagte sie gönnerhaft und rauschte in den Laden.

»Weißt du, was mich an den Geschäften hierzulande nervt?«, rief sie kurze Zeit später durch die geschlossene Tür der Anprobe hindurch.

»Dass sie nicht in Italien sind?«

»*No, sì*, das auch. Aber hauptsächlich das: Steht jemand vor meiner Kabine?«

Ich schaute mich irritiert um.

»Nur ich. Wieso, hättest du gerne eine Schlange?«

»*Scema!* DIE VER-KÄU-FE-RIN!«, buchstabierte sie genervt. »Wo ist sie?«

»Ah, die telefoniert«, sagte ich.

»Eben! Und wo sollte sie eigentlich sein?«

Ich schwieg.

»HIER! Hier sollte sie sein und mich beraten, sobald ich aus der Kabine komme, oder?!«

»Du meinst wie in Italien?«

»*Brava!* Du hast es verstanden«, lobte sie und kam in einem wunderschönen Paillettenkleid mit Jeanseinsätzen heraus.

»Ich meine, schau dir doch dieses Mädel dort an«, sagte sie

jetzt leise und deutete unauffällig auf eine junge Frau, die sich in einer grüngestreiften Hose unsicher vor dem Spiegel hin und her drehte.

»Jemand sollte ihr sagen, dass ihr Hintern darin wie eine Wassermelone aussieht.«

»Das würdest du ihr wirklich sagen?«, fragte ich entsetzt.

»Natürlich nicht so!«, empörte sie sich. »Für wie taktlos hältst du mich?«

Ich antwortete lieber nicht.

»Schau«, sagte sie und zeigte auf ein pfirsichfarbenes Seidenkleid in A-Form, das ein Stück weiter auf einem Bügel hing. »Das würde ihr wunderbar stehen. Die Verkäuferin müsste es ihr jetzt spontan bringen.«

»Aber dann fühlt sie sich womöglich auf den Schlips getreten«, sagte ich.

»Nicht, wenn sie merkt, dass es der Verkäuferin um das gute Aussehen ihrer Kundinnen geht.«

Ja, Ilaria hatte recht, in italienischen Geschäften wurde man meistens hervorragend beraten. Den Verkäuferinnen merkte man die Leidenschaft für Mode und gutes Aussehen regelrecht an, sie legten sich für jede ihrer Kundinnen richtig ins Zeug. Dabei gaben sie auch Tipps, wie man die neuen Stücke kombinieren konnte. Und so kaufte man oft mehr ein als beabsichtigt, ärgerte sich jedoch später nur selten darüber.

»Weißt du, was Steve Jobs mal gesagt hat?«, fragte Ilaria. »Menschen wissen nicht, was sie wollen – bis du es ihnen zeigst.«

»Wow!«, staunte ich. »Wo hast du das denn schon wieder her? Liest du neben der Bibel auch Biographien über Steve Jobs?«

»*Ma no,* das Zitat stand auf einer Cola-Dose!«, lachte sie.

Doch das war sicher nur die halbe Wahrheit. In Ilaria steckte mehr, als sie zeigen wollte.

»Nehmen Sie jetzt das Kleid oder nicht? Sie blockieren die Kabine!«, beschwerte sich die Verkäuferin, die mittlerweile aufgelegt hatte und zum Nörgeln herbeigeilt war.

»Ach nee, wissen Sie, das Kleid ist zwar schön, aber ich kaufe lieber dort ein, wo ich auch beraten werde«, antwortete Ila und ließ die Verkäuferin mit offenem Mund stehen. Ich staunte nicht schlecht, das hätte ich mich niemals getraut. Vielleicht sollte ich mir auch einmal die Biographie von Steve Jobs vornehmen. Es schien ja nicht zu schaden.

»Lass uns bei Ale vorbeischauen!«, schlug Ila in ihrem Übermut vor.

»Ale?!«, rief ich, als hätte sie eine Pilgerfahrt zur Madonna von Lourdes vorgeschlagen. Was vielleicht sogar die bessere Idee gewesen wäre.

»*Ma sì, certo*!«

»Äh, ich weiß nicht …«, stotterte ich.

»Ach komm, man muss den Stier bei den Hörnern packen!«, rief sie, wobei sie strenggenommen nicht »Hörner« sagte.

Da ich aber auch mal etwas Selbstbewusstsein zur Schau stellen wollte, das ich nicht hatte, willigte ich ein und stieg mit hämmerndem Herzen auf die Vespa, während Ila ein breites Grinsen aufsetzte, das in meinen Augen ziemlich dämlich aussah.

Bei Alex ging es hoch her. Offenbar war gerade eine neue Ladung Möbel aus der Toscana eingetroffen, die auf der Eröffnungsfeier ausgestellt werden sollten. Und auch sonst sah das Geschäft chaotisch aus, das Interieur lag unter einer riesigen Menge Plastikfolie begraben. Ich hoffte, dass Michela hier alles im Griff hatte.

»Na, ihr beiden?«, tauchte Alex unter einer eben jener Folien auf.

»Na, du Indiana Jones für Arme!«, grinste Ila, den Blick auf das löchrige weiße T-Shirt gerichtet, unter dem seine gebräunte Haut hervorschien. Der Blick, den sie mir dann zuwarf, war unzweideutig: Was hast du dir da bloß für einen Leckerbissen geangelt!

Alex gab Ila zwei Küsschen und wandte sich dann unsicher mir zu. Was nun? Zwei Küsschen? Ein Küsschen? Einen richtigen Kuss? Der letzte war ja phänomenal in die Hose gegangen.

Doch irgendeine höhere Macht schien Erbarmen mit mir zu haben. Alex wurde just in diesem Moment von einem Mitarbeiter ins Büro gerufen. Es schien eine längere Angelegenheit zu sein, denn er tauchte nicht mehr auf. Ich war erst mal gerettet.

*

»Hast du eigentlich … äh … Sara mal wieder gesehen?«, fragte ich Katrin am Abend im Hausflur.

»Du meinst, ob ich Martin gesehen habe?«, lächelte sie. »Ja, ich hab sie heute Nachmittag im Treppenhaus getroffen. Sie wollten gerade ins Freibad und waren ganz guter Dinge.«

Hoffentlich hatte Martin Saras Schwimmflügelchen eingepackt. Nicht dass er sie aus schwimmpädagogischen Gründen einfach ins Wasser warf.

»Hast du dir schon Gedanken gemacht, wie es mit euch weitergeht?«, fragte Katrin behutsam.

»Ich weiß nicht, Katrin, ist alles nicht so einfach.«

»Aha«, sagte sie und nickte verständnisvoll. Hatten wir das Thema nicht schon mal gehabt?

»Und was genau?«, fragte sie nach einer Weile.

»Wie meinst du das?

»Was genau ist das Problem?«

»Hm, wenn du so fragst, ich habe alles nicht so genau analysiert, es ist nur so … äh … ein Gefühl.«

»Was sagt dir dieses Gefühl?«, ließ sie nicht locker. Sie hätte ohne weiteres Psychoanalytikerin werden können. Und ich ihre schwierigste Patientin.

»Na ja, du weißt doch, wieso ich ausgezogen bin, oder?«

»Weil ihr immer gestritten habt.«

»Ja, und weil er ein Prinzipienreiter und Korinthenkacker ist!«

»Okay, aber mal weiter im Text«, drängelte sie.

»Na ja, und jetzt, wo ich ihn nicht ständig vor der Nase habe …«

»Ja?«

»Denke ich immer noch, dass er ein Prinzipienreiter und …«

»Korinthenkacker ist!«, fiel sie mir genervt ins Wort.

»Genau.«

»Aber?«

»Was aber?«

»Laura!«

»Ja, ist ja schon gut. Manchmal fallen mir halt Sachen ein, die nicht so schlecht waren.«

Katrin nickte. Gute Analytikerin, die sie war.

»Was denn zum Beispiel?«

»Na ja, zum Beispiel wenn ich Sara was auf Italienisch gesagt habe, und er sie dann heimlich nach der Übersetzung gefragt hat. Weil er sich die Blöße nicht geben wollte.«

»Hmm. Und sonst?«

»Sonst nichts.«

»Das glaube ich dir nicht. Du willst es nur nicht zugeben!«

»Na gut. Es war nett von ihm, sich nicht anmerken zu lassen, wie sehr ihn meine Familie schockiert hat. Ach ja, seinen Optimismus fand ich auch immer ganz erfrischend.«

Katrin lächelte, sie schien zufrieden zu sein.

»Laura, weißt du was? Ich glaube, du hast noch Gefühle für Martin.«

»Ich weiß nicht, Katrin, es ist alles nicht so einfach.«

Das hatten wir auf jeden Fall schon gehabt. Und tatsächlich seufzte sie jetzt. Schwierige Patientin, die ich war. Dann holte sie noch einmal tief Luft, wir waren offensichtlich noch nicht am Ende unserer Sitzung.

»Weißt du noch, was unser Dozent für Physik immer sagte?«

»Dass alles nicht so einfach ist?«, fragte ich, auch wenn ich natürlich wusste, dass Physik-Dozenten so etwas nie sagen würden. Für die war alles sogar ziemlich einfach, ein paar Formeln an die Tafel geschmettert, und die ganze Welt war in ihrem Innersten erklärt.

»AUS DER REIBUNG, Laura, aus der Reibung entsteht die ZÜNDUNG!«

Aus der Reibung entsteht die Zündung, aha, das hatte er also immer gesagt. Daran konnte ich mich nicht erinnern. Vielleicht hatte er auch eine italienische Frau gehabt und war verzweifelt, möglicherweise sogar ein bisschen irre geworden.

Ich schaute Katrin möglichst teilnahmslos an, obwohl ich natürlich wusste, was sie mir hatte sagen wollen. Aber Physik war nie mein Lieblingsfach gewesen, und so eine Reibung verbraucht auch unendlich viel Energie. Davon hatte sie keine Ahnung.

»Und wie läuft es mit diesem Alex?«, fragte sie nach einer gedankenschweren Pause.

Zum Glück ließ sie vom Thema Martin endlich ab. Manchmal konnte sie wie ein Hund sein, der sich an einem Knochen festgebissen hatte.

»Wir gehen aus, verstehen uns gut und haben Spaß miteinander«, antwortete ich betont lässig. Vom verpatzten Abend sagte ich kein Wort, das hätte sie sonst nur gegen mich verwendet.

»Das hört sich aber nicht nach etwas Ernstem an«, stellte sie fest.

»Hm, na ja, von Alex fühle ich mich eindeutig mehr verstanden als von Martin. Aber Alex ist ja auch Italiener, da ist es nur natürlich, dass wir eher auf derselben Linie sind.«

Katrin schaute mich mit leicht hochgezogenen Augenbrauen an. Nun würde sie wieder etwas Philosophisches aus unseren Kursen für organische Chemie oder angewandte Botanik zum Besten geben, wie zum Beispiel: Identische Pflanzenpopulationen sterben irgendwann aus, nur genetische Vielfalt garantiert die Zukunft, oder so etwas in der Art.

»Laura, soll ich dir mal etwas sagen? Von Martin warst du damals deutlich mehr begeistert.« Päng! Das saß.

»Ehrlich?«, tat ich überrascht.

»Ja. Du solltest ihm vielleicht noch eine Chance geben.«

Jetzt war es an mir, die Augenbrauen hochzuziehen.

»Und so enden wie meine Oma?«, fragte ich und schüttelte mich.

»Ach, ich glaube, deine Großeltern waren noch nie so verliebt ineinander, wie ihr beide.« Da hatte sie recht, meine Großeltern hatten sich im Grunde nie geliebt. Sie waren nur das Opfer ihrer Zeit und der damaligen Konventionen.

»Schau dir meine Eltern an«, fügte Katrin hinzu, »die feiern nächsten Monat fünfunddreißigsten Hochzeitstag und sind immer noch sehr, sehr glücklich.«

Ja, Katrins Eltern hatten auf mich auch sehr glücklich gewirkt, als ich sie damals zu Studienzeiten kennengelernt hatte, obwohl das Treffen für mich damals mit einem ziemlichen kulturellen Schock verbunden gewesen war. Wir waren dafür im Sommerurlaub eigens an die Nordsee gefahren, wobei die Nordsee für eine Südländerin vor allem dazu da ist, den Platz zwischen Skandinavien und Deutschland zu füllen. Aber nicht, um dort seinen Sommerurlaub zu verbringen. Meine Skepsis wurde auch nicht enttäuscht, denn kaum waren wir angekommen, wehte uns ein heftig kalter Wind und ein feiner Nieselregen so unangenehm ins Gesicht, dass ich froh war, meine Strickjacke mitgenommen zu haben.

Der Campingplatz von Katrins Eltern lag direkt hinter einem naturbelassenen Dünengebiet und sah auf den ersten Blick ganz nett aus. Auf den zweiten Blick sah das aber schon ganz anders aus. Ein Campinggast kam uns mit seinem Hund entgegen, einem Cocker Spaniel mit langen und wedelnden Ohren, doch waren die Ohren des Hundes zu meinem Entsetzen leider nicht das Einzige, das wedelte. Und das bei diesen Temperaturen!

»Hallo, Herr Meyer!«, grüßte Katrin den freundlichen, aber völlig NACKTEN Hundebesitzer. Ich für meinen Teil konnte mich auf nichts anderes konzentrieren als darauf, nicht hinzugucken.

»Warum hast du mir nichts gesagt?«, zischte ich Katrin an.

»Was denn?«

»Na, dass das hier ein Nudistencamp ist!«

»Aber das hab ich doch!«, lachte sie.

»Hast du nicht! Du hast irgendwas von freier Kultur und Körpern und Natur erzählt, und ich dachte, es wäre eine Art literarischer Campingplatz mit viel Bewegung an der frischen Luft«, empörte ich mich.

»Freikörperkultur«, verbesserte sie mich.

»Was auch immer. Aber auf jeden Fall nicht, dass hier alle … äh …«

»Nackt sind?«, fragte eine Männerstimme hinter uns. Das war Katrins Vater, der mir zur Begrüßung die Hand reichte. Er war Rechtsanwalt, doch trug er im Gerichtssaal hoffentlich mehr als hier auf dem Campingplatz.

»Kommt, Mädels, Mama spielt noch Volleyball, aber ich wollte schon mal den Grill anheizen.« Als er uns vorauslief, versuchte ich nicht auf seine Gesäßhaare zu starren.

Später saßen wir alle auf Plastikstühlen und hielten ein friesisches Bier in der Hand, während die Herren am Grill standen und wilde FKK-Camper-Geschichten austauschten (in denen es hauptsächlich um die neuesten Kupplungsmodelle und die besten Wohnwagenzelte sowie die Spanner von jenseits der Dünen ging). Ich hatte alle Essensangebote freundlich abgelehnt, obwohl ich einen Höllenhunger hatte, aus Angst, ich könnte im Kartoffelsalat ein Schamhaar entdecken. Doch mehr als die körperliche Freizügigkeit, an die ich mich langsam gewöhnte, frappierte mich, wie liebevoll Katrins Eltern miteinander umgingen. Immerzu fragte er, ob sie noch ein Steak oder ein Würstchen wolle. Sie wiederum reichte ihm ein Bier und wischte ihm zärtlich den Bart ab. Ja, so musste aussehen, das Glück nach so vielen Ehejahren! Sie hatten sicher auch viele Krisen erlebt und sie gemeistert, worin wahrscheinlich das Geheimnis ihres Glückes lag.

Ich dachte an meine Großeltern. Krisenzeiten hatte es sicher auch bei ihnen gegeben, doch waren sie jemals wirklich überwunden worden? Hatten sie sich überhaupt damit auseinandergesetzt? Vielleicht hätte meine Oma auch mal ausziehen sollen. Doch das war damals in Italien völlig ausgeschlossen. Und noch wusste ich nicht, welche Erleuchtung mir diese Pause mit Martin bringen würde. Konnte ich mir uns vorstellen, in ferner Zukunft auf dem FKK-Campingplatz? Mit Schwabbelbauch und Bierbart? Brrr, ich schüttelte mich.

»Weißt du, was du mir damals gesagt hast, als du Martin kennengelernt hast?«, riss mich Katrin aus meinen Gedanken. Wir standen noch immer im Hausflur.

Nee, ich hatte keine Ahnung.

»Du hast mir gesagt: ›Katrin, mit ihm fühle ich mich so, als wäre ich etwas ganz Besonderes. In seinen Augen bin ich der hellste Stern am Firmament.‹«

Boah, hatte ich das wirklich gesagt? Wieso konnte ich mich nicht erinnern? Und was war eigentlich aus dem hellsten Stern am Firmament geworden? Im Moment fühlte ich mich eher wie eine sterbende Supernova.

»Darf ich dir noch etwas sagen?«, ergänzte Katrin nach einer Pause. »Martin hängt noch immer sehr an dir.«

»Woher weißt du das?«, fragte ich überrascht.

»Das sehe ich an der Art, wie er im Moment offenbar leidet. Und wenn wir uns im Treppenhaus treffen, merke ich, wie gerne er mich über dich ausfragen würde, aber sich doch nicht traut.«

Martin traute sich nicht? Sprachen wir von demselben Martin?

»Was ist eigentlich mit dir, Katrin? Du bist schon so lange Single. Früher gab es bei dir doch auch nie einen Mangel an Männern.«

»Tja, ich hatte aber nicht das Glück, das du hattest.«

»Welches Glück?«, fragte ich.

»Ich habe nie den Richtigen getroffen«, antwortete sie, und darauf erwiderte ich nichts mehr.

Capitolo dodici 

Es war ein heißer Spätsommertag, einer solcher Tage an denen man denkt, die Hitze könne ab einer bestimmten Temperatur einfach nicht mehr gesund sein.

Trotz Fahrtwind auf der Vespa hatte ich ständig das Gefühl, zusammenzuschmelzen, vor allem an den roten Ampeln, wo die Sonne meinen Helm erbarmungslos aufheizte. Ich dachte an das gestrige Gespräch mit Katrin, aber das brachte mich nur noch mehr ins Schwitzen. Ausgerechnet Martin soll DER RICHTIGE sein? Sollte das ein Witz sein? Schwebt man mit dem Richtigen nicht andauernd auf Wolke sieben? Dort, wo es keine Streitgespräche gibt und auch keine Besserwisserei? Wo man dem Partner nicht ständig mühsam erklären muss, dass Kekse in die Milch getunkt gehören, weil sie dann einfach besser schmecken? Nein, die Realität hier unten auf der Erde war zu deprimierend. Der Auszug aus der Wohnung hatte doch nichts besser gemacht, im Gegenteil! Und noch etwas wurde mir schlagartig klar: Wenn die Sache mit Alex eine Chance haben sollte, dann musste ich eine Entscheidung treffen. Und zwar so bald wie möglich. Ich werde jetzt eine Entscheidung treffen!, beschloss ich unter meiner 55 Grad heißen Haube und drückte auf das Gaspedal.

Vor Saras Kindergarten traf ich Marcs Vater, der ein ärmelloses Netz-T-Shirt trug und wie ein Schwein schwitzte.

»*Italiano, äh!*«, lachte er wie üblich.

»Ganz schön heiß, nicht?«, antwortete ich mit einem Blick auf die Schweißränder unter seinen Achseln.

»Ja, aber dir als Italienerin dürfte das ja nichts ausmachen«, sagte er und schaute mich so triumphierend an, als hätte er gerade etwas Geniales von sich gegeben.

»Nee, klar. Uns Italienern kann es nicht heiß genug sein. Bei diesen Temperaturen drehen wir im Auto noch die Heizung auf!«, erwiderte ich ironisch, doch Ironie war offensichtlich ein Fremdwort für Marcs Vater, der mich verständnislos anglotzte.

Leider passierte mir das oft. Die Leute denken, weil ich Italienerin bin, kann es mir nie zu heiß sein. Sie verstehen nicht, dass Italiener unter der Hitze genauso leiden wie Deutsche unter der Kälte. Auf Sizilien schlafen die Leute im Sommer auf den nackten Bodenfliesen, damit sie überhaupt ein Auge zumachen können. Und im Dezember laufen auch die Deutschen mit Mantel herum und nicht mit kurzen Hosen. Andererseits klingt die Aussage eines Deutschen an einem milden Wintertag »Heute ist es total warm« in den Ohren von Italienern immer falsch, auch wenn der Fön weht und die Temperaturen über null Grad liegen. Über das, was Italiener als kalt bezeichnen, können Deutsche nur müde lächeln, bevor sie sich dann den Pulli ausziehen. Meine Theorie lautet, alles, was unter minus 5 und über 35 Grad ist, verwischt die deutsch-österreichisch-italienische Staatsgrenze. Dazwischen sind Unterschiede bemerkbar.

»Sie hatte keine Jacke dabei!«, hatte mir Simona einmal verkündet, als ich Sara nach dem Kindergarten bei ihr abholte.

»Wie, sie hatte keine Jacke dabei? Du meinst, sie hatte nur dieses ärmellose Kleid an?«, fragte ich, zeigte auf meine ahnungslose Tochter und machte große Augen, denn gegen Ende Mai herrschen in München nur selten tropische Temperaturen.

»Als ich sie so gesehen habe, wusste ich sofort, dass Martin sie heute Morgen angezogen hat. Kai hat Daniele einmal im Bayern-München-Outfit in den Kindergarten gebracht. T-Shirt, kurze Hose und dünne, atmungsaktive Kniestrümpfe. Und das im März! Drüber nur eine dünne Jacke. Er hätte ihm mindestens noch einen Schal anziehen können, meinetwegen einen rot-weißen!«, beschwerte sich Simona.

Wir schauten uns wissenden Blickes an und schüttelten den Kopf.

Das war der Klassiker in einer interkulturellen Beziehung. Geht der Deutsche bei achtzehn Grad bereits im luftigen T-Shirt aus dem Haus, tragen Italienerinnen meist noch Strumpfhosen, lange Stiefel, eine Jacke und frösteln dabei. Haben zwei Menschen mit solch unterschiedlicher Kältesensibilität ein gemeinsames Kind, ist Streit über dessen Bekleidungsgrad einfach vorprogrammiert.

Auch das Sitzen im Freien war bei Martin und mir immer Anstoß für Diskussionen.

»Ah, hier, ein Platz in der Sonne«, rief er einmal im Café und beeilte sich, die Stühle im prallen Sonnenschein für uns zu sichern.

»Lass uns im Schatten sitzen!«, regte ich an.

»Warum, es ist so schön warm!«, erwiderte er.

»Eben.«

Und so weiter und so fort. Eine Einigung sah am Ende so aus, dass wir auf einen Tisch warteten, der halb in der Sonne, halb im Schatten stand, und bis dahin war die gute Stimmung verflogen. Martin verstand nicht, wieso ich im Schatten sitzen wollte, und ich konnte seine Vorliebe für die direkte Bestrahlung nicht nachvollziehen.

Meine Freundinnen und ich nannten diese seltsame Vorliebe »Eidechsen-Syndrom«: Deutsche hatten es, Italiener nicht.

*

Kaum hatte ich Marcs Vater abgeschüttelt und die Garderobe des Kindergartens erreicht, nahm mich Saras Erzieherin zur Seite.

»Frau Mattina, Sie wissen, dass wir bis spätestens morgen Saras Sonne haben müssen?«

Saras Sonne? Was meinte sie damit? War das eine Art Geheimbotschaft? Die Erzieherin schien meine Verwirrung zu bemerken und half mir auf die Sprünge. »Wir haben bald Sommerfest, und alle Kinder sollten bis dahin mit ihren Eltern eine Sonne basteln. Die hängen wir dann alle an eine Kette, und die schönste gewinnt einen Preis. Haben Sie das vergessen?«

Leider war sie es gewohnt, dass ich nicht unbedingt alle wichtigen Kindergartentermine im Kopf hatte. Und damit nährte ich wahrscheinlich das Vorurteil des unzuverlässigen Italieners. Hinter der Erzieherin hingen bereits etliche, kreativ gestaltete Sonnen und strahlten um die Wette.

»Äh … nein, natürlich nicht!«, sagte ich und tat entrüstet. »Unsere Sonne ist auch schon fertig. Äh … sie muss nur noch trocknen«, sagte ich und brach zusätzlich in Schweiß aus.

»MAMMA, wir haben noch gar keine Sonne gebastelt!«, rief Sara mir vorwurfsvoll zu, als sie angelaufen kam.

»Doch, haben wir schon, mein Schatz, du weißt es bloß nicht mehr«, sagte ich mit nachsichtiger Mami-Stimme und einem schnellen Seitenblick zur Erzieherin, die sich mit einem missbilligenden Zungenschnalzen entfernte.

Die meisten der bereits ausgestellten Bastelarbeiten waren kleine Meisterwerke und jagten mir die nackte Versagensangst ein. Wo sollte ich jetzt so schnell eine so tolle Sonne herbekommen?

»Mamma? Wo ist denn unsere Sonne?«, fragte mich Sara zu Hause.

»Äh, wir haben noch keine«, gab ich zerknirscht zu.

»Aber du hast gesagt, wir haben eine!«

»Ja, aber es stimmt nicht«, erwiderte ich und spürte, wie mir der Schweiß weiter den Rücken herunterrann.

»Aber wieso hast du es dann gesagt?«

»Ja, weil …«

Sara zog die Luft scharf ein.

»MAMMA! DU HAST GELOGEN! MAN DARF GAR NICHT LÜGEN!«, empörte sich mein Töchterchen.

Und nun fühlte ich mich endgültig wie eine ganz schlechte Mutter, und wie eine Lügnerin noch dazu. Jetzt musste ich mir schnell was einfallen lassen, um es wiedergutzumachen.

»Weißt du was, Püppchen? Wir fahren jetzt zum Bastelladen und kaufen viele schöne Sachen ein, um eine ganz tolle Sonne zu basteln«, schlug ich vor, während ich im Internet nachschaute, ob es überhaupt Bastelläden gab.

»Bekomme ich auch ein Eis?«

»*Va bene.*«

Ah, da, ich hatte einen gefunden! Wir konnten sogar mit der Vespa hinfahren.

»Und eine Tüte Gummibärchen?«

Das kleine Biest nutzte die Situation schamlos aus. Später würde sie ihren Frust mit Shoppen und Essen bekämpfen, aber welche Frau tat das nicht?!

»Na gut, auch Gummibärchen. Aber jetzt lass uns fahren«,

sagte ich und reichte ihr ihren rot-grün-weißen Motorradhelm.

›Die Bastelmaus‹ war ein Geschäft, das Kleinmädchenherzen höher schlagen ließ. Wo man auch hinschaute, waren kleine bunte Holzteile, Filzstoffe, Sticker, Glitzerstifte, Knöpfe, Malutensilien, Perlen, Bänder und vieles mehr. Kaum hatten wir den Laden betreten, hatte Sara sich auch schon einen Einkaufskorb geschnappt und fast zur Hälfte mit allen möglichen Waren gefüllt.

»Warte, Püppchen, lass uns erst überlegen, wie du diese Sonne haben möchtest, und dann kaufen wir ein, was wir dafür brauchen«, sagte ich, während ich den Korb wieder zu leeren versuchte. Dabei musste ich behutsam vorgehen, denn Sara neigte, ach Wunder, zu emotionalen Ausbrüchen, und für eine Szene in dem Geschäft hatte ich einfach keine Nerven. Ich sah mich schon mit hochrotem Kopf auf allen vieren kriechen, und nadelkopfkleine Steine in allen Ecken des Raums suchen. Zum Glück lenkte Sara ein.

»Also, ich will eine orangene Sonne«, sagte sie bestimmt.

»Orange? Nicht gelb?«, fragte ich unkreativ.

»Gelb hat jeder. Ich will sie in Orange«, antwortete sie.

»Okay, auch gut, manchmal ist die Sonne auch orange. Und sonst?«

»Sie soll glitzern und große Augen haben. Sie soll richtig auffallen.«

»Äh, wieso das denn?«, fragte ich überrascht, denn Vierjährige wollen doch eher selten auffallen. Im Gegenteil, je mehr Freundinnen das gleiche Kleid tragen wie sie selbst, desto besser, dachte ich.

»Wir Frauen sollen immer auffallen, hat Ila gesagt.«

Ich hätte es mir doch denken können. Soll Ila doch erst

mal eine eigene Tochter bekommen und ständig die Sorge haben, dass sie mit zwölf Jahren eines Tages schwanger nach Hause kommt. Dann wird sie so etwas nicht mehr sagen.

Ich kaufte auf gut Glück schimmernden, orangefarbenen Tonkarton, Kleber, Moosgummi (nur weil ich so gerne darauf herumdrücke), große Wackelaugen, Schmucksteine und, auf Saras Wunsch hin, flauschiges Biegeplüsch. Irgendetwas wird sich schon damit machen lassen, dachte ich.

Zuhause angekommen breitete ich alle Materialien auf dem Tisch aus und stand eine Weile ratlos davor. Nicht so Sara, die munter drauflosschnippelte.

»Warte, Püppchen, wie müssen erst den Kreis ausschneiden«, rief ich, weil ich Angst hatte, dass wir irgendwann mit lauter Schnipseln und noch immer keiner Sonne dastehen würden.

Bloß hatte ich keine Vorstellung davon, wie man eine kreisrunde Sonne in dieser Größe hinbekam. Wie hatten die anderen Mütter das gemacht? Hatten sie Kurse für kreatives Gestalten an der Volkhochschule besucht? Waren sie alle in jungen Jahren an der Kunstakademie gewesen? *Musste* man so was gemacht haben, bevor man ein Kind in die Welt setzte? Und wenn ja, wieso hatte mir das keiner vorher gesagt?

Ich schaute zu Sara, die wiederum mich vertrauensvoll ansah, und plötzlich hatte ich den perfekten, genialen, wenn auch nicht pädagogisch wertvollsten Einfall einer durch und durch modernen Mutter: Ich würde im Internet nachschauen. Schließlich gab es im Netz nichts, das es nicht gab.

»Mamma, was machst du mit dem Computer?«, fragte Sara.

»Ich hole mir Inspiration«, antwortete ich

»Wieso holst du dir eine INFIKTION???«, rief sie, komplett verwirrt.

»Äh, nein, keine Infektion, Sara, eine Inspiration. Das bedeutet Ideen. Ich brauche Ideen«, antwortete ich und schlug hektisch auf die Tasten.

Es war einfach unglaublich, wie viele Tipps im Web herumlagen, und zwar zu allen möglichen Themen und in allen Variationen, in Form von Postings in entsprechenden Foren, Fragen und Antworten (meistens dumme Fragen und noch dümmere Antworten), Bildern, Videos.

Mit einer Mischung aus Faszination und Abneigung schauten Sara und ich zu, wie einer mutigen Frau eine Sonne auf die Schulter tätowiert wurde. Dabei zuckte die junge Frau jedes Mal zusammen, wenn die Nadel sich in ihre Haut bohrte, gab jedoch ganz tapfer keinen Ton von sich. Dafür redete der Tätowierer umso mehr, beschrieb stolz seine Kunst und wie er sie erworben hatte (dabei hatten Vollzugsanstalten als Übungsstätte eine große Rolle gespielt).

»*Mamma!* Wieso quält dieser Mann die arme Frau???«, fragte Sara entsetzt.

»Er quält sie nicht, er tätowiert sie.«

»Aber er pikst sie doch die ganze Zeit mit einer Nadel! Marc hat auch mal einen Käfer *tätotiert,* und da hat die Erzieherin ihn bestraft und gesagt, MAN QUÄLT KEINE TIERE!«

»Tut man auch nicht, Püppchen, aber schau: Die Frau will das doch«, antwortete ich und merkte sofort, dass sich der Satz wie der eines Kriminellen anhörte.

»Aber wieso will sie GEQUÄLT werden?«

»Äh, damit sie nachher eine schöne Sonne auf der Schulter hat. Schau, da kommt schon ein Sonnenstrahl, siehst du?«

Sara sah eindeutig verwirrt aus, doch dann erhellte sich ihr Gesichtchen, als hätte sie gerade eine wichtige Entdeckung gemacht.

»Ah, so wie Ila, die dir die Haut und die Haare abgezogen hat?«

»*Giusto,* genau so«, sagte ich stolz, da mein Töchterchen eine wichtige Lektion in Sachen Schönheit und Leiden gelernt hatte. So würde sie sich zumindest nicht wundern, wenn sie später eine Diät machen oder sich eine Vene veröden lassen müsste (mein bislang schmerzhaftestes Erlebnis).

Ich recherchierte weiter nach dem Stichwort ›Sonne‹ im großen Video-Archiv.

Da, was hatte ich gesagt? Es gab tatsächlich eine Anleitung für die Gestaltung einer Sonne!

Leider erwies sich das Video als unbrauchbar, denn es handelte sich um das Falten einer Origami-Sonne, und die würden eine Vierjährige und eine künstlerisch minderbemittelte Mutti in hundert Jahren nicht hinbekommen.

Doch wenig später stieß ich auf eine wackere Omi, die ihre Zeit scheinbar damit zubrachte, alle möglichen Bastelanleitungen aufzunehmen und ins Netz hochzuladen. Dafür hätte ich sie küssen mögen, wieso machen Menschen so was? Nächstenliebe, Selbstdarstellung, Narzissmus? Egal, Hauptsache, ich war gerettet!

Da mein Ehrgeiz nun geweckt war und ich etwas Besonderes kreieren wollte, beschloss ich, die Sonne als Relief zu gestalten.

Nach Omis Anweisung holte ich einen großen Topf aus der Küche und zeichnete damit einen Kreis auf den orangenen Karton. Mit einer dicken Schere schnitt ich entlang der Linie, und unsere Vorlage war fertig. Während Sara den Biegeplüsch für die Strahlen in Wellen bog, fing ich an, Sommersprossen aus Moosgummi herzustellen, und zwar mit einem Locher, wie die Video-Oma mir beigebracht hatte.

Na also, dachte ich, so schlecht war ich doch gar nicht, wenn wir dafür nicht den ersten Preis bekamen!

»Sara«, fragte ich nach einer Weile, da ich mich für diese Frage ausreichend gestärkt fühlte. »Bist du mit deinen Eltern eigentlich glücklich?«

»Was sind ›Eltern‹?«

»Eltern sind die *mamma* und der *papà.*«

»Ach so. Also, wenn ich Gummibärchen bekomme ...«

Ach ja, die hatte ich vergessen. Ich holte sie schnell aus der Küche. Sara strahlte.

»*Allora* Sara? Bist du mit *mamma* und *papà* glücklich? Abgesehen von den Gummibärchen ...«, versuchte ich es noch einmal.

Keine Antwort.

»Der *papà* ist der allertollste Papa des Universums«, sagte sie nach einer Weile.

»Äh, und warum?«

»Weil er immer sagt, ich bin die Beste von allen und brauche vor nichts Angst zu haben.«

Das konnte ich verstehen, das hatte mir an Martin auch immer sehr gut gefallen. Sein unerschütterliches Vertrauen, dass das Leben schön ist und die Welt uns anlacht. Wenn ich früher einen Durchhänger gehabt hatte, war er mit einem strahlenden Lächeln zu mir gekommen, hatte mich in die Arme genommen und gesagt: »Mach dir keine Sorgen, alles wird gut. Uns kann nichts passieren.« Und schon ging es mir besser, denn das sagte er so, als wäre das eine unumstößliche Tatsache. So wie er jeden Silvesterabend gegen Mitternacht behauptete, dass das neue Jahr ein tolles Jahr werden würde. »Laura«, sagte er, »das wird UNSER Jahr!« Und man konnte nichts anderes tun, als ihm zu glauben.

»Die *mamma* ist aber auch toll, oder?«, buhlte ich.

Sara war so vertieft in ihre Arbeit, dass sie mich scheinbar nicht gehört hatte. Eine qualvolle Minute verstrich.

»Also, der *papà* sagt ja«, sagte sie dann plötzlich, als ich schon dachte, es würde keine Antwort mehr kommen.

»Was ›ja‹?«, fragte ich, aufmerksam geworden.

»Ja«, antwortete sie und nickte beflissen.

Ich seufzte und versuchte mich in Geduld zu üben.

»Was hat er gesagt, Sara?«

»Der *papà* hat mir gesagt, wir fahren zu einem Ponyhof!«, freute sie sich.

»Ja, schön, aber was hat er ÜBER MICH gesagt?«, betonte ich laut und extra langsam. Daraufhin erntete ich einen wütenden Blick, denn trotz ihrer vier Jahre hatte Sara einen gewissen Stolz. Im Gegensatz zu mir, die ich schnell die Taktik änderte und ein zuckersüßes Lächeln aufsetzte, um sie zu beschwichtigen. Wie erbärmlich, ich hing regelrecht an den Lippen meiner vierjährigen Tochter!

Und natürlich kam trotzdem keine Antwort. Grrr, das Kind machte mich wahnsinnig.

»Also, wenn du stirbst, heirate ich den *papà*.«

»Okay, kein Problem.« Von mir aus konnte sie ihn haben.

»*Mamma*, wann stirbst du denn?«

»Tja, tut mir leid, so schnell nicht«, antwortete ich, und sie schaute mich enttäuscht an.

»Guck mal, unsere Sonne sieht ganz toll aus«, rief ich, denn das Zwischenergebnis konnte sich wahrlich sehen lassen. Vor allem die wellenförmigen Strahlen und die Sommersprossen, auf denen ich die Schmucksteine angebracht hatte, waren echte Hingucker.

»*Mamma*! Warum küsst du das Papier??«, fragte Sara.

Ich hatte mir auf die Empfehlung der kreativen Oma hin Lippenstift aufgetragen und drückte nun meine Lippen auf das Moosgummi, deren Konturen ich anschließend nachschneiden wollte.

»Hey, das ist aber ein toller Mund, *mamma*!«, schrie Sara begeistert, als der Sonnenmund an seinem Platz klebte.

»Na siehst du?«, sagte ich zufrieden. Vielleicht würde sie jetzt aufhören, mir das baldige Ableben zu wünschen.

»Und was sollen wir zum Sommerfest zu essen mitbringen?«, fragte ich sie dann.

»Melone mit Schinken«, antwortete sie wie aus der Pistole.

»Das schmeckt dir?«, fragte ich überrascht.

»Ja, die Melone ist süß, und der Schinken ist salzig, und zusammen sind sie megalecker!«

Pause.

»Mamma? Ich weiß jetzt wieder, was der *papà* über dich gesagt hat!«

»Was denn?«

»Er sagte, ich soll immer auf dich hören, denn du bist eine tolle *mamma,* und du hast immer recht.«

*

Ein paar Stunden später holte ich Simona mit dem Auto ab, denn wir wollten mit Kurt bei Nicolas Cousine *bomboniere* aussuchen und dann bei Nicola selbst das Hochzeitsmenü festlegen. Natürlich verfuhren wir uns erst noch gehörig auf den Autobahnen im Münchner Norden und kamen mit halbstündiger Verspätung an der Lagerhalle von Nicolas Cousine an. Kurt und Samanta warteten bereits auf uns.

»*Ciao ragazze!*«, rief Kurt gutgelaunt und küsste uns auf beide Wangen.

Samanta hauchte nur ein schlappes *ciao* und verdrehte die Augen. Ihre Begeisterung für das Projekt war seit dem vorigen Mal offensichtlich nicht sonderlich gewachsen.

Wie sich herausstellte, war Nicolas Cousine noch gar nicht da, denn es hatte Probleme mit einer Lieferung gegeben, und sie hatte schnell nach dem Rechten sehen müssen. Ihr zwölfjähriger Sohn, der auch Nicola hieß und Nicolino genannt wurde, um ihn vom Onkel zu unterscheiden, hatte sie in der Zwischenzeit vertreten und begleitete uns ins Lager, damit wir die Waren sichten konnten.

Das war jedoch kein ganz leichtes Unterfangen, denn im Lager herrschte ein heilloses Durcheinander. Ratlos ließen wir den Blick durch das Chaos aus Kartons, Stapeln aus Packpapier, Computerausdrucken, Etiketten und Versandscheinen wandern. Nicolino aber ließ sich nicht aus der Ruhe bringen und machte einen Karton nach dem anderen auf, entnahm jeweils eine in Packpapier eingewickelte *bomboniera* und reichte sie uns. Dazu teilte er uns trocken die jeweilige Bezeichnung mit.

»*Il cigno.*«[68]

»*La conchiglia.*«[69]

»*La fragola.*«[70]

Alle Modelle waren aus Keramik, Porzellan oder Kristall und übertrafen sich gegenseitig an Kitsch und Hässlichkeit. Samanta bedachte sie mit einem angewiderten Blick.

»Na, Kurt, was sagst du?«, fragte ich vorsichtig.

»Super! Alle ganz typisch italienisch! Aber Nicolino, hast

---

68 Il cigno: der Schwan

69 La conchiglia: die Muschel

70 La fragola: die Erdbeere

du nicht etwas, was ein bisschen … äh … repräsentativer ist?«, fragte er.

Der Junge, der mit dem Wort »repräsentativ« nichts, aber mit seiner schulfreien Zeit wahrscheinlich was Besseres anzufangen wusste, als im Lager seiner Mutter auszuhelfen, glotzte ihn einfach nur an.

Zum Glück hetzte in dem Moment seine Mutter herein, ein Kleinkind an die Hüfte geklemmt.

»*Scusate, che casino*![71] Mein LKW-Fahrer ist auf der Autobahn von der Polizei angehalten worden. Ich musste schnell hin, weil sie ihm nicht geglaubt haben, dass die weißen ›Tabletten‹ im Laderaum nur *confetti* sind. Und dann habe ich heute auch noch meine Enkelin da, denn meine Tochter musste für eine Untersuchung ins Krankenhaus … Hast du ihnen was angeboten?«, herrschte sie ihren Sohn an, und versetzte ihm, ohne eine Antwort abzuwarten, einen leichten Schlag an den Hinterkopf. Dann bedeutete sie ihm mit der dafür in Italien typischen Geste[72], sich zu verziehen. Nicolino ließ sich das nicht zweimal sagen und suchte schnell das Weite.

»Gabriella«, lächelte sie uns dann professionell an und gab uns die Hand.

---

71 Che casino!: »Was für ein Chaos!« Ursprünglich stand das Wort ›casino‹ für ›Puff‹, was der Verwendung desselben eine vulgäre Note gab. Mittlerweile, da in Italien bereits seit einem halben Jahrhundert keine Freudenhäuser mehr existieren und gerade jüngere Leute seine Bedeutung nicht mehr kennen, wird der Ausdruck viel offener verwendet (natürlich nicht in der Kirche oder im Parlament. Ach nein, Letzteres streichen Sie besser wieder).

72 Bei dieser Geste schlägt man mit der Kante der einen Hand in den Handteller der anderen Hand, die leicht gewölbt nach unten zeigt (die schlagende Hand zeigt in die gewünschte Richtung). Gabriella, die nur eine Hand frei hatte, konnte es nicht so sauber ausführen, aber der Sinn war trotzdem klar.

Wenn das mal kein typisch italienischer Familienbetrieb war! In Italien wimmelt es nur so vor kleinen Betrieben, in denen alle, vom pubertierenden Sohn bis zur Oma, in irgendeiner Form mitarbeiten. Meistens befinden sich die Betriebe im Souterrain oder im Hinterhof, wo der Opa ein paar Metallteile zusammenschweißt, der Schwiegersohn etwas mit der Motorsäge zurechtschneidet und die Kinder mit den Freunden aus der Nachbarschaft alles zusammenbauen. Auf dem Boden, der gnadenlos verdreckt und mit Kleinteilen übersät ist, tummeln sich dann meist noch zwei oder drei schreiende Kleinkinder und ein paar Hunde. Dass die Kinder schreien, hört aber keiner, denn der Lärmpegel ist jenseits des Messbaren und wird nur noch von der Frau übertönt, die hysterisch alle zum Mittagessen ruft.

»Macht es euch bequem«, sagte Gabriella, nachdem sie uns zu sich ins Wohnzimmer, das direkt neben dem Lager lag, geführt hatte. Der Kitsch war hier kaum zu überbieten, aber das war nur verständlich, da er ja sozusagen betriebsbedingt war. In den Vitrinen der deckenhohen, dunklen Mahagonischränke konnte man die *bomboniere* aus dem eigenen Haus bewundern. Pflichtbewusst lobte ich die Schönheit der kleinen Keramikstatuen, die verschiedene Feen, Prinzessinnen, Bäuerinnen und Küchenmägde darstellten und um die Wette glitzerten.

»Die sind für die Taufen und die Kommunionen«, erklärte Gabriella stolz.

»Und was ist das?«, fragte Kurt interessiert und zeigte auf die Miniatur eines Flügelklaviers aus Porzellan mit silbernen Beinen. Samanta verzog schmerzerfüllt das Gesicht.

»Ah, das ist unsere schönste *bomboniera.* Feinstes Porzellan und das beste Silber, das man auf dem Markt finden kann«, schwärmte sie, öffnete die Vitrine und holte das massive Stück heraus. Das gute Stück wog gut und gerne ein Kilo und sah zwar hässlich, aber sehr teuer aus.

»Aber Kurt! Wollt ihr nicht lieber… äh… so etwas?«, fragte ich und nahm eine *bomboniera* in die Hand, die wie ein Cupcake aus rosafarbenem Zuckerguss und deutlich günstiger aussah.

Kurt nahm den Deckel ab und schaute hinein.

»Ach, nee, da ist Platz für höchstens drei *confetti.* Viel zu wenig! Gabriella, hast du auch eine gute Auswahl an *confetti* da?«, fragte er.

»*Certo!* Ihr könnt sie auch gerne probieren«, freute sie sich und öffnete eine große Schublade.

Wie sich herausstellte, hatten sich auch die Süßigkeiten mit der Zeit verändert, mittlerweile bestanden sie nicht nur aus einer Mandel mit einem Überzug aus Zuckerguss, sondern es gab sie in den wildesten Variationen und Geschmacksrichtungen: Birne und Schokolade, Pistazie, *panna e caffè*, Croissant, Nuss, *tiramisù*, *cappuccino*. Und dann gab es die *confetti ai frutti* mit Gelee aus Zitrone, Erdbeere, Himbeere, Banane und Kokos. Sie waren liebevoll gestaltet, manche sahen aus wie eine Blume, eine Traube, eine Weizenähre – die Auswahl war schier unglaublich.

Kurt probierte alle und kaute begeistert darauf herum.

»Hier, Samanta, probier mal«, sagte er mit vollem Mund und hielt ihr das eine oder andere Konfekt hin.

»Nein, danke. Du probierst schon für uns beide«, antwortete sie trocken.

Simona und ich ließen uns die Gelegenheit nicht entgehen und steckten uns, trotz meiner eisernen Vorsätze bezüglich meiner Linie, gegenseitig die sonderbarsten Teile in den Mund.

»Die da haben wir aber noch nicht probiert!«, rief Kurt und zeigte auf ein besonders edel aussehendes Säckchen aus Organza, das in einer noch edler aussehenden perlmuttfarbenen Kartonage mit aufwändigen Satinschleifen steckte.

»Ah, das sind die *confetti* für zuhause«, antwortete Gabriella.

»Was meinst du damit?«, fragte ich verwundert.

»Das sind die besonders guten *confetti*«, erklärte sie. »Die kauft man in deutlich kleineren Mengen und bietet sie nur den Gästen an, die der künftigen Braut einen Gratulationsbesuch abstatten.

»*Mandorla avola superiore*[73] und nur eine hauchdünne Zuckerschicht. Die hier sind sogar noch mit einer Champagnercreme gefüllt!«

Wir schauten ehrfürchtig auf das Nonplusultra der Confiserie, als Kurt plötzlich rief:

»Die nehmen wir! Was glaubst du, wie viele in ein Klavier passen?«

»Aber die kosten *un occhio della testa*[74]*!*«, rief Gabriella und schüttelte entrüstet den Kopf.

»Macht nichts! Nur das Beste für uns, nicht wahr, Samanta?«, lachte er und drückte seine Verlobte an sich.

»Gabriella, was kostet so ein Klavier überhaupt?«, fragte ich vorsichtig.

»Das ist unser teuerstes Modell. Es kostet fünfunddreißig Euro«, antwortete sie bedauernd.

»Und das bei zweihundert Gästen!«, schnappte ich nach Luft.

---

73 Mandorla avola superiore: die beste Sorte Mandeln

74 Wörtlich: ›ein Auge aus dem Kopf‹ – sprich: sie sind sehr, sehr teuer.

»Wir haben auch günstigere *bomboniere. Guardate,* diese Schale in Form eines Meeressterns, zum Beispiel, ist die nicht schön? Die kostet nur sechs Euro. Und anschließend kann man sie als Seifenhalter verwenden«, begeisterte sich Gabriella. Das war sehr nett von ihr, schließlich würde es Fernando tausende Euro sparen.

»Und wie viele *confetti* braucht man?«, fragte Simona.

»Bei zweihundert Gästen müsst ihr bei dieser *bomboniera* von tausend Stück ausgehen. Das sind zirka zehn Kilo«, antwortete sie.

»Und was kostet ein Kilo von dieser Spezialität?«, fragte ich.

»Achtzig Euro«, sie schien sich ein wenig dafür zu schämen.

Ich überschlug das alles im Kopf: achthundert Euro für die *confetti* und siebentausend Euro für die *bomboniere!* Und das alles hatte Fernando zu bezahlen! Nun war mir klar, was Kurt im Schilde führte, er wollte seinen zukünftigen Schwiegervater in den finanziellen Ruin treiben!

Später, als wir im Auto saßen und auf dem Weg zu Nicola waren, besprach ich die Angelegenheit mit Simona.

»Er hat nur das Teuerste vom Teuersten genommen!«, beschwerte ich mich.

»Ja, aber das Klavier ist wirklich ein apartes Stück«, antwortete Simona.

»Würdest du dir so ein ›apartes Stück‹ zuhause hinstellen?«, fragte ich mit hochgezogenen Augenbrauen.

»Na ja, vielleicht nicht, aber es macht auf jeden Fall *una bella figura*«, erwiderte sie. »Du weißt doch, wie wichtig es für unsere Landsleute ist, bei Freunden und Verwandten gut dazustehen!«

»Aber Fernando bekommt einen Herzinfarkt, wenn wir ihm den Preis der *bomboniere* sagen.«

»Vielleicht, aber er hat es ja so gewollt«, antwortete sie seelenruhig.

»Aber wie wird das dann erst bei der Menüauswahl?«, fragte ich leise, und mir war leicht bange.

*

Tatsächlich hatte Kurt auch beim Essen seinen teuflischen Plan in die Tat umgesetzt.

»Also, ich fasse zusammen«, hatte Nicola gesagt, der im Gegensatz zu seiner Cousine durchaus geschäftstüchtig und sehr zufrieden mit Kurts Auswahl zu sein schien. »Wir haben als *antipasti ostriche al limone con aceto di lamponi*[75], *poi tortino di salmone e aragosta*[76], *BLA ... BLA ... BLA ... per primi*[77]: *tagliolini al tartufo bianco d'Alba*[78], *BLA BLA BLA ... due secondi di pesce e due di carne*[79], *BLA BLA BLA*, sechs verschiedene Beilagen, dazwischen Champagnersorbet, BLA BLA BLA ... Anschließend das Dessertbüfett mit *meringhe con crema Chantilly*[80], *BLA BLA BLA* ... Und die Hochzeitstorte, natürlich. Unser Kurt wollte die beste Torte, die wir im Angebot haben!«, freute sich Nicola und versetzte Kurt einen kräftigen Schlag auf die Schultern.

---

75 Ostriche al limone con aceto di lamponi: Zitronen-Austern mit Himbeeressig

76 Tortino di salmone e aragosta: Pastete mit Lachs und Hummer

77 Per primi: als erster Gang

78 Tagliolini al tartufo bianco d'Alba: Tagliolini (die dünnen, flachen, langen Nudeln) mit weißem Trüffel aus Alba (Region in Piemont)

79 Due secondi di carne e due di pesce: zwei zweite Gänge mit Fleisch und zwei mit Fisch

80 Meringhe con crema Chantilly: Baiser mit Crème Chantilly

Da hatten sich ohne Zweifel zwei zusammengefunden. Kurts Augen glitzerten vor Schadenfreude, während man in Nicolas Augen mühelos die Dollarzeichen sehen konnte.

»Nicola, was kostet so ein Menü pro Person?«, fragte ich und machte mich auf alles gefasst.

»Mach dir keine Sorgen. Ich mache euch einen Spezialpreis«, antwortete Nicola und rieb sich dabei die Hände.

»Ja, schon, äh … danke. Aber trotzdem, mit welchem Betrag muss der Vater der Braut ungefähr rechnen?«, ließ ich nicht locker.

»*Mah* … mit Getränken so zirka hundertfünfzig Euro pro Person«, sagte Nicola. Mir wurde prompt schwindelig.

Immerhin würde Fernando bekommen, was er sich gewünscht hatte: eine echt italienische Hochzeit. Die nichts mit dem gemein hat, was man in Deutschland gemeinhin Hochzeit nennt. Damals, als unsere Freundschaft noch jung war, hatte mich Katrin eines Tages gebeten, sie zur Hochzeit ihrer Kusine zu begleiten. Da ich davon ausging, dass alle Hochzeitsfeiern so irrsinnige Ausmaße wie die italienischen annahmen, gab ich einen Großteil meines Monatsbudgets für ein neues Outfit aus. Als ich Katrin nach einem angemessenen Preis des Geldgeschenks für das Brautpaar fragte, schaute sie mich irritiert an.

»Kein Geld, nur ein Geschenk.« Sie schüttelte den Kopf und lachte.

Also gut, ein Geschenk, nur welches? Als ich auf Empfehlung meiner Mutter in klassisch-italienischer Manier einen monströsen Obstkorb aus Silber erstanden und zur Hochzeitsfeier geschleppt hatte, musste ich ziemlich schnell bemerken, dass ich einen großen Fehler begangen hatte. Die anderen Gäste hatten kleine Zimmerpflanzen, Bilderrahmen (keine silbernen!), Weinflaschen oder selbstgemachte Bilderzusammenstellungen verschenkt. Das Brautpaar schien sich ehrlich über jedes Mitbringsel zu freuen und bedankte sich artig. Italienische Brautleute hätten alles direkt in die Tonne getreten. Bei meinem Geschenk stockten die beiden, lächelten verschämt und nickten mir unsicher zu. Ich stand vor ihnen, in meinem seidenen, himmelblauen Kostüm, und wollte nur noch im Erdboden versinken.

Auch das Essen fiel mit nur vier Gängen vergleichsweise bescheiden aus, wohingegen, und das kannte ich von italienischen Hochzeiten nicht, die Reden umso zahlreicher waren. Die beste Rede schwang der Exfreund der Braut, der sich bei seiner Verflossenen sehr humorvoll dafür bedankte, dass er nach ihrem Korb endlich seine wahre Bestimmung gefunden hatte. Dabei lächelte er den Mann zu seiner Rechten an und drückte liebevoll dessen Hand.

Ich stand noch Tage später unter Schock. Nie, und ich meine wirklich nie, hatte ich einen so lockeren Umgang mit Ex-Partnern und eine solche Selbstverständlichkeit in Bezug auf alternative sexuelle Orientierungen erlebt. In Italien wurden solche Themen, wenn überhaupt, nur hinter vorgehaltener Hand angesprochen. Man hatte katholisch und heterosexuell zu sein, Punkt.

*

»Martin, ich glaube, das war es mit uns beiden. Ja, das habe ich mir wirklich gut überlegt, und ich bin zu dem Schluss gekommen, dass wir einfach inkompatibel sind. IN-KOM-PA-TI-BEL. Verstehst du, was ich damit meine?«, fragte ich und versuchte mein Spiegelbild freundlich anzulächeln.

Irgendwo hatte ich mal gelesen, dass man auch bei einer

Trennung eine gewisse Form wahren sollte, gerade wenn Kinder im Spiel sind. Schließlich hat man mit dem ehemaligen Partner trotzdem öfter zu tun, und das wahrscheinlich ein Leben lang. Ich wollte es daher erst einmal als Trockenübung vor dem Spiegel versuchen.

Leider war ich mir keineswegs sicher, dass es der richtige Schritt war. Doch ich konnte dieses Gespräch unmöglich noch länger aufschieben. Auf der anderen Seite hätte ich einfach darauf warten können, dass er den ersten Schritt machte. Das wäre sogar ziemlich schlau gewesen. Doch was erwartete ich eigentlich? Dass er eines Tages mit einem Strauß roter Rosen an der Tür stehen und mit einem reumütigen Lächeln sagen würde: »Meine liebste Laura, ich musste feststellen, dass ich bei uns alles falsch gemacht habe und du in allem recht hattest. Außerdem bin ich ein Prinzipienreiter und ein Korinthenkacker. Aber ich habe eine Therapie angefangen und arbeite hart an mir. Ach ja, und Pappschilder gibt es ab sofort auch keine mehr!«

Nein, ich durfte mir nichts vormachen. Realistischer war es, dass wir irgendwann einen guten Umgang miteinander finden würden, schon allein wegen Sara. Schließlich würden wir eines Tages zusammen zur Schulabschlussfeier unserer Tochter gehen. Oder zu ihrer Hochzeit. Und irgendwann würden wir gemeinsam ein Enkelkind bekommen – TROTZ Trennung! War das denn zu fassen? Wieso hatte mir das keiner gesagt? Unsere Leben waren durch Sara auf ewig miteinander verflochten, das war in dem Augenblick beschlossene Sache, als unsere Tochter auf die Welt gekommen war.

Ich schüttelte ungläubig den Kopf und schaute auf das Madonnenbild. Liebe Maria, gib mir ein Zeichen, du hast es doch auch nicht gerade leicht gehabt!

»Was machst du da?«, steckte Ila den Kopf durch die Tür zum Schlafzimmer.

»Übungen. Trennungsübungen«, antwortete ich trocken, und warf einen bösen Blick auf die Madonna, die mir das falsche Zeichen geschickt hatte.

»Oh, lass mal hören.« Sie setzte sich erwartungsvoll zu mir auf das Bett.

»Äh, Ila, so kann ich das nicht.«

»Wieso? Stell dir einfach vor, ich bin Martin. ›Laura? Ist das etwa dein Schuhabsatz, den ich da im Treppenhaus gefunden habe?‹«, sagte sie und machte Martins nörgelnden Ton perfekt nach.

»*Brava!*«, lobte ich. »Trotzdem, mit dir kann ich das nicht.«

»Wann willst du es ihm sagen?«

»Morgen, auf Saras Sommerfest. Wir sind beide da, und die Stimmung ist bestimmt ausgelassen, und ich dachte …«

»Bist du sicher?«

»Ja, es wird gesungen und getanzt, und dann gibt es Kuchen.«

»*No,* ich meine: Bist du sicher, dass du es ihm wirklich sagen willst?«, fragte sie mich und schaute mich durchdringend an.

»Was soll das Ila?«, regte ich mich auf. »Du bist doch diejenige, die mir die ganze Zeit in den Ohren liegt, ich soll reinen Tisch machen, nichts in der Luft hängen lassen, Mumm zeigen …«

»*Sì, sì, ma …*«

»*Niente ma!* Der Entschluss ist gefasst, *finito.*«

»Okay, wie du meinst«, sagte sie und entfernte sich ganz schnell, bevor ich sie mit Saras Plüschhasen erschlagen konnte.

Ich wandte mich wieder meinem Spiegelbild zu, aber der Zaubermoment war verflogen.

*

Und dann kam der Tag des Sommerfestes. Der D-Day. Ein Tag mit Spaß und Spiel für Sara und zugleich die große Bühne für die Trennung ihrer Eltern. Zugegeben, ein bisschen makaber. Und vielleicht auch nicht wirklich fair. Aber im Deutschen gab es ein Sprichwort, das mich immer schon tief beeindruckt hat: Besser ein Ende mit Schrecken als ein Schrecken ohne Ende. Toll, oder? So klar, so einfach, so geradlinig, so … brutal. Etwas, wovon man sich in Italien getrost eine Scheibe abschneiden konnte, wie man zum Beispiel an den chaotischen politischen Verhältnissen sehen kann, bei denen sich immer wieder dieselben Leute in denselben Positionen befinden. Ein Schrecken ohne Ende.

Zur Feier des Tages hatte ich mir mit meinem Outfit besonders Mühe gegeben, und auch Sara hatte ich, nach mehreren Diskussionen, in ein niedliches Kleidchen aus rosa Tüll gesteckt.

»Warum kann ich nicht die Turnhose von Hello Kitty anziehen?«, hatte sie gejammert.

»Weil es ein Fest ist, und alle Mädchen sollen aussehen wie Feen. Hat Frau Wulff gesagt!«, hatte ich geantwortet und keine Widerreden akzeptiert. Sie hatte wiederum mit finsterer Miene zurückgestarrt, was alles andere als feenhaft aussah. Trotzdem war die Diskussion damit beendet gewesen, denn das, was Saras Erzieherin anordnete, wurde von ihr immer widerstandslos akzeptiert. Das, was ich anordnete, wurde in achtzig Prozent der Fälle ignoriert. In den restlichen zwanzig Prozent gab es Wutanfälle und bittere Tränen.

Martin war bereits da, als wir angehetzt kamen und konnte offensichtlich nicht anders, als einen vielsagenden Blick auf seine Uhr zu werfen, um meine Verspätung zu unterstreichen. Also alles beim Alten.

»*Papà*!«, rief Sara und warf sich in seine Arme, um sich im Kreis wirbeln zu lassen.

»Martin«, nickte ich kurz. »Zum Glück bist du pünktlich gekommen. Bei so einem Kindergartenfest ist Pünktlichkeit bekanntlich überlebenswichtig.«

»Überlebenswichtig vielleicht nicht, aber Sara wurde schon aufgerufen, um vor ihrer Sonne fotografiert zu werden«, erwiderte er kühl und siegessicher.

Mist, der Punkt ging eindeutig an ihn, und ich hatte ihm auch noch die Vorlage dafür gegeben.

Während Sara zu ihren Freundinnen losflitzte, stellte ich die Melone mit Schinken auf einen der Tische und schaute mich um. Der Garten war liebevoll geschmückt, und auf den Biertischen türmten sich schon die köstlichsten Speisen. Bei dem schönen Wetter waren viele Leute gekommen, und alle schienen bester Laune zu sein. Klar, es hatte sich auch keiner vorgenommen, sich ausgerechnet heute von seinem Lebenspartner zu trennen. Nur ich konnte auf eine solche Idee kommen.

Ich schielte zu Martin hinüber. Er schien heute nicht ganz in Form zu sein, vielleicht ein bisschen blass um die Nase und, na ja, möglicherweise etwas dünner, oder bildete ich mir das ein?

»Hast du … äh … ich meine … gibt es Probleme?«, fragte ich (übersetzt: *Bist du bereit für den finalen Stoß?).*

»Nur ein paar Schwierigkeiten auf der Arbeit. Aber nichts Besonderes«, antwortete er mit einem Achselzucken.

Um die Atmosphäre etwas zu entspannen, führte ich Martin zu Saras Sonne, die neben den anderen an einem goldenen Faden hing, sich jedoch gewaltig von den anderen Sonnen unterschied, die alle etwas braver gestaltet waren.

»Ich hätte wetten können, dass die Sonne von dir ist«, grinste er.

»Wieso?«, fragte ich mit unschuldiger Miene.

»Na ja, die ist einfach anders als alle anderen.«

»Meinst du, sie ist hässlich?«, stichelte ich.

»Nein, nicht hässlich, aber … na ja, so …«

»WEIBLICH«, riefen wir beide im Chor und dann mussten wir lachen, denn das war ein Witz aus alten Zeiten. Immer wenn ich ihm früher ein Kleidungsstück, eine Handtasche oder einen neuen Schminkartikel vorgeführt hatte, die aufgrund besonders verschnörkelter Features sein männliches Fassungsvermögen überstiegen, hatte er ein wenig hilflos gegrinst und auf die Frage, ob es ihm gefallen würde, mit einem: »Also … es ist sehr … äh … weiblich« geantwortet.

Es tat gut, mit Martin zu lachen, das war schon viel zu lange nicht mehr vorgekommen.

»*Italiano, äh!*«, kam es plötzlich von hinten, und jemand, der nur Marcs Vater sein konnte, klopfte mir unsanft auf die Schulter.

»Ah, hallo«, grüßte ich freundlich und versuchte, nicht entsetzt auf seine Ohrläppchen zu starren, in denen je ein münzengroßes Loch mit schwarzer Plastik-Umrandung klaffte.

»Ist das deine Sonne da, die so aussieht, als käme sie direkt aus dem Puff?«, lachte er hämisch.

»Keine Ahnung, ich war noch nie in einem. Und du?«

Sofort stellte er das Lachen ein und blickte nervös zu seiner Frau, die neben ihm stand und die lackierten Fingernägel betrachtete. Doch so schnell wollte der wackere Prolet nicht aufgeben:

»Und was hast du zu essen mitgebracht? *Spaghetti*? Was anderes esst ihr Italiener nicht, HAHAHAHA! Spaghetti-Köpfe! HAHAHAHA.«

»Ein Spaghetti-Kopf ist auf jeden Fall besser als ein Schnitzelfriedhof.«

Diesmal hatte Martin geantwortet, er schaute dabei demonstrativ auf die amtliche Wampe unseres Gegenübers. Der gab daraufhin seine Stellung auf und zog schmollend davon, um das Büfett zu plündern.

»Hey, toll, danke!«, sagte ich und schaute Martin anerkennend an.

»Ich kann Proleten nicht ausstehen«, sagte er lächelnd und fuhr sich mit einer Hand durch die blonden Haare.

Warum nur sah er jetzt plötzlich so viel besser aus? Seine Haare hatte ich immer schon ganz toll gefunden. Manchmal morgens im Bett, wenn er nach einer langen Nacht noch schlief und ich ihn dabei beobachtete, glitzerten sie im Sonnenlicht wie echte Goldfäden. Ich hätte sie mir stundenlang anschauen können, früher. Eines Morgens, als ich wieder mal seine Haare fasziniert betrachtet hatte, hatte er plötzlich mit geschlossenen Augen gesagt:

»Ich glaube, das war es.«

»Wie?«, hatte ich verwirrt gefragt und zugleich Angst, er würde Schluss machen wollen (damals war das noch meine größte Sorge).

»Ja, ich glaube, wir haben es heute Nacht hinbekommen«, hatte er gesagt.

»Also, du meinst … äh … das Kind?«

»Ja, unsere Tochter.«

»Woher weißt du, dass es ein Mädchen wird?«

»Das weiß ich einfach. Sie wird eine Mini-Version von dir«, hatte er gelacht und mich in seine Arme gezogen.

Unglaublich, wie sich die Dinge in wenigen Jahren ändern können, dachte ich und betrachtete Martins Haare, die immer noch in der Sonne leuchteten.

Konnte sich das Schicksal so vertan haben?

»Weißt du, ich besuche jetzt einen Italienischkurs«, sagte er unvermittelt.

»Wieso?«, fragte ich überrascht. Früher hatte er sich immer geweigert, auch nur ein Wort Italienisch zu lernen, und obwohl ich mit Sara immer Italienisch spreche, schien er in den Jahren nichts, aber auch gar nichts von der Sprache mitbekommen zu haben.

»Ganz einfach: Weil ich eine halb-italienische Tochter habe und ich sie immer verstehen möchte, auch wenn sie Italienisch spricht. Ich hätte sonst das Gefühl, einen Teil von ihr zu verpassen.«

Dass er aber die ganzen Jahre einen Teil von mir verpasst hatte, schien ihn nicht zu stören.

»Was ärgert dich gerade auf der Arbeit?«, fragte ich ihn, um das Thema zu wechseln.

»Ach, nichts, nur wieder Marlene …«, seufzte er.

»Was hat sie schon wieder angestellt?«

Marlene war eine besonders hinterhältige, bösartige und verlogene Kuh, die in Martins Team arbeitete und ihm von Zeit zu Zeit das Leben schwer machte. Leider konnte er ihr nicht kündigen, da sie schlauerweise eine Liaison mit dem Geschäftsführer, Martins Chef, eingegangen war.

»Die blöde Kuh hat mir die Idee für den polnischen Markt geklaut und sie dem Chef gegenüber als ihre eigene ausgegeben. Als ich ihm meine Pläne präsentiert habe, hat er mir gesagt, ich soll mit was Neuem kommen, dieses Konzept hätte er schon von Marlene gehört.«

»Was für eine Schlampe!«, erwiderte ich.

»Zum Glück steht das restliche Team hinter mir«, sagte er mit einem kleinen Lächeln.

Ja, zum Glück, dachte ich. Obwohl Martins Mädels untereinander öfter zickten, standen sie im Notfall alle geschlossen hinter ihrem Chef. Und das, obwohl Martin nicht immer zimperlich mit ihnen umging. Einmal hatte er mir von zwei Mitarbeiterinnen erzählt, die in sein Zimmer gestürzt waren und sich gegenseitig angeschrien hatten. Es ging um irgendwelche Urlaubspläne und eine offensichtlich verpatzte Absprache. Anstatt sich ›das Gejammer‹, wie er das nannte, anzuhören, hatte Martin sie postwendend wieder in ihr Büro geschickt, die Tür zugemacht und den beiden angeordnet, erst wieder herauszukommen, wenn sie eine Lösung parat hatten. Die Mädels hatten zwar empört geschnauft und laut protestiert, vor allem als er die Tür von außen abschloss, hatten sich jedoch nach zwei Stunden telefonisch bei ihm gemeldet und ihm mitgeteilt, dass sie eine Lösung gefunden hätten und nun dringend auf die Toilette müssten. Zusammen natürlich.

Trotz dieser Behandlung schienen alle Martin zu mögen, bis auf Marlene, die mit seinem Posten liebäugelte und alle Gelegenheiten dazu nutzte, an seinem Stuhl zu sägen. Eine seiner Mitarbeiterinnen, Kristin, war sogar in ihn verliebt und schenkte ihm zu allen möglichen Anlässen irgendwelche Kleinigkeiten.

Ob Martin und Kristin …?

»Hör mal zu, Laura, ich muss dir was sagen …« Er zögerte. »Äh … also …«

»Oh, hallo! Du bist doch Saras Mama, oder? Ich bin Katrins Mama, freut mich sehr, dich kennenzulernen«, unterbrach uns eine pummelige Frau mit Zöpfen und einem langen Batik-Rock. »Meine Katrin ist von deiner Sara so begeistert, sie spricht zuhause immer nur von ihr! Sie sagt, sie würde immer so witzige Geschichten erzählen«, schwärmte die ökologisch angehauchte Mutti, die einen Säugling in einem Tuch um die Brust trug.

»Äh, ja, toll, freut mich«, sagte ich zögerlich, reichte ihr die Hand und hoffte, dass Sara nicht allzu viele *echte* Geschichten von zuhause erzählt hatte.

»Und das ist mein … äh …«, fing ich zögerlich an.

»Ich bin Saras Papa«, ergänzte Martin und schüttelte ihr ebenfalls die Hand.

Zum Glück stellt man sich in diesen Kreisen nur mit dem Namen des Kindes und der Beziehung zum selbigen vor. In meinem Handy wimmelte es vor Telefonnummern von Emilys, Sonjas, Annes und Tobias' Mamas. Wie diese Personen in echt hießen, wusste keiner und interessierte auch keinen.

Mir fiel bei der Gelegenheit wieder auf, wie charmant und selbstbewusst Martins Lächeln war. Er hatte sehr schöne, regelmäßige Zähne, und wenn er lächelte, bildeten sich sehr männliche Furchen in seinen Wangen. Ein bisschen wie bei Bruce Willis, wenn Sie verstehen, was ich meine.

»Oh, hallo«, sagte Katrins Mama und kicherte wie ein Teenager, während sie sich mit der freien Hand die Zöpfe zurechtrückte.

Sieh mal an, dachte ich, Martin hatte eine Bewunderin gefunden, obwohl ich mir ziemlich sicher war, dass sie nicht sein Typ war. Kristin hingegen … ja, die war schon eher sein Fall. Ich hatte sie einmal bei einer Firmenfeier gesehen und konnte selbst nicht aufhören, sie anzustarren. Sie war keinen Tag älter als fünfundzwanzig, hatte Beine bis in den Himmel, eine Wespentaille und große Brüste, die nicht hochgepusht, sondern eher dezent gebändigt aussahen und in Wahrheit wahrscheinlich noch viel größer waren. Sie hatte damals die ganze Zeit allein am Büfett herumgestanden, an ihrem Getränk genippt (das Essen rührte sie natürlich nicht an) und sehnsüchtige Blicke in unsere Richtung geworfen, obwohl es auf der Feier durchaus auch noch andere attraktive Männer gegeben hatte.

»*Mamma, papà*, kommt, es fängt an!«, schrie Sara aufgeregt und zog uns fort.

Die Leute hatten sich schon um die Bühne versammelt und lächelten erwartungsvoll ihre Sprösslinge an, die sich ordentlich nebeneinander aufgestellt hatten, nervös kicherten und herumzappelten. Viele Väter hatten ihre Kamera gezückt und hielten sie in die Höhe, um möglichst vorteilhafte Bilder ihrer Kinder schießen zu können. Leider konnten wir fast nichts sehen, die vielen Eltern bildeten eine undurchdringliche Wand.

»Komm!«, sagte Martin und schob mich durch die Menge.

Geschickt und unter großem Einsatz seiner Ellbogen bahnten wir uns einen Weg nach ganz vorne, wo uns Sara aufgeregt zuwinkte.

Frau Wulff sprach gerade ein paar Begrüßungsworte und erklärte, dass die Kinder nachträglich etwas zum Mutter- und Vatertag vorbereitet hätten, da es aus Zeitgründen dieses Jahr leider nicht möglich gewesen sei, etwas zu basteln. Offensichtlich haben Kinder heutzutage auch einen engen Zeitplan, den sie nicht immer einhalten können. Dann bedankte sie sich für die vielen wunderschönen Sonnen, die sehr kreativ und teilweise unkonventionell (hier fiel ihr Blick auf mich) seien und später ausgezeichnet werden würden.

Dann begann die Vorstellung.

Eines der kleineren Kinder, sicherlich wegen seines hohen Niedlichkeitsfaktors ausgesucht, lispelte laut mit seiner hohen, dünnen Stimme: »One, two, three, four« und löste damit in der Menge große Heiterkeit aus.

Es folgte ein schnulziges Lied, in dem die Kinder ihren Mamas und Papas für all das dankten, was sie hatten: das gemütliche Zuhause, die täglichen Mahlzeiten, die tröstenden Worte, die Liebe und die Geborgenheit. Als sie an der Stelle ankamen, wo sie sich dafür bedankten, dass sie auf die Welt gekommen waren, konnte ich die Tränen nicht mehr zurückhalten. Dass ich immer wieder auf so was hereinfallen muss! Denn das alles war ja genau nur zu dem einen Zweck einstudiert worden: um die Eltern zu Tränen zu rühren. Später sollte man liebevoll zu den Kindern sein und dankbar gegenüber der Einrichtung, die die Sprösslinge so gut betreute und ihre Entwicklung so toll unterstützte. Dabei war es eigentlich völlig irrelevant, ob man den Kindergarten gut oder schlecht, die Erzieherinnen kompetent oder dumm fand, denn man hatte schlicht und einfach keine Wahl. Wer einen Platz in einer Kindertageseinrichtung bekam, egal welcher, konnte von Glück reden. Es kursierten die wildesten Geschichten, was manche Eltern ausheckten, um einen der begehrten Plätze zu ergattern. Gleich an dem Tag, an dem die Schwangerschaft vom Arzt bestätigt wurde, ließen manche Paare professionelle Bewerbungsmappen anfertigen, auf denen oben rechts das Ultraschallbild des Embryos klebte. Wenn es sich um Akademiker handelte (und es waren immer Akademiker, die auf solche leistungsorientierten Ideen kamen), wurde der

Beruf der Eltern groß auf der ersten Seite in Blockbuchstaben festgehalten, mit Jahresgehalt und Angabe der (teuren) Hobbys. Manche Einrichtungen organisierten regelrechte Bewerbungsrunden, bei denen sich die Elternpaare zusammenfinden mussten, um sich den Fragen der Erzieherinnen zu stellen. Häufig saßen da zehn bis fünfzehn hochqualifizierte Paare und kämpften mit allen Waffen um einen einzigen Platz. Simona hatte mir erzählt, dass eine Frau am Ende eines solchen Bewerbungsabends einmal die Nerven verloren und unter Tränen gestanden hatte: »Ich habe noch nie ein derart schwieriges Vorstellungsgespräch erlebt. Und dabei bin ich Vorstandsvorsitzende eines großen Unternehmens!« Der Konkurrenzdruck war so groß, dass sich die Eltern gegenseitig mit Dienstleistungen überboten, die sie der Tageseinrichtung zugutekommen lassen wollten. Natürlich kostenlos. Es gab Frauen, die ihren Luxus-Firmencaterer einmal die Woche vorbeischicken wollten, Männer, die anboten, die gesamte Buchhaltung des Kindergartens zu übernehmen, und Ärzte, die regelmäßig kostenlose Gesundheitschecks bei Kindern und Erzieherinnen durchführen wollten.

Wir hatten uns diesem unwürdigen Prozedere damals verweigert und hatten wohl einfach Glück gehabt. Sollten sich die Erzieherinnen durch Saras Aufnahme kostenlose Italienischstunden versprochen haben, so hatten sie sich damit gewaltig verrechnet. Dafür kamen sie regelmäßig in den Genuss meines, wie sie es nannten, italienischen Temperaments.

So wie in diesem Moment, die Vorstellung hatte kaum begonnen, doch die Emotionen waren bereits mit mir durchgegangen, und ich musste ständig schniefen. Marcs Vater richtete grinsend seine blöde Kamera auf mich. Ich winkte hektisch mit einer Hand ab, während ich mit der anderen ein

Taschentuch aus meiner Handtasche fischte. Mann, war der vielleicht unsensibel! Und seine Frau erst, sie stand kaugummikauend neben ihm und ließ die Vorstellung regungslos an sich vorbeiziehen.

Ich schaute Martin an und merkte, dass auch er gerührt war. *Unsere* Tochter. Die mit der lautesten Stimme und den hübschesten Locken. Die trotz allem zu uns gekommen war. Denn sie hätte sich ja auch ohne weiteres einfachere Eltern aussuchen können. Aber nein, sie wollte zu uns. Zu dem seltsamen Paar, süß und salzig. Melone und Schinken.

Capitolo tredici 

Was heißt das, du hast es ihm nicht gesagt?«, fragte Ila aufgebracht.

»Ich habe es nicht fertiggebracht«, verteidigte ich mich.

»Wieso?? Du hast doch sogar geübt!«, regte sie sich auf und warf dabei theatralisch die Arme in die Höhe.

»Ja, schon, aber live war es dann doch ganz anders. Und außerdem: Was geht dich das überhaupt an?«, fuhr ich sie an.

»Du wirst es dir doch nicht anders überlegt haben?«, fragte sie argwöhnisch.

»Schau mich nicht so an. Da bekommt man ja Angst«, lachte ich.

»*Allora?*«, ließ sie nicht locker.

»*Cosa allora?*«

»Hast du es dir anders überlegt?«

»Keine Ahnung. Ich weiß überhaupt nicht, was ich mir überlegt habe«, sagte ich verzweifelt.

Ila verdrehte genervt die Augen.

»Habe ich es mir doch gedacht«, sagte sie.

»Was hast du dir gedacht?«

»Dass du es nicht hinkriegen würdest.«

»Ila! Hör mal zu: Du hast kein Kind, du kannst das nicht verstehen!«, rief ich eine Spur zu heftig.

»Heißt das, wenn man ein Kind bekommt, wird einem gleichzeitig auch das Gehirn amputiert?«

Die Vorstellung amüsierte mich. Nur Ilaria konnte auf so was kommen. Dumm nur, dass ich ihr das nicht erklären konnte. Als Mutter verlor man sicherlich nicht seine geistigen Fähigkeiten, ein und dieselbe Person war man nach der Entbindung trotzdem nicht. Ich kenne viele sogenannte Karrierefrauen, die noch in der Schwangerschaft behauptet hatten, da*nach* würde alles genau so weitergehen wie da*vor*: Nie würden sie auf ihre Karriere verzichten, alles wäre nur eine Frage der Organisation, dann würde man alles mühelos unter einen Hut bringen. Leider kam es in den meisten Fällen ganz anders, denn das Baby wollte nachts nicht schlafen, tagsüber nicht in die Krippe und hatte prinzipiell etwas gegen die Pläne seiner Eltern, denn es hatte *eigene* Pläne. Wenn einem dann das weinende Kind in der Krippe verzweifelt die Arme entgegenstreckt, schmilzt auch die härteste Karrierefrau dahin und beschließt, die Abnabelung noch um ein paar Monate, wenn nicht gar Jahre zu verschieben.

Und auch die Bindung an den Partner war nach der Geburt eine andere, an eine spontane Trennung nach dem Motto ›Lass uns Freunde bleiben‹ war dann nicht mehr zu denken.

Das alles konnte man natürlich nicht nachvollziehen, wenn man wie Ilaria frei, ungebunden, wohlhabend und sorgenfrei war.

»Das Thema hat sich eh bald erledigt«, platzte ich heraus.

»Warum?«

»Weil ich die Befürchtung … äh, ich meine … die Vermutung habe, dass Martin … äh … eine neue Freundin hat.«

»Waaas?«, kreischte Ilaria.

»Was wäre daran so abwegig?«, fragte ich ein wenig beleidigt. Dachte sie etwa, er wäre nicht attraktiv genug? Gut, vielleicht war er nicht im klassischen Sinn schön, aber er hatte durchaus seine Reize.

»Nichts, es ist nur so … es klingt so … unwahrscheinlich.«

»Und wieso klingt es unwahrscheinlich?«, fragte ich trotzig.

»Ja, weil er nicht so ein Typ ist, der irgendwo abhängt und Frauen anmacht.«

Ich dachte nach. Vielleicht hatte sie recht, Martin war wirklich nicht so ein Typ. Seit unserem Kennenlernen hatte er keine Augen mehr für andere Frauen gehabt. So schien es mir zumindest. Vielleicht lag es daran, dass er Deutscher war und deutsche Männer bekanntlich solide und treu sind. Während Italiener … tja, Alex war Italiener, und wie man weiß, sind Italiener die geborenen Frauenhelden. Oder war auch das nur ein Klischee? Und überhaupt: Alex hatte das gar nicht nötig, ›irgendwo abzuhängen und Frauen anzumachen‹, denn so wie der aussah, wurde er selbst massenweise von den Frauen angebaggert. War ich der Konkurrenz überhaupt gewachsen? Wollte ich der Konkurrenz gewachsen sein? Ich hatte im Kopf nichts als Chaos.

»Dafür muss Martin nirgendwo abhängen«, erwiderte ich und bemühte mich um Gleichgültigkeit. »Wenn ich richtig liege, dann handelt es sich um eine Arbeitskollegin, um Kristin.«

»Kristin? DIE Kristin?«, staunte sie.

Ach ja, das hatte ich ganz vergessen. Ila hatte sie mal auf einer Party kennengelernt und auch nicht aufhören können, sie anzustarren.

»Wow! Wie hat er das denn geschafft? Was Besseres hätte er nicht bekommen können!«, sagte sie sichtlich beeindruckt.

Das gab mir einen Stich. War ich nun endgültig ausgemustert? Ersetzt durch eine jüngere, hübschere, schlankere Fünfundzwanzigjährige mit Riesenbrüsten? Hatte ich das verdient? Ja, wahrscheinlich hatte ich das. Schließlich war ich ausgezogen und hatte eine Liaison mit Alex angefangen. Und Martin und ich, tja, unsere schönen Zeiten lagen ja nun schon eine Weile zurück.

»Und wie geht es jetzt weiter?«, fragte Ila.

»Es geht damit weiter, dass du mich in Ruhe lässt. Seit wann machen Italiener Pläne? Lass es doch einfach kommen, wie es kommt! Irgendwie wird sich das schon lösen, wir sind doch berühmt für unsere lockere Einstellung zum Leben, oder? *Dolce vita*, oder wie die das nennen …«

Ilaria schaute mich an, als hätte ich den Verstand verloren. Dann musterte sie mich prüfend von oben bis unten, während sie nach dem Vespa-Schlüssel griff.

»Okay, dann hoffe ich, du bist jetzt locker genug«, sagte sie mit hochgezogenen Augenbrauen. »Denn wir müssen die *ape* bei Lorenzo abholen, bei deinem Lover vorbeischauen und mit einem Frisiertisch hinten auf der Ladefläche durch die Gegend fahren, um für Alex' Laden zu werben. Selbstverständlich alles *ganz locker*. Bereit?«

»Mehr oder weniger«, sagte ich, denn die Vorstellung, Alex wiederzusehen, versetzte mich in leichte Panik.

»Soll ich dir mal was sagen?«, fragte sie mit einem Seufzer.

»Nein.«

»Du bist eine Schande für unser Volk. Von wegen *dolce vita*, du bist die unlockerste Person, die mir je untergekommen ist!«

Und mit diesen Worten zog sie ihren Helm auf und klappte den Sonnenschutz runter.

Bei Lorenzo wartete die aufgemotzte *ape* bereits auf uns.

»*Ah, bene, bene, guardate!*«, sagte Lorenzo und rieb sich vor Freude die Hände.

Ich ließ den Blick über das Gefährt gleiten und musste zugeben, dass es wirklich was ganz Besonderes war. Lorenzo hatte einen altmodischen Lautsprecher eingebaut, der auf der Kabine thronte und in alle Richtungen tönen konnte. Und auch sonst strahlte unsere *ape* einen unglaublichen Charme aus. Es weckte sofort die nostalgische Sehnsucht nach unserem *Belpaese*[81].

Ilaria kletterte hinein und stellte den Lautsprecher ein, worauf ein lautes Pfeifen ertönte.

»*Attenzione, attenzione!* Heute Abend großer Tanzabend mit dem berühmten Orchester Taioli. *Valzer, mazurka, tango!*«, rief sie durchs Mikrofon und machte dabei perfekt den weichen Dialekt der Einwohner der nördlichen Adriaküste nach. »*Donne!* Der Messerschleifer ist da!«, kicherte sie anschließend. »*Frutta fresca*[82], *verdura di stagione*[83]*! Perfetto,* der Lautsprecher funktioniert also.«

»Okay, dann … äh … fahren wir los?«, fragte ich ängstlich.

»Ja, klar, steig ein. Ah, Lorenzo, kann ich dich noch was fragen?«

»Ila, frag ihn OHNE Lautsprecher!«, rief ich entnervt.

»Ach ja«, sagte sie und schaltete das Gerät aus.

Während Ila die letzten technischen Details mit Lorenzo austauschte, platzierte ich eine kleine, selbsthaftende Sta-

---

81 Belpaese: So nennen Italiener ihr Land (es bedeutet wörtlich: das schöne Land). Die Bezeichnung ›Bella Italia‹ hingegen wird in Italien so gut wie nicht verwendet.

82 Frutta fresca: frisches Obst

83 Verdura di stagione: saisonales Gemüse

tue des heiligen Christophorus, Beschützer aller Reisenden, auf den Lenker. Simona hatte sie mir gegeben und unheilschwanger gesagt: »Viel Glück, und komm möglichst in einem Stück wieder.« Woraufhin mir der Angstschweiß ausgebrochen war.

»Was ist das denn?«, fragte Ilaria, als sie die kleine Figur sah und zugleich die *ape* zum Laufen brachte. »Den hat dir bestimmt Simo gegeben«, stellte sie dann trocken fest, zog am Saugnapf und warf den armen Heiligen kurzerhand aus dem Fenster.

»Ila, ich möchte dich bitten, vorsichtig zu fahren«, bat ich sehr freundlich, denn labilen Menschen muss man prinzipiell höflich gegenübertreten, und vor allem darf man ihnen nie, nie widersprechen, insbesondere wenn man auf sie angewiesen ist, wie zum Beispiel in einer *ape*.

»*Certo,* denkst du, ich bin verrückt?«, fragte sie.

»Das ist jetzt wirklich nicht der richtige Moment für rhetorische Fragen«, erwiderte ich und bekreuzigte mich.

Wie ich widerwillig zugeben musste, hatte Ilaria das Gefährt jedoch ganz gut im Griff und lenkte es sicher durch den Straßenverkehr Richtung Alex' Geschäft. Nur an einem steilen Berg schaltete sie zu stark herunter und gab dabei zu viel Gas, woraufhin die *ape* für kurze Zeit die waagerechte Position verließ, um auf den hinteren Rädern zu balancieren.

»Hey, also so machen das die Jungs in Italien mit den Mopeds!«, rief sie begeistert, während ich versuchte, wieder Luft in meine Lunge zu pumpen.

»Mach dir keine Sorgen, La, es passiert schon nichts«, sagte sie und tätschelte meine Hand. »Zumindest nichts Schlimmes«, fügte sie mit einem Grinsen hinzu. »*A proposito.* Ich habe gestern jemanden gesehen«, sagte sie und warf mir einen schnellen Seitenblick zu.

Martin, dachte ich sofort. Sie hat gestern Martin mit Kristin gesehen, und nun will sie es mir möglichst schonend beibringen. Ich wappnete mich innerlich.

»Martin?«, fragte ich leise.

»*No,* Piero«, lachte sie.

Piero? Barbaras Mann? Ich dachte, er wäre 24 Stunden am Tag im Büro, um Kohle zu scheffeln. Oder höchstens mal auf den Fidschii-Inseln, um sein Ehegelübde mit Barbara zu wiederholen.

»Wo hast du den denn gesehen?«, fragte ich zweifelnd.

»Stell dir vor, der war gestern Abend ausgerechnet bei Gino, aber nicht alleine, sondern mit einer Frau, und rate mal: Es war NICHT Barbara!«, trumpfte sie auf.

»Piero???«, erwiderte ich und riss die Augen auf. »Das kann nicht sein, du hast dich bestimmt vertan.«

»Hab ich nicht«, sagte sie trotzig und strich sich lasziv eine lange Strähne aus dem Gesicht. Im Auto neben uns erwiderte ein junger Mann die Geste mit einem bewundernden Lächeln.

»Es war eindeutig Piero mit einer *ragazza,* und die beiden haben gemeinsam aus einem Cocktail geschlürft und dabei blöd gekichert«, bekräftigte sie.

»Aber ich dachte, Barbara hätte die perfekte Beziehung, und Piero wäre so in sie verliebt«, erwiderte ich kraftlos und schüttelte ungläubig den Kopf.

»*Ma va!* Was du immer alles glaubst. Das ist doch alles nur Show, was Barbara bei uns abzieht!«, lachte sie.

»Aber …«, setzte ich an.

»Nichts aber. Du bist wirklich so naiv, La. Du bist der einzige Mensch auf der Erde, der sich genauso gibt, wie er wirklich ist. Jeder macht sich selbst und den anderen irgendwas vor, das gehört doch dazu.«

»Aber …«, konnte ich nur wiederholen.

»Aber du nicht, ich weiß«, unterbrach sie mich. »Jedenfalls ist Barbaras Ehe lange nicht so toll, wie sie tut.«

»Aber das Baby!?«, fragte ich verzweifelt. »Sie haben doch wieder ein Baby gemacht!«

»Na und? Auf diese Weise ist Barbara beschäftigt, und Piero hat seine Ruhe«, antwortete Ilaria und schien von ihrer Theorie sehr überzeugt zu sein.

Nach einer Weile, in der nur der Lärm des Motors zu hören gewesen war, wandte ich mich wieder an meine Freundin:

»Ila?«

»Hm?«

»Machst du uns auch etwas vor?«, fragte ich und schaute sie an, als könnte sie sich jederzeit in ein seltsames Insekt verwandeln.

»*Ma no*!«, schrie sie lachend und schlug mir mit einer Hand aufs Knie, wobei die ape einen gefährlichen Schlenker nach rechts machte.

Ich schaute sie weiter prüfend an. Meistens war Ilaria lustig, locker und auch ein bisschen kopflos, doch manchmal überraschte sie uns mit klugen Bemerkungen, die sie wie ein Kaninchen aus dem Hut zauberte. Wie war Ilaria wirklich? Und wie waren die meisten Leute, wenn man gerade nicht hinschaute? Konnte man einen Menschen jemals wirklich kennen?

Obwohl mich die Sache mit Piero sehr überrascht hatte, musste ich zugeben, dass ich eine gewisse Erleichterung verspürte: Barbaras Beziehung war also nicht perfekt, so wie auch meine Beziehung nicht perfekt war. Immerhin hatte Martin keine andere Frau, oder vielleicht doch? Jedenfalls konnte ich eine gewisse Schadenfreude gegenüber Barbara nicht unterdrücken. Was nutzt schon ein Ehegelübde auf den Fidschiis, wenn dein Mann daheim eine Affäre hat? Ob Barbara das ahnte und Piero deshalb versuchte, sie mit dem Ehegelübde zu beschwichtigen?

Alles war möglich und nichts wirklich schlimm, hatte ich mal gehört.

Ich konnte ein Kichern nicht unterdrücken.

»Was lachst du denn?«, fragte Ilaria überrascht.

»Ob Barbara unter ihren Max-Mara-Kostümen vergilbte und ausgeleierte Unterwäsche trägt?«

»Mit Sicherheit. Außerdem leidet sie an übermäßiger Schweißbildung unter den Achseln und braucht spezielle saugfähige Einlagen, die sie unter ihre Blusen von Oscar de la Renta kleben muss«, sagte Ilaria, und wir beide mussten lachen.

Na also, so schnell stellt sich gute Laune ein.

*

Am Samstag hatten wir Alex' große Eröffnungsfeier.

Schon von Weitem konnte man erkennen, dass das Geschäft vor Leuten geradezu platzte. Unsere Werbeaktion mit der *ape* durch die Straßen Münchens hatte uns zwar fast Kopf und Kragen gekostet, da die bayerische Polizei scheinbar grundsätzlich ein Problem mit unautorisierten Werbeaktionen hat, aber immerhin hatte sie gewirkt. Nur mühsam konnten wir uns Zugang verschaffen, vorbei an gut gelaunten Menschen, die an ihrem Prosecco nippten und San-Daniele-Schinken aßen, der geschickt um hausgemachte *grissini* gewickelt war. Drinnen wurden wir fast geblendet, denn während es draußen bewölkt war, schien im Laden strahlend die Sonne.

»Aber wie…?«, setzte ich verwundert an und schaute mich verwirrt um.

»Spezielle Lampen«, begrüßte uns Michela. »Schaut mal nach oben, die strahlen im selben Spektrum wie das Sonnenlicht. Damit die Olivenbäume immer genug Energie zum Wachsen haben.«

Tatsächlich, es standen echte Olivenbäume im Geschäft.

Ich sah Michela bewundernd an. Davon hatte sie uns nichts erzählt, wahrscheinlich sollte es eine Überraschung sein, und die war perfekt gelungen.

Auf dem Boden lag ein Teppich aus echtem Gras, darüber verliefen kleine Wege zu den verschiedenen Möbelstücken. Unter den Olivenbäumen standen liebevoll verzierte Betten mit Bettwäsche aus feinster Spitze und mit Wiesenblumen in Weinkrügen dekorierte Tische. Überall lagen Strohballen und gaben dem perfekten rustikalen Ambiente den letzten Schliff.

Ich schaute mich nach Alex um. Ein Teil von mir wünschte ihn zu sehen, und ein anderer wollte ihm am liebsten aus dem Weg gehen. Bis auf ein paar Textnachrichten hatten wir schon länger keinen Kontakt mehr gehabt. Die Situation zwischen uns war also ziemlich ungeklärt. Lust auf klärende Gespräche hatte ich im Moment aber keine.

Als ich ihn endlich an der Bar entdeckte, spürte ich so etwas wie Enttäuschung. Er stand an einer alten Weintheke, über ihm eine Art Baldachin aus Weinblättern und echten Trauben, und unterhielt sich mit zwei atemberaubenden blonden Schönheiten. Trotzdem hatte ich das Gefühl, dass er mich gesehen hatte.

»Kommt, lasst uns etwas trinken gehen!«, rief Ilaria, womit mein Schicksal besiegelt war. »Ah, da ist ja unser Star!«, brüllte sie dann durch die Menge und klopfte Alex besitzergreifend auf die Schulter. Die zwei Schönheiten entfernten sich beleidigt.

Alex schaute meine Freundinnen unsicher lächelnd an und vermied meinen Blick, der aber sowieso am Boden klebte und damit nicht verfügbar war.

»Ale, das ist ja wirklich SUPER hier! *Vero*, La?«, rief Ila, legte ihren rechten Arm auf Alex', ihren linken auf meine Schulter und zog uns energisch an sich.

»Mhmh«, nickte ich.

»Mhmh«, nickte Alex.

»Was ist los? Sprecht ihr nicht mehr miteinander?!«, ihre Umarmung wurde fester.

»Doch, eigentlich … Laura … äh … kann ich kurz mit dir reden?«, murmelte Alex.

»Na also, geht doch!«, freute sich Ila.

Wir gingen in sein Büro, wo es einigermaßen ruhig war, und standen erst mal eine Weile wortlos und unsicher herum. Was würde jetzt passieren?

»Hör mal, Laura, also, ich weiß nicht wie … Also, es ist so …«, begann er.

Oh nein, er wollte doch nicht etwa …?

»Also, Laura, du bist eine wunderbare Frau, und solltest du je … also … ich meine …«

Wenn er jetzt sagen würde, es läge nicht an mir, sondern an ihm, würde ich ihm eine knallen. Doch das sagte er nicht, er kämpfte noch mit sich selbst. Dann gab er sich einen Ruck:

»Also, nur damit du es weißt: Solltest du es dir noch mal

überlegen, kannst du mich jederzeit anrufen. Nur wenn du willst, meine ich …«

»Äh … okay«, sagte ich gedehnt und fragte mich insgeheim, was genau ich mir überlegen sollte und wieso er so komisch redete. Ich wartete noch einen Moment, da ich mir nicht sicher war, ob noch etwas kommen würde.

Als er aber nichts mehr hinzufügte und mich ansonsten nur sehr nett anlächelte, suchte ich mit einem unsicheren »*Ciao*«, das so klang wie eine Frage, den Weg nach draußen.

Hatte Alex eben Schluss mit mir gemacht? Wenn ja, warum? Lag es an meinen Speckrollen? Oder lag es wieder mal an meiner Unschlüssigkeit? Waren wir überhaupt richtig zusammen gewesen? (Später unbedingt im Internet recherchieren: Gilt ein Korb in dem Fall auch?)

Aber vor allem quälte mich die Frage: Wie hatte er es nur geschafft, Schluss zu machen, es aber zugleich so klingen zu lassen, als wäre ich das gewesen?

*

»*Mamma*?«

»Hm?«

»Wieso hat der *papà* eine neue Frau?«

Ich verschluckte mich an der Weintraube, die ich gerade in den Mund gestopft hatte.

»Wie … wie meinst du das, Püppchen?«

»Gestern, da hat er mir gesagt ›Das ist meine neue Frau, Sara, sag Hallo zu ihr‹.«

Wie bitte? Eine neue Frau? In meiner Wohnung? Mit meiner Tochter??

Bestimmt war es Kristin, hatte ich also recht gehabt! Katrin behauptete zwar noch immer, dass Martin noch wahnsinnig an mir hängen würde, aber nun hatte ich ja den Beweis für seine Untreue, wenn man das so nennen darf, geliefert auf dem Silbertablett von meiner eigenen Tochter.

»Wie sieht diese Frau aus, Püppchen?«, fragte ich, als wäre es im Grunde gar nicht so wichtig, und tat so, als würde ich mit den Trauben auf dem Tisch spielen.

»Äh … so … blond …«

HA, blond! Kristin war blond, Volltreffer!

»Oder … so … orange …«

Orange? Was war das für eine Haarfarbe, orange? War Kristin beim Friseur gewesen? Beim falschen? Nee, solche Frauen hatten immer nur einen Friseur, und zwar den besten, den man bekommen konnte, einen, der sich duzte mit der Münchner Schicki-Micki-Prominenz.

»Ah, nee, jetzt weiß ich wieder! Lila Haare und eine blonde Schürze!«

Lila Haare? Schürze? Was für eine Schürze? Lief Kristin etwa nackt durch die Wohnung, bedeckt nur mit einer knappen Schürze, wie in den wildesten Träumen eines jeden Machoschweins? Das konnte nicht sein, mein Leben war doch keine billige *commedia all'italiana* aus den siebziger Jahren. Oder etwa doch?

»Und … wie alt ist denn diese neue Frau, Sara?«

»So alt wie du!«, kam es wie aus der Pistole geschossen. »Oder vielleicht zwanzig. Oder fünfzig.«

Keine Chance. Eine Vierjährige nach dem Alter eines Erwachsenen zu fragen war wie einen Mann bei der Wahl des passenden Lippenstifts um Rat zu bitten: komplett sinnlos.

Ich beschloss, das Interview zu beenden, und nahm mir vor, Katrin als Privatdetektivin zu verpflichten. Sie würde für mich herausfinden, was zwei Stockwerke unter ihr wirklich los war.

»Katrin?«, rief ich in den Hörer und versuchte ganz ruhig zu klingen.

»Ja?«

»Ich hätte da eine Frage: Also, wenn du Martin im Treppenhaus triffst…«

»Ja?«

»Ist er dann alleine oder… ja, also… mit jemandem zusammen?«, fragte ich und bemerkte, wie sehr meine Stimme dabei zitterte. Mist, diese GANZE Emotionalität, wie ich die satt hatte, NIE, NIE konnte ich irgendetwas versteckt halten!

»Du meinst, mit einer Frau?«, kam es von der anderen Seite des Hörers, und Katrins Grinsen war nicht zu überhören.

»Ja, also, hm… genaugenommen mit einer Frau mit lila Haaren?«

»Lila Haare?«

»Ja, und einer blonden Schürze!«

»Lila Haare und eine blonde Schürze? Laura, geht es dir gut?«

»Okay, okay, vergiss das mit der Schürze, und meinetwegen auch das mit den lila Haaren. Wichtig ist: Siehst du ihn manchmal mit einer Frau?«

»Laura?«, kam es langgezogen durchs Telefon, ganz so, als würde sie mit einem ungezogenen Kind sprechen. Die blöde Kuh.

»Und wenn nicht, kannst du ihn nicht mal beschatten? Und herausfinden, wo er hingeht und vor allem mit wem, das kann doch nicht so schwer sein«, rief ich verzweifelt. »Bitte, ich bezahle dich auch dafür. Hm… mit einem Abendessen bei Raffaele?«

»Laura? Ich erinnere dich nur ungern daran, aber du bist diejenige gewesen, die ausgezogen ist. Wieso willst du ihn jetzt beschatten?«, fragte Katrin mit ihrer wie üblich bestechenden Logik.

»Nur so, halt«, verteidigte ich mich vage. »Ich will nur wissen, ob er wirklich mit Kristin angebandelt hat.«

»Und wenn es so wäre? Du gehst doch mit diesem Alex aus. Und außerdem: Warst das nicht du, die gesagt hat, Martin wäre ein Prinzipienreiter und ein Korinthenkacker?«

Langsam ging mir Katrin auf die Nerven. War das nicht sie, die mir neulich etwas von Reibung und Zündung erzählt hatte? Und hatte sie noch nie was von inkonsequentem Verhalten gehört? Nicht jeder konnte so bombenfeste Entscheidungen treffen wie sie und dann anschließend auch noch hundertprozentig dazu stehen, wo kämen wir denn da hin? Auch Steve Jobs hatte Apple mal verlassen, war irgendwann zurückgekehrt und hatte es *dann erst* zu einem Milliarden-Unternehmen gemacht. Nicht auszudenken, was passiert wäre, wenn er nicht zurückgekehrt wäre! Wir würden alle mit hässlichen schwarzen MP3-Playern herumlaufen! Und ohne den genialen Einfall der leuchtenden Tastatur könnten wir unsere Laptops im Dunkeln nicht benutzen! (Ja, ich hatte mir endlich die *vita* von Steve Jobs zu Gemüte geführt und bei der Gelegenheit festgestellt, dass ich keine einzige der Eigenschaften besaß, die für eine ähnliche Erfolgsstory notwendig gewesen wären.)

»Okay, vergiss das Ganze, ja? Vergiss es einfach, ich sehe schon, bei dir beiße ich auf Holz«, regte ich mich auf.

»Laura?«, antwortete Katrin ganz ruhig. Nun würde sie mir mit ihrer ganzen Souveränität den Gnadenstoß versetzen.

»Ja?«

»Ich habe Martin mit noch keiner Frau gesehen, wenn dich das jetzt beruhigt. Weder mit noch ohne blonde Schürze.«

»Ah, okay, also, danke«, rang ich mir ab. Mir war das Ganze jetzt doch ein wenig peinlich.

»Und, Laura?«

»Ja?«

»Es heißt ›auf GRANIT beißen‹, und du warst ganz schön auf dem HOLZweg«, lachte sie und legte auf.

*

»Hallo Laura? Kannst du schnell zu Fernando kommen? Hier gibt es ein Problem«, teilte mir Kurts recht neutrale Stimme am nächsten Tag telefonisch mit. Oh, nein, schon wieder ein Familiendrama in Sicht. Ich ließ mich von Kurts coolem Ton nicht täuschen, schließlich waren mir die Deutschen mit ihrer Selbstbeherrschung selbst in den dramatischsten Situationen mittlerweile vertraut.

»Was ist passiert?«, fragte ich alarmiert. Hatte sich Fernandos teuflischer Plan letztendlich gegen ihn selbst gewandt? Lag der krummbeinige Landsmann in diesem Moment bereits leblos auf dem Boden seiner Pizzeria? Vielleicht erschlagen von einer marmornen Pfeffermühle, die ihm sein Schwiegersohn in spe in wütender Verzweiflung ins Gesicht geschleudert hatte?

»Samanta ist verschwunden«, antwortete Kurt, und nun konnte ich zumindest ein leichtes Zittern in seiner Stimme vernehmen. Nicht ganz ohne Genugtuung, muss ich gestehen.

»Wie verschwunden?« Bräute, die kurz vor der Hochzeit verschwinden, gab es in Italien immer noch ab und zu. Meistens stellte sich später heraus, dass die Braut mit der Hochzeit im Allgemeinen und dem Bräutigam im Speziellen nicht richtig einverstanden gewesen war. Davon konnte in diesem Fall aber nicht die Rede sein.

»Ja… äh… wie soll ich sagen? Fernando und ich hatten gestern eine kleine Auseinandersetzung. Und da hat Samanta geschrien, sie würde den Mist nicht mehr mitmachen, sie hätte die Nase voll, und wir sollten ohne sie heiraten. Und dann ist sie rausgestürzt, und seitdem haben wir sie nicht mehr gesehen. Ihr Handy ist auch ausgeschaltet«, beendete Kurt seinen Bericht und schluckte laut.

Aha, Samantas italienischen Wurzeln schlugen doch noch durch, dachte ich mit einer Mischung aus Erleichterung und Beunruhigung.

»Okay, ich komme sofort«, sagte ich und legte auf.

*

»Ah, Laura, da bist du ja, *per fortuna!*«, rief mir Fernando entgegen, der mir in seiner Verzweiflung ganz lebendig erschien.

»Fernando, Kurt, was ist passiert?«

»*Ma niente…*«, setzte Fernando beschwichtigend an und wurde von Kurt sofort unterbrochen.

»Fernando hat uns eine Szene wegen der Kostenvoranschläge für die Hochzeit gemacht«, petzte er.

»Kein Wunder, das waren ja *somme orrende!* Und diese Unmenge an Gästen!«, verteidigte sich Fernando empört.

»Du hast doch angefangen mit deiner ellenlangen Gästeliste!«, setzte Kurt nach.

»Mag ja sein, aber du kannst gar nicht so viele Verwandte haben, wie auf deiner Liste sind, du bist DEUTSCHER! Und außerdem hast du dir überall das Teuerste vom Teuersten ausgesucht, die *bomboniere,* die *confetti,* das Essen, einfach alles. Du wolltest mich ärgern, gib es doch zu«, schrie Fernando in seinem gebrochenen Deutsch zurück. Wenn es nicht so tragisch gewesen wäre, hätte ich laut gelacht.

»So wie du mich mit deiner ›typisch italienischen Hochzeit‹ ärgern wolltest! Du wolltest mich damit abschrecken!«, brüllte Kurt zurück, und dann starrten sich beide an wie zwei sechsjährige Streithähne, die gleich aufeinander losgehen.

»Was ist mit Samanta?«, warf ich schnell ein, bevor wirklich irgendetwas geschehen konnte.

Fernandos *pizzaiolo*, der den Teig für den Abend zubereitete, warf mir einen raschen, durchdringenden Blick zu, den ich auf die Schnelle nicht deuten konnte.

»*La mia* Samanta, *la mia* Samanta, die ist einfach zu *sensibile*«, schüttelte Fernando unglücklich den Kopf.

»*Sensibile,* ha, dass ich nicht lache!« Diesmal war ich diejenige, die geschrien hatte. Fernando zuckte erschrocken zusammen. »Jungs, mal im Ernst: Meint ihr nicht, dass eure dämlichen Streitereien Samanta eventuell *ganz leicht* auf die Nerven gegangen sein könnten?«

Nun schauten beide betroffen zu Boden und sahen sogar ziemlich schuldbewusst aus. Na, immerhin, dachte ich, Einsicht ist der erste Schritt zur Besserung.

»Na ja, vielleicht war sie in letzter Zeit wirklich etwas … äh … angespannt«, murmelte Kurt.

»*Sì*, angespannt, *è vero*, aber *MEINE BAMBINA!* Wo ist sie hin? Und wenn sie nie mehr nach Hause kommt?«, rief Fernando und schnäuzte sich kräftig, während Kurt ihm tröstend über die Schulter strich.

Ich nutzte die Gelegenheit, um mich unauffällig dem *pizzaiolo* zu nähern.

»Samanta ist bei ihrer Freundin Maike«, flüsterte er mir zu. »Aber sie will nur mit dir reden, nicht mit denen da«, fügte er mit einem geringschätzigen Blick Richtung Schwiegervater und Schwiegersohn hinzu.

Ich ließ mir schnell Maikes Adresse zuflüstern und wandte mich dann den beiden Streithähnen zu.

»Jungs, ich muss für eine halbe Stunde weg, vielleicht weiß ich, wo Samanta ist. Versprecht ihr mir, dass ihr in der Zwischenzeit brav seid und nicht streitet?«, fragte ich streng.

Fernando und Kurt schauten hoffnungsvoll auf und nickten. Der *pizzaiolo* bedeutete mir mit einem Blick, dass er die beiden solange im Auge behalten würde.

*

Bei Maike herrschte entspanntes Mädels-Lümmeln. Samanta lag auf dem Bett und sah sich hirnlose Fernsehserien an, die sich kein bisschen von den hirnlosen Serien aus dem italienischen Fernsehen unterschieden, Maike saß in einem bequemen Sessel und lackierte sich die Zehennägel, jeder in einer anderen Farbe. Eine leere Großpackung Eis auf dem Nachtisch zeugte davon, dass die zwei Mädels einen genussvollen Nachmittag hinter sich hatten.

Ich hatte ja eine depressive und verzweifelte Braut erwartet, die kurz vor dem Suizid steht, doch da hatte ich mich wohl getäuscht.

»Samanta, wie geht's dir?«, fragte ich dumm, denn natürlich ging es ihr super, nur hatte ich die Frage nun mal in Erwartung einer gänzlich anderen Situation vorbereitet.

Samanta zuckte mit den Schultern: »Ich brauchte mal eine Pause, es war nicht auszuhalten. Willst du auch was?«, fragte sie und reichte mir eine Packung Toffifee.

»Was für eine Frage!«, erwiderte ich und beschloss augenblicklich, es mir ebenfalls auf dem Bett gemütlich zu machen.

Das hatte ich nach den letzten Tagen Beziehungsstress auch verdient, schließlich: War ich oder war ich nicht gerade verlassen worden?

Und so unterhielten wir Mädels uns abwechselnd über das Fernsehprogramm, komplizierte Männer und chaotische Familienverhältnisse, über die ich einiges aus meinem eigenen Kreis zu berichten wusste. Jedenfalls hatten wir eine Menge Spaß, und Samanta bat mich, das Problem bei sich zuhause in die Hand zu nehmen, sie würde nämlich erst nach Hause kommen, wenn wieder Ruhe eingekehrt war.

»Manchmal denke ich, die Mentalität von Deutschen und Italienern könne nicht unterschiedlicher sein«, sinnierte Samanta vor sich hin.

»Ja, das denke ich auch, oft«, sagte ich.

»Aber es hilft alles nichts: Ich will Kurt und keinen anderen«, erwiderte sie, und ich beneidete sie sofort um diese Sicherheit.

*

»Sag mal, Laura, glaubst du, ich kann auch zu Kurts Hochzeit kommen?«, fragte mich Katrin später am Telefon.

»Klar, Fernando besteht sogar darauf, dass alle *signorine* der Agentur an der Hochzeit teilnehmen.«

»Aber sind es dann nicht zu viele Leute?«

Ich lachte.

»Bei so vielen Gästen macht das auch keinen Unterschied mehr!«

»Ist Fernando jetzt ruiniert?«, fragte sie.

»Ach nee, nach entsprechendem Druck von außen hat Fernando eingesehen, dass er in Kurt einen würdigen Schwiegersohn gefunden hat. Die beiden haben sich mit reichlich *vino* und unter viel Gelächter versöhnt, und nun ist alles gut. Die Braut ist auch von ihrem Kurzurlaub zurückgekehrt und hat sogar gelächelt. Ich wusste bis dahin gar nicht, dass sie überhaupt Zähne hat.«

»Aber die Kosten?«

»Kurt und Fernando haben sich darauf geeinigt, die Gäste auf hundertfünfzig Leute zu beschränken, somit halten sich die Ausgaben in Grenzen. Zum Glück waren die Einladungen noch nicht rausgegangen.«

»Das hört sich gut an, dann sind jetzt alle zufrieden«, stellte Katrin fest.

Ich war auch froh, dass alles ein gutes Ende genommen hatte. Kurt hatte auch nicht mehr auf die teuren *bomboniere* bestanden, aber Fernando hatte gesagt, dass das doch eine wunderbare Entscheidung gewesen sei und dass er damit die Möglichkeit habe, bei der Verwandtschaft aufzutrumpfen. Das hässliche Klavier würde also die nächsten Jahre die Vitrinen sämtlicher Tanten und Cousinen zieren und Fernandos großen Erfolg in Deutschland bezeugen.

*

Samantas und Kurts Trauung fand selbstverständlich in einer katholischen Kirche einer italienischen Gemeinde statt. Sie lag in einem Viertel, das aufgrund seiner hohen Zahl an italienischen Einwohnern nur »Little Italy« genannt wurde.

Natürlich waren die italienischen Gäste aus München mit dem Auto gekommen, selbst die, die in Fußnähe wohnten, und wenn sie gekonnt hätten, hätten sie direkt vor dem Kirchentor geparkt. Weil das in den seltensten Fällen möglich ist, hatten sie die Autos in doppelter Reihe die ganze Straße hinunter abgestellt.

Die Verwandten aus Italien waren mit Bussen gekommen und sollten in einem Hotel übernachten, das Fernando komplett für die Familie reserviert hatte.

Sie standen alle auf einem Haufen draußen vor der Kirche, schnatterten laut und aufgeregt durcheinander und fröstelten trotz des milden Altweibersommertages in ihren schicken Kostümen und Anzügen. Die deutschen Gäste hingegen, die deutlich in der Minderzahl waren, freuten sich in kurzen Ärmeln und dünnen Stoffen über den unerwartet warmen Tag. Sie unterhielten sich leise und gesittet auf der anderen Seite des Kirchenplatzes und warfen ab und zu interessierte Blicke hinüber zu den italienischen Gästen, bei denen sich die heimatliche und die hiesige Fraktion binnen Minuten freundschaftlich vereint hatte.

Schnell fanden wir Kurt, der nervös neben seinen Eltern stand und wie jeder Bräutigam aussah: So als würde er es sich jeden Moment anders überlegen und weglaufen.

»Hey, Kurt!«, begrüßten wir ihn lachend und klopften ihm aufmunternd auf die Schultern.

»Seid ihr euch wirklich sicher, dass ihr heiraten wollt? Weißt du, was wir Italiener über gemischte Ehen sagen?«, fragte Simona und blickte ihn mit gespielter Skepsis an.

»Ja, ja, ich weiß«, antwortete Kurt. »Ochsen und Frauen nur aus deinem Dorf, Fernando hat es oft genug wiederholt. Entspannt euch, Mädels, euer Job ist beendet. Ihr habt versagt, wir werden heute heiraten.«

Wir kreischten begeistert los und bewunderten ihn insgeheim, dass er trotz allem seinen Humor nicht verloren hatte.

Dann kam Don Vittorio, klatschte in die Hände und klopfte dann vieldeutig auf Kurts Schultern. Nach italienischer Manier musste der Bräutigam jetzt in die Kirche, während wir Gäste draußen auf die Ankunft der Braut, die traditionsgemäß verspätet war, warteten. Nicht dass Samanta besonderen Wert auf diese Tradition gelegt hätte. Wenn es nach ihr gegangen wäre, hätte sie in Jeans geheiratet, und sie wäre mit Kurt gemeinsam ohne großes Trara pünktlich zum vereinbarten Zeitpunkt erschienen. Aber hier ging es nicht um Samanta oder Kurt. Hier ging es um Fernando, und der ließ sich nicht um den großen Auftritt bringen.

Und wir sollten nicht enttäuscht werden. Denn kurz darauf fuhr ein schneeweißer Lincoln aus den vierziger Jahren vor, wie man ihn aus dem Film *Il Padrino*[84] kannte. Auf der Motorhaube war ein wunderschöner Blumenstrauß in Grün, Weiß und Rot angebracht. Als Fernando aus dem Angeberschlitten stieg, waren alle Augen auf ihn gerichtet. Mit der obligatorischen dunklen Sonnenbrille und einer roten Blume im Knopfloch sah er aus wie Don Vito höchstpersönlich. Als Samanta aus dem Auto stieg, rollte sie, wie konnte es anders sein, genervt die Augen. Ihre Mutter hievte sich nur mit Mühe aus ihrem Sitz und bewegte sich schnaufend hinter den anderen her in Richtung Kirche.

Als Samanta mit Fernando die Kirche betrat, setzte die Orgel zum klassischen Hochzeitsmarsch an, und ich brauchte bereits das erste Taschentuch. Wie jung sie aussah und wie hübsch! Nein, ich will Ihnen da nichts vormachen, ich weinte nicht nur aus Rührung, ich weinte vor allem um mich und mein verpatztes Liebesleben. Was hätte ich darum gegeben, nur ein kleines Stück von dem Glück zu haben, dass Samanta jetzt hatte. Man soll sich nicht mit anderen vergleichen, das kann schon in ganz normalen Situ-

84 Il Padrino: der Pate

ationen fatal sein. Sich aber eine schöne, glückliche, junge Frau an ihrem Hochzeitstag auf den Weg zum Altar als Vergleichsobjekt auszusuchen war in meiner Situation definitiv die denkbar schlechteste Wahl. Also beschloss ich, den Worten Don Vittorios über »den Freundschaftsbund für das gesamte Leben« nur mit einem Ohr zu lauschen. Denn andernfalls hätte ich sicher angefangen zu schluchzen, die Leute hätten sich umgedreht, und ich wäre vor Scham im Boden versunken. Zumal ich nicht zur Familie gehörte, sondern nur eine von der Agentur war. Doch es half nichts, als Kurt sein herzzerreißendes Ehegelübde auf Italienisch sprach, gab es nur eine Person in der Kirche, die lauter schniefte als ich: Fernando, der sich dafür sofort schroffe Ermahnungen von seiner Frau einhandelte.

Später im Restaurant bei Nicola waren die Tische festlich gedeckt und liebevoll dekoriert mit Orangenzweigen, die klitzekleine Apfelsinen trugen. Die Kellner schwirrten wie die Bienen durch den Raum und servierten den durstigen Gästen Champagner auf Silbertabletts. Die italienische Fraktion sorgte dafür, dass der Lärmpegel ohrenbetäubend war. Die deutschen Gäste saßen zusammengepfercht in einer Ecke und schauten etwas ängstlich aus der Wäsche. Ich machte mir darüber keine Sorgen, ich war mir sicher, sie würden im Laufe des Essens lockerer werden (italienischer Wahnsinn ist ansteckend, mit einigen Gläsern *vino* sogar ziemlich schnell).

Natürlich wussten nur die italienischen Gäste, dass die wichtigste Regel bei Hochzeitsessen darin besteht, bloß nicht alle angebotenen Gerichte anzunehmen. Also zeigten wir den Kellnern mit einer kurzen Handbewegung, ob sie servieren durften oder nicht, während sich Kurts Angehörige ausnahmslos alles aufladen ließen. Wahrscheinlich dachten sie, es wäre unhöflich, etwas davon abzulehnen (glauben Sie mir, das ist es nicht!).

Wir saßen in Gruppen an großen Tischen, bei uns waren noch Gino, eine Kollegin von Samanta und, Ironie des Schicksals oder bösartige Absicht und Kurts persönliche Rache, Don Vittorio.

»Laura? Wann finden die Reden statt? Ich wollte meinen Beitrag anmelden!«, fragte Maike, die Samantas Trauzeugin war, vom anderen Tisch herüber.

»Reden?« Schlagartig wurde mir bewusst, dass wir in der Organisation etwas Wichtiges vergessen hatten: die Reden! Die auf rein italienischen Hochzeiten nie gehalten werden, da sie im Grunde nur von der Hauptbeschäftigung ablenken, dem Essen. Das erwischte mich völlig auf dem falschen Fuß, denn schon standen hinter Maike noch einige von Kurts Gästen, die ebenfalls ihre Redebeiträge anmelden wollten. Ich konnte ihnen unmöglich sagen, dass wir schlicht und einfach keinen Plan hatten.

»Äh, wir haben eigentlich keinen Plan … ich meine, wir haben noch keinen Plan für den Abend aufgestellt«, korrigierte ich mich schnell.

Die Redekandidaten schauten mich entgeistert an.

»Und was soll dann den ganzen Abend passieren?«, fragte mich Maike verdutzt.

»Also … hm … nichts. Nur essen und trinken. Ah, und später noch tanzen«, erwiderte ich schuldbewusst. Was waren wir Italiener doch für ein unkultiviertes Volk!

Zum Glück schaltete sich in dem Moment Michela ein und rettete mich aus der peinlichen Situation.

»Ah, Maike, du willst eine Rede halten, sehr schön. Wie wäre es gleich nach dem ersten Gang? Wer meldet sich sonst noch an?«, fragte sie professionell und fischte ein kleines Heft aus ihrer Tasche, um sich Notizen zu machen. Fünf Minuten später hatte sie einen Plan aufgestellt und schickte die nun zufriedenen Gäste wieder auf ihre Plätze. Ein Mikro aus der Taverne hatte sie auch organisiert. Auf Michela war einfach Verlass.

»Fernando, du musst auch eine Rede halten«, flüsterte ich ihm später ins Ohr.

Er saß mit Maria am Brauttisch, wo Kurt bezüglich des empfohlenen Verhaltens gegenüber den Kellnern offensichtlich nicht aufgeklärt worden war und alle angebotenen Speisen brav in sich hineinstopfte (vermutlich Fernandos Rache an seinem Schwiegersohn, zu dem er hin und wieder grinsend herüberschielte). Wir waren beim zweiten Gang angelangt, und Kurt sah schon etwas gequält aus.

»Wieso ich?«, fragte Fernando erschrocken.

»Weil du der Vater der Braut bist und bislang nur Reden von Kurts Seite gehalten wurden. Du musst auch einen Beitrag leisten!«, beschwor ich ihn eindringlich.

»Aber ich weiß nicht, was ich sagen soll!«, lamentierte er, den Tränen nahe.

»Es wird dir schon etwas einfallen. Michela bringt dir nachher das Mikrophon, *dai!*«, munterte ich ihn auf, und ging eilig zurück an meinen Platz.

Insgeheim machte ich mir jedoch Sorgen. Die deutschen Redner waren wie erwartet perfekt aufgetreten und hatten gut durchdachte und sehr strukturierte Reden gehalten. Wir Italiener hatten mit der Strukturierung eines Redebeitrags so unsere Probleme, wie man vor einigen Jahren auf der berühmt gewordenen Pressekonferenz eines italienisches Fußballtrainers besonders anschaulich hatte sehen können.

»Krschiiiiiiii!«, fiepte das Mikrophon laut, als Fernando

herantrat. Wir bedeuteten ihm mit hektischen Gesten, leiser zu sprechen.

»*Sì, äh, no,* äh … ich wollte auch zwei *Worten ausreden* … äh … also, Kurt *e* Samanta, meine *liebe* Kinder, ihr habt heute *verheiraten*[85]«, fuhr er in normaler Lautstärke fort, und schaute sich beifallheischend um. Wir hatten ihm geraten, die Rede auf Deutsch zu halten, da sich die Italiener vermutlich sowieso nicht dafür interessierten.

»Äh, also, wir, äh, also, ich und Maria, meine liebe Frau, *funfundreißig* Jahre sind wir schon *verheiraten, äh,* Maria? FUNF UND DREISSIG! *Allora,* was wollte ich sagen?«, fuhr er fort und schaute jetzt hilfesuchend zu uns herüber.

Geistesgegenwärtig hob Simona ihr Weinglas und zeigte aufmunternd darauf, im Sinne von ›Toast aussprechen, Klappe halten, hinsetzen, fertig‹.

Fernando nahm gehorsam sein Glas und fuhr fort.

»Äh, *sì, allora, certo,* für uns wäre *naturlich besser einen Italiano*-Ehemann für Samanta, *äh,* Maria?«, grinste er, und klopfte kräftig auf Marias Schultern, die ihn genervt anschaute. »Ich *sage allora* zu Samanta: Samanta, *nehme* doch Alberto, *der* Sohn *meinem … äh …* wie *sage man … Traumzeuges*«, sagte er und machte eine Pause, um besagtem Trauzeugen zuzuprosten. Der prostete zurück und zuckte zugleich bedauernd mit den Schultern. »*Ist gute* Junge, Alberto, *sehr gute* Junge«, fügte Fernando nickend hinzu.

Das war der Zeitpunkt, an dem wir Mädels panisch die Geste für ›abkürzen!‹[86] machen mussten. Ich schaute mich

---

85 »Vereirrraten«: Die h's sprach Fernando natürlich nicht aus, und die r's rollte er.

86 Die Geste für ›abkürzen‹: Man pumpt wiederholt mit einer Hand wie vor einer Blutentnahme (fragen Sie mich nicht wieso).

peinlich berührt um, doch die deutschen Gäste zeigten keine Regung. Gut erzogen, diese Leute, dachte ich bei mir. Und eine beneidenswerte Selbstkontrolle hatten sie auch. Italiener hätten sich in der umgekehrten Situation vor Lachen auf die Schenkel geklopft.

»*Eh, sì,* aber Kurt ist auch *gute Junge,* und wir sind auch *mit ihn* glücklich«, sagte Fernando endlich und wir beeilten uns zu klatschen, damit er sich wieder hinsetzen würde. Auch die anderen Gäste spendeten Beifall und freuten sich offenbar über die unkonventionelle Rede. Selbst die Verwandten aus Italien klatschten, die zwar kein Wort verstanden hatten, von Fernando und seinen Deutschkenntnissen jedoch beeindruckt zu sein schienen. Fernando, deutlich erleichtert, schaute zufrieden zu uns herüber, und wir nickten ihm bestätigend zu, damit er jetzt aber auch wirklich den Mund hielt.

»Bist du eigentlich froh?«, fragte mich Ila nach dem Essen.

»Worüber sollte ich froh sein?«

»Darüber, dass Ale jetzt nicht mehr im Weg steht, natürlich!«

»Wie meinst du das? Ila! Wieso im Weg?!«

»Ja, du bist es.«

»Wie ›ja, du bist es‹? Du sprichst schon wie Sara!«

»Das habe ich gemerkt, als du vor dem Spiegel trainiert hast.«

»WAS hast du gemerkt?«

»Na ja, dass er es einfach nicht war.«

»Aaah, jetzt verstehe ich! Jetzt verstehe ich alles! Dann hast du also dafür gesorgt, dass er es auch erfährt?? Und deshalb gab es dieses merkwürdige Gespräch bei der Eröffnungsfeier. ILA!!!«

Ila zuckte nur mit den Schultern und schaute auf ihre Fingernägel. Mein Blutdruck schnellte in die Höhe. Es war so weit, ich würde sie nun umbringen. Ein Glück, dass in diesem Augenblick mein Handy klingelte.

»*Nonna!?*«, flüsterte ich verwirrt in den Hörer.

»Du musst sofort herkommen!«, rief meine Oma aufgebracht. Endlich war sie einmal diejenige, die schrie.

Capitolo quattordici 

»Was soll das heißen, ich soll herkommen??«, fragte ich verdattert. Hatte sie sich verwählt? Wähnte sie eine andere Enkelin am Telefon? »*No, nonna*, hier ist Laura, die in Deutschland lebt und immer schreit, weißt du?«, sagte ich so ruhig wie möglich.

»Komm sofort nach Hause! Hier ist was ganz Schlimmes passiert!«, befahl sie noch einmal.

Huch, da wird doch wohl nicht der *nonno* abgehauen sein? Ich musste grinsen bei dieser absurden Vorstellung, denn das traute ich meinem Großvater dann doch nicht zu.

»Dein blöder Opa ist abgehauen! Das hätte ich dem Kerl nie zugetraut!«

»Wie, abgehauen? So richtig? Im Sinne von ›Ich gehe mal schnell Zigaretten holen‹?«

Die Ausrede war auch in Italien ganz beliebt, die Herren der Schöpfung scheinen sich kulturell nicht großartig zu unterscheiden, wenn es darum geht, ihrem Hausdrachen zu entkommen.

»*Più o meno,* nur dass es Fasanen waren.«

Fasanen? Vielleicht gab es doch ein paar kulturelle Unterschiede.

»Ja, und jetzt will er nicht mehr herunterkommen!«, schrie meine Oma immer noch aufgebracht.

»Herunterkommen von wo??« Es wurde immer wirrer.

»Na, von seiner blöden Berghütte!«

Mein Opa hatte sich vor einigen Jahren auf einem seiner geliebten Hausberge aus Holzbrettern eine kleine Hütte gezimmert. Darin gab es nichts außer einer Matratze und einigen Fressalien aus der Dose. Sie war der einzige Ort, wo er tun und lassen konnte, was er wollte. Natürlich war der ›Hausbau‹ alles andere als legal gewesen, doch da er und der Förster dicke Kumpel waren, reichte ein ab und zu kredenztes Glas Grappa aus Opas Reserven, um den Deal zu besiegeln.

»Der will sich doch bloß vor dem Krankenhaus drücken, der Feigling! Eine klitzekleine Operation, sonst nichts. Der soll mir noch einmal mit seinen alten Partisanen-Geschichten kommen«, empörte sich Oma.

»Krankenhaus!? Wieso Krankenhaus? Davon weiß ich ja gar nichts!«, rief ich. Doch die *nonna* hatte schon aufgelegt.

*

Nachdem ich mich bei meiner Schwester versichert hatte, dass meine Oma noch im Vollbesitz ihrer geistigen Kräfte und mein Opa tatsächlich vor einem typischen Routineeingriff für ältere Herren geflüchtet war, beschloss ich, für das Wochenende nach Italien zu fahren, um nach dem Rechten zu sehen. Es war schon von langer Hand geplant, dass Sara ihren Papa besuchen würde, und da ich grundsätzlich nicht abgeneigt war, mich immer mal wieder in meinem Heimatland sehen zu lassen, packte ich frohen Mutes die Koffer.

Als Martin Sara abholte, fiel mir wieder einmal auf, wie gut er aussah. Ob das die neue Frau war? Oder war er jetzt begehrenswerter, weil er nicht mehr zu haben war? Martin hatte meinen Blick offensichtlich bemerkt, sagte aber nichts.

Meinen kleinen Ausflug in die Heimat hatte ich ihm verschwiegen: Erstens, weil mir meine Familie ein bisschen peinlich war, und zweitens, weil er mir wie so oft vorgerechnet hätte, dass sich eine Fahrt von mindestens vier Stunden nur für ein Wochenende schlicht und einfach nicht lohnte. Auf diese Rechnung hatte ich aber keine Lust, man lebt ja schließlich nur einmal, und man weiß nicht, wann es vorbei ist. Außerdem bin ich Italienerin, und Italiener fühlen sich der Familie verpflichtet (meistens jedenfalls und auch nur, weil man Angst vor ihr hat).

Von meinem Opa war ich allerdings etwas enttäuscht. Erst schafft er es mit ein paar Kumpels, zwei Eseln und mangelhaften, eigenhändig zusammengeschusterten Waffen den Nazis die Stirn zu bieten und Mussolini in die Flucht zu schlagen, und dann macht er sich vor Angst in die Hose, weil er für zwei Tage ins Krankenhaus musste. Wenn das nicht typisch Mann war. Auf der anderen Seite konnte ich ihn auch verstehen. Wenn man ein Leben lang an der Seite meiner Oma verbracht hatte, dann wurde auch der stärkste Mann zu einem winselnden Schoßhund.

Die Fahrt nach Italien verlief sehr gut, da die Feriensaison vorbei war, es also keine Staus gab, keine übervollen Raststätten, keine vollbesetzten Toiletten. Nur die Straße, ein paar gut gelaunte Reisende und ich.

Kaum hatte ich die Grenze erreicht, zeigte sich auch schon wie durch Magie die Sonne, und die Temperatur kletterte um mindestens fünf Grad. Bis auf die unvermeidlichen Idioten mit italienischem Kennzeichen, die einem bei 140 km/h hinten an der Stoßstange kleben, war es einfach perfekt. Ich genoss es so sehr, wieder zuhause zu sein, warme Luft einzuatmen, den anderen Autofahrern gegenüber meine Hände einsetzen zu dürfen bei der obligatorischen Gestik und auch der Hupe wieder einen Lebenssinn geben zu können. Es war einfach toll, alles würde jetzt gut werden.

Nach der Ankunft machte ich es mir erst einmal mit meiner Schwester auf ihrem Balkon mit Blick auf die Berge gemütlich.

»Also, dann erzähl mal«, forderte ich sie auf.

»Es gibt da nicht viel zu erzählen. Der *nonno* hat gesagt, er geht nur mal eben die Fasanen, die er erlegt hat, bei seinem Kumpel holen. Und dann kommt er einfach nicht mehr zurück. Leider ist der Eingriff zwar klein, aber wichtig. Er müsste sich schon bald operieren lassen, der *nonno*«, sagte Bianca und zuckte die Achseln. »Ach, du kannst wirklich froh sein, dass du dem ganzen Theater mit der Familie entkommen bist.«

So kann man es auch sehen, dachte ich.

»Und wie habt ihr erfahren, wo er ist?«

»Die Frau des Försters hat es im Ort herumerzählt. Tante Maria hat es dann der Oma gesteckt. Die war natürlich auf hundertachtzig.«

Dass die *zia* ihren Frust über die geplatzte Hochzeit von Rachele mit einer gesunden Portion Tratsch und Schadenfreude wieder ausgleichen wollte, konnte ich mir nur zu gut vorstellen.

»Angeblich hat der Opa gesagt, dass er sich auch gleich scheiden lassen will, wenn er schon mal dabei ist«, fügte Bianca hinzu. »Aber das kann auch erfunden sein, um der *nonna* zu schaden, du weißt, wie diese alten Weiber ticken.«

Ja, auch das wusste ich nur allzu gut. Den Schein zu wahren war die erste und einzige Devise der alten Generation in Italien. Da waren uns die Deutschen mindestens ein Jahrhundert voraus. Schaute meine Oma deutsche Fernsehserien, in denen Frauen sich in ihren besten Jahren scheiden ließen, um sich dann kurz darauf wieder zu liieren und einen Neuanfang zu wagen, schnalzte sie immer missbilligend mit der Zunge und schüttelte den Kopf.

»Glaubt die etwa, dass es jetzt besser wird? Pah, die kann sich vielleicht warm anziehen!«, sprach sie ihre weisen Worte und beeilte sich dann, den Sender zu wechseln, da sie »die ganzen Sex-Szenen«, meist in Form eines harmlosen Kusses, als störend empfand.

»Wie läuft es denn bei dir? Und Martin?«, holte mich meine Schwester aus meinen Gedanken zurück.

»Na ja, im Moment gar nicht. Du weißt, dass ich ausgezogen bin. Du hast so ein großes Glück, dass du Luca hast.«

»Glück?«, schrie sie. »Was meinst du denn damit? Hast du eine Ahnung, durch welche Hölle ich mit Lucas Mutter gehe?«, brach es aus meiner Schwester hervor.

Tatsächlich war Biancas Pseudo-Schwiegermutter nicht ganz unproblematisch. Sie schaute jeden zweiten Tag bei der jungen Familie vorbei, angeblich um ihre Hilfe anzubieten, doch in Wahrheit, um die Situation genau im Auge zu behalten. Es war ihr ein Dorn im Auge, dass ihr geliebter Sohnemann in die Hände einer so modernen Frau gefallen war, die von Haushaltführung und Männerverwöhnen keinen blassen Schimmer hatte. Sie befürchtete, dass ihre Enkelkinder bald völlig verwahrlost und unterernährt auf der Straße landen würden. Deshalb brachte sie oft selbstgemachte Lasagne oder Cannelloni vorbei und steckte den Kindern die ungesündesten Kalorienbomben zu.

»Jedes Mal, wenn ich mich bei Luca über die Einmischung seiner Mutter beschwere, tut er so, als sei er taub. Wie mich das aufregt! Deine Schwiegermutter hätte ich gerne«, maulte Bianca.

Und da konnte ich ihr nicht widersprechen.

*

Martins Eltern waren Unternehmer, in welcher Branche wusste ich nicht, aber wahrscheinlich nicht in der Messingbranche. Als wir sie das erste Mal besuchten, war ich beeindruckt von der Größe und Schönheit ihres Hauses. Im Garten wehte eine bayerische Flagge, die hoch oben an einem weißblau gestreiften Mast befestigt war. Der sorgfältig geharkte Gartenweg, der zum Haus führte, zeugte von Ordnung und Liebe zum Detail.

Erst saßen wir stocksteif auf dem Sofa, vor uns auf dem blitzblanken Tisch eine Tasse Tee. Eine lebensgroße Statue der Madonna mit Jesuskind im Arm hing an der Wand. Was für ein riesiger Unterschied zum lockeren Empfang von Martin bei meiner Familie!

Martins Vater hatte wohl beschlossen, mich einer Prüfung zu unterziehen, als ob er darüber zu entscheiden hatte, ob meiner Aufnahme in die Familie zuzustimmen war oder nicht.

»Und Sie sind also Italienerin?«

»Äh, ja«, antwortete ich knapp. Was hätte ich auch sonst antworten sollen, das war eine geschlossene Frage, ja oder nein die einzigen möglichen Antworten.

Er schaute mich streng an, als müsste ich mich dafür entschuldigen. Das tat ich nicht.

»Und was machen Sie beruflich?«, fragte er süffisant.

»Äh, ich arbeite in der Pharmaindustrie«, antwortete ich unsicher. War das gut oder schlecht? Mir brach der Schweiß aus.

»Bayerisch?«

»Wie bitte?«

»Ein bayerisches Unternehmen?«, wiederholte er laut und akzentuiert, als würde er mit einer Minderbemittelten sprechen. Schließlich war ich Ausländerin, das war nicht viel besser.

»Nein, ein finnisches.«

»Pah!«, sagte er nur und machte eine wegwerfende Handbewegung. Der hätte sich gut mit meiner Oma zusammentun können.

Ich schluckte trocken, bis jetzt war die Prüfung nicht gerade gut gelaufen, was war ich aber auch für eine Versagerin: Erst komme ich *aus* dem falschen Land und dann arbeite ich auch noch *für* das falsche Land.

»Und was machen Ihre Eltern?«, gab er nicht nach, sichtlich bemüht, alle meine Schwachstellen aufzuspüren und offenzulegen.

Meine Eltern? Ich blickte schnell zur Madonna auf der Suche nach Beistand. Was sollte ich jetzt erzählen? Wäre das mit dem Stand am Gardasee gut angekommen? Oder sollte ich vielleicht komplett umschwenken und mit der Partisanenvergangenheit meines Opas prahlen? Aber was, wenn Martins Vater ein Sympathisant ›der guten alten Zeiten‹ war? Ich schaute zu Martin, der sich genüsslich zurückgelehnt hatte und alles beobachtete, als wäre er Zuschauer in einem Theaterstück. Einem sehr schlechten Theaterstück.

Zum Glück mischte sich Martins Mutter ein, die lächelnd erzählte:

»Also, mein Mann und ich, Laura, darf ich Laura sagen, ja? Also, wir kommen aus einfachen Verhältnissen. Wir haben ein kleines Familienunternehmen, aber wir haben es *peu à peu* aufgebaut. Weißt du, auf unseren ersten Messen hatten wir als Stand nur einen kleinen Tapeziertisch, den wir unter einer weißen Decke verstecken mussten. Mehr konnten wir uns nicht leisten.«

Martins Vater verzog bei dieser Erzählung das Gesicht, und ich konnte nicht anders, als mich sofort viel wohler zu fühlen. Ja, endlich konnte ich sogar ein wenig atmen, bis in die Lunge hinein.

Doch der aufrechte Bayer wechselte das Thema und kam auf Versicherungen zu sprechen. Natürlich war es mir als Italienerin ein Rätsel, wie man das überhaupt als Gesprächsthema wählen konnte. Aber als der alte Herr Martin mich sogar bedrängte, eine Police gegen Blitzeinfall abzuschließen, musste ich laut auflachen, da ich dachte, es handele sich um einen Witz. Natürlich war es keiner, über Versicherungen, speziell bei Blitzeinschlag, lacht man in Deutschland nicht. Das lernte ich an diesem Tag.

Mittlerweile kam ich mit meinem Schwiegervater ganz gut klar, auch wenn mir seine wiederholten Hinweise auf die marode Wirtschaftssituation in Italien und den im Gegensatz dazu florierenden bayerischen Standort doch auf die Nerven gingen. Aber Martins Mutter wog alles auf, denn sie war die diskreteste, netteste und freundlichste Schwiegermutter, die man sich nur wünschen kann.

*

»Glaub ja nicht, dass du jetzt einfach hinmarschieren und dem *nonno* ins Gewissen reden kannst«, sagte jetzt Bianca, wir waren noch immer auf dem Balkon, und dann öffnete sie den Sonnenschirm, denn als echte Italienerin hatte sie jetzt natürlich genug von der Sonne.

»Wie meinst du das? Deswegen bin ich doch gekommen!«, konterte ich.

»Ach, hör mit diesem deutschen Optimierungsgetue auf. Du bist gekommen, weil die *nonna* dich herbestellt hast, basta.«

Eigentlich hatte sie recht, auf Optimierungen legte auch ich nur mäßig Wert. Seit ich in Deutschland lebte, hatte ich mir jedoch angewöhnt, zielstrebig zu sein und das Maximale aus Situationen zu holen. Nur dass dieses Verhalten wenig Raum für Spaß und dafür viel für Stress lässt, und damit haben wir Italiener nun mal ein Problem.

»Außerdem: Jedes Mal, wenn einer von uns sich in seine Nähe begibt, bekommt Opa scheinbar einen Tipp von seinem Kumpel, dem Förster, und verschwindet dann den ganzen Tag im Gebüsch«, klärte sie mich auf.

»Na ja, gelernt ist gelernt, wenn er sich nicht in den Bergen verstecken kann, wer dann?«, gab ich amüsiert zu.

»Die *nonna* will sich damit sowieso nur wichtigmachen. Sie genießt es richtig, von der Familie bedauert zu werden und im Zentrum der Aufmerksamkeit zu sein. Sogar Luca durfte ausnahmsweise zu ihr und ihr sein Mitgefühl zusichern. Das gilt natürlich nicht für die *zia* Maria oder die anderen Verwandten, da will sie um jeden Preis das Gesicht wahren, du weißt schon, wie das läuft. Wann hast du eigentlich vor, der Matronin einen Besuch abzustatten?«

»Später. Erst muss ich mich innerlich vorbereiten.«

*

In Wahrheit ging ich noch in den Supermarkt, um einen Monatseinkauf mit überlebenswichtigen italienischen Lebensmitteln zu tätigen, die es in Deutschland nirgends gab. Im

Vergleich zu deutschen Supermärkten war das Einkaufserlebnis hier ein großer Spaß. Denn die leckerste Pastete, die raffiniertesten Käsesorten und die exklusivste Feinkost nützen gar nichts, wenn sie wie in Deutschland in einer Verpackung daherkommen, dass einem der Appetit schon beim Zugucken vergeht. Wie anders in Italien! Auch wenn der körnige Käse hier wahrscheinlich nicht besser schmeckt, so lassen einem die schneeweißen Flocken, überzogen mit frischen Wasserperlen, die saftige Scheibe Tomate als Dekoration und die geschwungenen und modern aussehenden Buchstaben des Produktnamens schon auf der Verpackung das Wasser im Mund zusammenlaufen. Außerdem gab es hier ständig neue Produkte, neue Geschmacksrichtungen bei den frischen Ravioli, gefüllten *gnocchi*, gewagte *pesto*-Variationen, neue Käsesorten, Antipasti, besondere *grissini*, dazu exotische *bruschetta*-Aufstriche, exklusive Olivenöl-Sorten aus zertifizierten italienischen Gebieten und natürlich Obst und Gemüse in bester Qualität und größter Auswahl. Hier sah ich endlich wieder, was ich im Laufe der Jahre in Deutschland schon komplett vergessen hatte: Löwenzahn, Radicchio Trevigiano, frische Bohnen und Erbsen noch in ihren Schoten, *indivia riccia, cime di rapa*, Pfirsiche mit weißem Fruchtfleisch. Ich sah eine Kiste mit jungen Zucchini, an denen noch die Blüte hing, und packte sie ein. Simona wusste bestimmt, wie man daraus frittierte *fiori di zucca* zaubern konnte.

Für Ila hatte ich eine Liste aus der Drogerie-Abteilung abzuarbeiten, und Michela hatte mich gebeten, ihr alle möglichen Sorten Pizza aus einem Mehl/Hefe-Fertiggemisch mitzubringen. Die sind nämlich viel besser, als man gemeinhin annimmt, man kann sie je nach Geschmack lecker belegen (*origano* nicht vergessen!) und spart damit viel Zeit. Eine würdige Alternative zum selbstgemachten Teig.

An der Brottheke kaufte ich verschiedene Sorten Focaccia und ein paar *pastine* ein, an der Kasse bekam ich die obligatorischen Safran-Tütchen, die einem erst dort ausgehändigt wurden, damit sie nicht so leicht gestohlen werden konnten. Der Kassierer konnte natürlich nicht die Augen von mir lassen, ich war ja schließlich in Italien, dem Land des überhöhten Testosteronspiegels. Er schaute mir auch dann noch nach, als ich den übervollen Einkaufswagen mühevoll zum Auto dirigierte, seinen lodernden Blick konnte ich förmlich im Rücken spüren.

*

»Lässt du dich auch noch blicken?«, maulte mir meine Oma gleich entgegen, kaum dass ich am späten Nachmittag ihre Wohnung betreten hatte.

»Wieso?«, fragte ich scheinheilig zurück, und tat so, als würde ich interessiert die große Messingglocke auf der Anrichte betrachten.

»Du bist schon den ganzen Tag da und kommst jetzt erst!«

»Ich kann doch eh nicht helfen, *nonna*, der Opa hält sich in seinem Gebüsch zu gut versteckt!«, verteidigte ich mich.

»Schh, leise, die Nachbarn! Woher weißt du das?«, flüsterte sie aufgeregt.

»Die Buschtrommeln trommeln nicht nur für dich, *nonna.*«

»*Che vergogna*[87], *che vergogna*, was werden die Leute denken?«, rief sie jetzt theatralisch und schlug die Hände über

87 Che vergogna: »Was für eine Schande!«

dem Kopf zusammen. Irgendwie kam mir diese Geste mittlerweile sehr vertraut vor.

»Na ja, Oma, du weißt, wie man sagt: *Chi semina vento raccoglie tempesta.*[88]«

»Wie meinst du das?«

»*Niente, niente*«, beschwichtigte ich und fing an, Kreuzworträtsel zu lösen, die ich in einer Sofaritze gefunden hatte.

»Lass das! Jetzt, wo dein Opa nicht da ist, kommst du daher und löst meine Kreuzworträtsel. Habt ihr in Deutschland keine eigenen?«, rief sie und riss mir das Heft aus den Händen.

»Aber Oma, du kannst mir doch nicht erzählen, dass du den *nonno* wirklich zurückwillst, hör dich doch an!«

»Das nicht, aber die Leute, Laura, die Leute ...«

»Das ist doch egal, was die Leute denken, *nonna*!«

Als Antwort beschränkte sie sich darauf, mich anzuschauen, als hätte ich nicht alle Tassen im Schrank.

*

Am Abend takelte ich mich nach italienischer Manier auf und ging in die Stadt. Die bewundernden Blicke der Männer und die abschätzenden der Frauen (Wo hat sie das Kleid her? Ist ihre Tasche teurer als meine? Welche Marke hat die Sonnenbrille?) zeigten mir, dass ich nicht viel falsch gemacht hatte. Bianca wartete schon in ihrem Lieblingsladen mit ein paar Freunden auf mich, wobei sie natürlich nicht *drinnen* sondern *draußen* standen, wie hundert andere Gäste des Lokals und die der angrenzenden Lokale auch. Es herrschte eine aus-

---

88 Chi semina vento raccoglie tempesta: Wer Wind sät, wird Sturm ernten (klingt in beiden Sprachen doof, wann sät man schon mal Wind?!).

gelassene Atmosphäre, alle redeten laut und durcheinander oder telefonierten; nach drinnen ging man nur, um Häppchen oder einen neuen Drink zu holen.

Biancas Freunde waren sehr nett, man verstand sich gut. Wie sich bald herausstellte, war die Hälfte von ihnen schon länger auf der verzweifelten Suche nach Arbeit: Die wirtschaftliche Situation in Italien war vor allem für junge Leute schlechter denn je, man beneidete mich als glückliche Ausgewanderte. Trotzdem waren natürlich alle perfekt angezogen, die Frauen trugen Markenhandtaschen, und bei den Handys kamen offensichtlich nur die neuesten Modelle des silbernen Apfels in Frage. Insgeheim fragte ich mich, wie das möglich war. Gleichzeitig hielten sich die meisten den ganzen Abend an einem einzigen Drink fest, doch das war eine kulturelle Sache. Selten übertrieben es Italiener, und vor allem Italienerinnen, mit dem Alkohol. Ich hingegen hatte mich an die deutsche Ausgelassenheit am Feierabend gewohnt und lechzte nach weiteren prozentigen Getränken, was ich mir jedoch verkniff, um nicht unangenehm aufzufallen.

Der Umgang mit Italienern war für mich immer noch viel einfacher als der mit meinen deutschen Mitbürgern. Ich hatte das Gefühl, dass man als Italienerin Deutschen schnell zu nah kommen konnte, wenn man nicht aufpasste. Passte man jedoch zu sehr auf, ging man das Risiko ein, als zu kühl betrachtet zu werden. Das Gleichgewicht zwischen »zu nah« und »zu kühl« zu halten, war nicht trivial, man hätte dafür einen Studiengang einrichten können.

Mit Biancas Freundin Giovanna verstand ich mich besonders gut. Sie war das genaue Gegenteil meiner deutschen Kollegen. Binnen einer halben Stunde kannte ich ihre ganze

Lebensgeschichte, hatte von ihren Problemen mit ihrem Freund erfahren und wusste, welche Antidepressiva sie in welcher Dosierung nahm.

»Und was machst du beruflich?«, fragte sie mich dann.

»Ich bin Produktmanagerin in der Pharmaindustrie«, antwortete ich. »Verhütungsmittel«, fügte ich hinzu.

»Sind Hormone nicht gefährlich?«

Typisch Italienerin. Die Pille nehmen in Italien nur etwa 16% der Frauen, weil sie angeblich ungesund ist.

»Unerwünschte Schwangerschaften sind auch nicht das Gelbe vom Ei«, antwortete ich und verkniff mir den Hinweis, dass Psychopharmaka auch keine TicTac sind.

»Ich mache aber nicht nur das. Ich habe auch eine Agentur für italienische Klischees eröffnet«, fügte ich hinzu.

Giovanna starrte mich mit großen Augen an.

»Was macht ihr da genau?«

»Zum Beispiel so etwas wie das hier«, antwortete ich und zeigte mit der Hand auf die feiernde Menge. »Italienisches Flair nach Deutschland bringen.«

An der Art, wie sie mich nun anschaute, bemerkte ich, dass sie kein Wort verstand.

»Habt ihr in Deutschland keine Bars?«, fragte sie erstaunt.

»Doch, aber, also, anders …«

»Ach so, ich verstehe! In Deutschland sitzen alle in großen Zelten und trinken Bier!«, freute sie sich über ihre Kombinationsgabe.

Ja, dachte ich, genau wie du nur Spaghetti isst und *mandolino* spielst. *Tutto il mondo è paese.*[89]

89 Wörtlich: ›Die ganze Welt ist ein Dorf‹. Gemeint ist, dass die Menschen überall auf der Welt gleich sind. Klischees hier wie dort.

Um zwanzig Uhr verspürte ich Hunger, doch die Menge schien an Essen kein Interesse zu haben. Wurde in Italien seit meinem letzten Besuch etwa das Abendessen abgeschafft? Endlich, nach einundzwanzig Uhr, wurden die ersten Vorschläge für die Nahrungsaufnahme unterbreitet. Bianca und Giovanna wollten unbedingt zu einem gewissen Mario, während die anderen für einen gewissen Francesco plädierten. Zweifellos handelte es sich um DIE zwei neuen In-Lokale, denn in Italien war es obligatorisch, auch in der Restaurantwahl der aktuellen Mode zu folgen. Die Wahl fiel schließlich auf Mario. Angeblich hatte er bis fünf Uhr in der Früh offen und bewirtete oft andere Restaurantbesitzer, wenn diese ihre Lokale bereits geschlossen hatten. Das zeugte aus Sicht der Leute von der Qualität des Essens, was einer gewissen Logik nicht entbehrte. Mode hin, Mode her, wenn es ums Essen geht, überlassen Italiener selten etwas dem Zufall.

Gleich nachdem wir Platz genommen hatten, war die Aufnahme der Verbindung zur Außenwelt das wichtigste Anliegen meiner neuen Freunde: Einige hingen am Telefon, andere tippten SMS, und wieder andere begrüßten Freunde an den anderen Tischen, nachdem sie am Telefon mit großem Gelächter festgestellt hatten, dass sie sich alle im selben Restaurant befanden.

Als *antipasti* hatte uns der Wirt unaufgefordert die köstlichste Bruschetta auf Erden, ein paar Oliven und Kapern gereicht. Dann wurde endlich gequatscht, und natürlich redeten alle bunt durcheinander, einige über die katastrophale politische Situation in Italien, andere über die aktuelle Schuhmode, wobei sich niemand daran gehindert fühlte, sich zwischendurch in das Gespräch der anderen einzuschalten, um etwas richtigzustellen oder einfach den eigenen Senf dazuzugeben.

Der Lärmpegel war natürlich immens, aber was war das für ein großes Glück! Wie befreiend es war, endlich normal sein zu können, und laut, denn das war für Italiener nun mal normal. Diese Art der italienischen Kommunikation ist auch als therapeutische Maßnahme zu verstehen: Sie hilft der Atmung, weil die Phase der Ausatmung besonders lange anhält, und sorgt so für die größtmögliche Entspannung, weil man in kürzester Zeit und völlig unzensiert einfach alles loswird; sie trainiert das Durchsetzungsvermögen und ist außerdem sehr informativ und fruchtbar. Das kann ich jedem ans Herz legen, probieren Sie es mal aus!

Dann empfahl Mario uns die Gerichte des Tages, die die meisten natürlich ignorierten, denn der Italiener hat immer individuelle Wünsche.

»Welchen Fisch hast du da, Mario?«, fragte Giovanna.

»Branzino, Scholle, Lachs, Schwertfisch und Thunfisch«, antwortete Mario eifrig.

Giovanna schaute unzufrieden aus, machte einen Schmollmund und bestellte *carpaccio*.

»Ist der Lachs gebraten oder gegrillt?«, fragte Bianca skeptisch.

»Ich kann ihn dir zubereiten, wie du ihn willst«, bot Mario an.

»Ach nee, lass mal, ich nehme auch das *carpaccio*«, stieß sie hervor, als wäre sie persönlich beleidigt worden. Klarer Fall von gastronomischen Starallüren. Das *carpaccio* war bestimmt neulich in einer Zeitschrift von einem Topmodel als ihr Topgeheimnis für ihre Topfigur erwähnt worden.

Der arme Mario tat mir jetzt noch mehr leid, die Villa auf Capri musste er sich sauer verdienen. Aber wir waren in Italien, und das war für mich das Wichtigste: Zur Pasta brachte der freundliche Wirt automatisch frischgeriebenen Parmesan und selbstgebackenes Brot, und er füllte unaufgefordert unsere Gläser. Sehr wichtig war auch, was er NICHT tat: Er fragte nicht, was wir trinken wollten, bevor wir das Essen ausgesucht hatten (wie soll das funktionieren?), und auch nicht, ob wir den Salat vorneweg wollten (in Italien gibt es Salat nur als Beilage zum zweiten Gang!). Zum Schluss brachte er uns unaufgefordert *frutti gelati*. Ich freute mich riesig: Aprikosen, Kaktusfeigen, Erdbeeren und halbe Bananen gefüllt mit Sorbet-Eis, das gab es nur in Italien! Und dazu gab es eine Flasche seines besten *limoncello*. Mein Herz machte Freudensprünge, ich genoss es richtig, hier zu sein, in meiner Heimat, umgeben von meinen Landsleuten, meiner Sprache, meinen Genussmitteln. Der Stress der letzten Monate war auf einmal in weite Ferne gerückt. Ich wagte kaum an die Rückreise nach Deutschland zu denken.

*

»*Nonna*, das tut mir alles sehr leid mit dem *nonno*, aber ich muss morgen zurück nach München.«

»Pah, der ist doch schon wieder zurück!«

»Was?! Der Opa ist zurück? Wo?«, fragte ich irritiert und schaute mich hektisch um, als säße er vielleicht hinter einer Zimmerpflanze.

»Der ist in den Ort gegangen, um mit seinen Kumpels zu feiern«, sagte sie und hob mit der typischen Geste die rechte Faust mit ausgestrecktem Daumen und kleinem Finger zum Mund.

»Aber *nonna*! Wieso ist er jetzt auf einmal zurück?«

»Wieso er zurück ist? Glaubst du etwa, er würde auf seine persönliche Sklavin verzichten? Pah! In der Hütte musste er sich seinen Kaffee selber kochen, hier tut er so, als wüsste er noch nicht mal, dass Wasser reingehört!«

Das glaubte ich gerne, mein Opa pflegte in seiner Hütte seinen Kaffee mit Grappa anstelle von Wasser zu kochen, das hatte er mir einmal ganz stolz anvertraut.

»Ja, aber warum dieser Sinneswandel auf einmal?«

»Tja, da scheint sich wohl dein komischer Dingsda eingemischt zu haben, und jetzt habe ich wieder …«

»Welcher Dingsda, *nonna*?«

»Was?«

»WER? Wer hat sich eingemischt??«, japste ich, und mein Herz sprang mir in den Hals.

»Ja, also, dieser Deutsche, dein … äh … also, dein Nicht-Ehemann.«

Mein Nicht-Ehemann? Martin??

»*Nonna*, meinst du etwa Martin?«

»Wie viele Nicht-Ehemänner hast du denn?«, fragte sie streng.

»Äh, keinen, äh, ich meine, nur den einen Nicht-Ehemann, natürlich«, stammelte ich.

»Na, du weißt doch, dass der *nonno* einen Narren an ihm gefressen hat, weiß der Teufel, warum!«

Ja, das stimmte, und den Grund hätte ich auch gerne gewusst, doch die zwei Männer, so unterschiedlich sie auch waren und ungeachtet der Verständigungsproblematik auf der akustischen und linguistischen Ebene, schienen sich blendend zu verstehen. Ihre Kommunikation beschränkte sich zwar meist darauf, sich während des Essens wortlos anzugrinsen oder anzublinzeln, irgendwas schien aber in diesem nonverbalen Austausch enthalten zu sein. Vielleicht lag es aber auch einfach daran, dass beide die Berge liebten, wer weiß.

»Aber … Wie hat er das geschafft? Und vor allem, warum? Hat er angerufen? Hat der *nonno* da oben überhaupt einen Telefonanschluss?«

»Frag mich nicht, je weniger ich davon weiß, desto besser. Zumindest ist er jetzt zurück.«

Nun war ich platt. Was sollte das alles? Worum ging es hier eigentlich und vor allem: Wer hatte DIESES Drehbuch geschrieben? Ich musste dringend mit Bianca sprechen.

Capitolo quindici

Auf dem Weg zu meiner Schwester wirbelten mir tausend Fragen durch den Kopf: Hatte Martin meinen *nonno* wirklich angerufen?! Aber: WARUM?!

Wer hatte Martin Bescheid gegeben? Oder war er etwa mit Kristin nach Italien in den Urlaub gereist und dabei zufällig über die große Familienkrise gestolpert? Unwahrscheinlich.

Martin als Urlauber in Italien war sowieso eine Sache für sich. Wann immer ich mit Martin hier gewesen war, hatte er sich in den klassischen deutschen Touristen verwandelt, es war, als würde er einem ungeschriebenen, unumstößlichen Gesetz gehorchen, das ihm vorgab, wie man sich als Deutscher in Italien zu verhalten hat. Im März kamen für ihn nur Kniehosen und Sneaker in Betracht, während er sich auf seinem Spaziergang natürlich genüsslich ein Eis gönnte. Um uns herum liefen die Leute noch im Mantel herum und fröstelten bei seinem Anblick. Ich muss zugeben, dass ich mich dafür schämte und mir mehr als einmal wünschte, ganz weit weg zu sein. Oft blieb ich unauffällig an einem Schaufenster stehen, um nicht mit ihm in Verbindung gebracht zu werden. In Cafés oder Restaurants bestand er darauf, den Kellnern Trinkgeld zu geben, obwohl ich ihn beschwor, genau dies nicht zu tun (Achtung: Italiener und Touristen, die sich auskennen, geben kein Trinkgeld, oft wird an Restaurantkassen sogar abgerundet, um die Herausgabe des Wechselgelds zu vereinfachen!).

Wofür ich mich aber besonders schämte: Nach dem Essen bestellte Martin regelmäßig Cappuccino! Ich will die Gelegenheit hier nutzen, um die häufig missverstandene Sachlage um das beliebte italienische Heißgetränk ein für alle Mal klarzustellen: Kein Italiener würde sich je nach einer Mahlzeit einen Cappuccino bestellen. Am Vormittag, am Nachmittag, selbst am frühen Abend: kein Problem. Nach dem Essen: ein No-go.

Auch Martins Verhältnis zum Straßenverkehr war eher problematisch, denn er adoptierte den italienischen Fahrstil gänzlich, übertrieb es dabei jedoch ein wenig, indem er etwa beim obligatorischen Parken auf Berührung immer kleine Dellen in die Nachbarautos fuhr (zurück in Deutschland musste er sich natürlich rasch umgewöhnen, da sich leider immer gewissenhafte Bürger fanden, die kritische Einparkversuche mit Argusaugen und gezückten Handys beobachteten). Nur mit den *carabinieri* hatte Martin sich nie wirklich anfreunden können. Sein erstes unglückliches Zusammentreffen mit der italienischen Polizei verdankte er allerdings eindeutig mir.

Wir fuhren damals auf der linken Spur einer Schnellstraße Richtung Gardasee und waren guter Dinge, wie man es immer ist, wenn man zum Lago fährt. Zwei *carabinieri* holten in ihrem Alfa Romeo auf der rechten Spur auf, bis sie auf unserer Höhe waren, und blickten neugierig in unser Auto. Da es sich bei den *carabinieri* meist um junge Männer handelt, die in der Armee ihren Militärdienst absolvieren und zum ersten Mal lange Zeit von zuhause weg sind, ist die Unternehmungslust dieser Jungs oft sehr groß. Wie der Zufall es wollte, handelte es sich in diesem Fall um besonders attraktive junge Männer, die offensichtlich auch an mir Gefallen zu finden schienen. Und so fuhren wir eine Weile nebeneinanderher, sie flirteten mit ihren Blicken ziemlich offenkundig mit mir, bis sich die beiden entschieden, die Bekanntschaft zu vertiefen und uns anzuhalten. Dies ist in Italien ganz üblich und keineswegs böse gemeint, denn es bietet den Carabinieri die einmalige Chance, mit jungen Frauen anzubändeln. In Deutschland würde man das ›Amtsmissbrauch‹ nennen, in Italien ›Überlebenskunst‹. Leider stellte sich bei der Kontrolle heraus, dass Martin seinen Führerschein in Deutschland vergessen hatte, und so hatten die beiden Jungs keine andere Wahl, als uns einen saftigen Strafzettel zu verpassen. Später warf Martin mir vor, dass das ganz allein meine Schuld gewesen sei, und dieses Mal konnte ich ihm ausnahmsweise nicht widersprechen.

Das zweite unangenehme Erlebnis hatten wir, als ihm sein Mountainbike gestohlen wurde. Wie viele deutsche Touristen nutzte auch er unsere schönen Berge, um sich dieser für Italiener eher merkwürdigen Sportart zu widmen. Am Morgen nach unserer Ankunft an der nördlichen Küste des Gardasees stellte er fest, dass sein Rad vom Dach seines Wagens verschwunden war. Natürlich waren wir beide geschockt, denn das Bike war mehrere Tausend Euro wert. Der *maresciallo* in der Kaserne der örtlichen Carabinieri zeigte sich allerdings von seiner engagierten Seite, da ein Deutscher involviert war und er eine *bella figura* machen wollte. Er bot uns einen *caffè* an und fragte uns erst mal interessiert, wo wir herkämen und wie lange wir vorhätten zu bleiben und ob es schön wäre, in Deutschland zu leben und lauter solche Dinge, die zwar freundlich gemeint, aber in der Situation eindeutig nicht lösungsorientiert waren. Martin war hochgradig genervt und rollte demonstrativ mit den Augen, bis der *maresciallo* endlich mit zwei Fingern und langen Pausen, in denen er die richtigen Tasten suchte, unsere Diebstahlanzeige in den Computer eintippte. Draußen warteten indessen noch mehr deutsche Biker, deren Räder ebenfalls geklaut worden waren. Wie sich herausstellte, trieb sich eine polnische Verbrecherbande in der Gegend herum, was mich wiederum froh stimmte, dass die Schuld diesmal auf Polen und nicht auf Italien fiel. Um uns die Geschichte der polnischen Räuber zu erzählen, stellte der *maresciallo* seine Schreibversuche zwischendurch immer wieder komplett ein. Und so dauerte es eine geschlagene Stunde, bis der Soldat seinen Text fertig hatte, den er Martin diensteifrig zur Unterschrift vorlegte. Martin starrte auf den Fünfzeiler und konnte es einfach nicht fassen, dass er eine ganze Stunde seines Lebens so sinnlos und suboptimal vergeudet hatte. Ich hingegen verließ die Kaserne recht gut gelaunt und versuchte Martin mit *carabinieri*-Witzen aufzumuntern.[90] Das Fahrrad wurde natürlich nie gefunden.

*

Ich hatte gerade den Aufzug zu Biancas Wohnung betreten, als ich in meinem Rücken eine bekannte Stimme hörte.

»Kann ich mitfahren?«

Ich zuckte zusammen.

»Du?? Hier??«, stammelte ich geistlos.

Martin grinste nur und nutzte den Moment meiner Ver-

90 Ein *carabiniere* erzählt seinem Kollegen stolz: »Es stimmt nicht, dass wir *carabinieri* doof sind, ich habe ein Puzzle in nur 2 Wochen geschafft.« Der andere: »Na und?« Antwort: »Es stand 3-4 Jahre drauf!«

wirrung, um in den Aufzug zu steigen. Ich überlegte schnell, welche Gründe es geben konnte, es ihm zu verbieten, doch ich fand auf die Schnelle keine. Was hätte ich auch sagen sollen: Mein Anwalt rät mir, mich für die Dauer des Trennungsjahrs nicht in einem engen Raum mit dir aufzuhalten? Oder: Du solltest eigentlich in Deutschland sein und nicht in diesem Aufzug?

Die Situation war absurd. Schweigend standen wir nebeneinander und ignorierten uns, so gut das in einem engen Aufzug eben ging. Die Spannung war mit Händen zu greifen, es gab so viel Unausgesprochenes, und niemand wollte den ersten Schritt wagen. Wir waren zwei Vollidioten in einem italienischen Aufzug.

Kurz bevor wir ankamen, ruckelte es ein paarmal heftig, und dann waren wir nur noch von Stille und Dunkelheit umgeben. Mist, der Lift steckte fest. Nun waren wir zwei Vollidioten in einem steckengebliebenen italienischen Aufzug.

Panisch drückte ich alle Tasten, die ich in der Dunkelheit finden konnte. Aber nichts passierte.

»Wir stecken scheinbar fest«, kam es geistreich aus der anderen dunklen Ecke.

»Hmm, ja, aber das ist für uns ja nichts Neues«, konnte ich mir nicht verkneifen.

»Hör mal, Laura, ich …«

»*Pronto*!«, kam es knarzend und schrecklich laut aus der Sprechanlage. Ich hätte fast einen Herzinfarkt bekommen.

»*Sì, sì, pronto, PRONTO*! Wir stecken fest, kommen Sie schnell, BITTE!«, schrie ich zurück.

»Bleiben Sie *moooolto calmi*! Kein Grund zur Aufregung!«, erwiderte der offenbar gut geschulte Mitarbeiter der Aufzugsgesellschaft, noch immer viel zu laut. Er klang sehr jung, fast so als wäre er der Praktikant.

»HA, das sagen SIE! Haben Sie eine Ahnung! Wann holt uns jemand aus diesem Loch?«

»Wir kommen so schnell es geht. In der Zwischenzeit entspannen Sie sich und bleiben Sie *moooolto calmi.*«

ER klang aber auch nicht unbedingt *moooolto calmo*, wieso verlangte er das dann von mir? Ich fing zu schwitzen an, was erwartete mich in dieser dunklen Höhle? Das Spiel der Wahrheit? Ich hatte keine Lust dazu! Und schon gar nicht darauf, mir von Martin Witze über die Unzuverlässigkeit italienischer Technik anzuhören.

»ENTSPANNEN? RUHIG? Wissen Sie, was hier los ist?«, rief ich verzweifelt, aber der junge Mann hatte schon aufgelegt. Bestimmt blätterte er gerade hektisch in seinem Handbuch für Notfälle. Na prima, das hatte mir gerade noch gefehlt.

»Keine Angst, die kommen bestimmt bald. Stell dir einfach vor, du wärst mit einem völlig fremden Mann hier eingesperrt«, lachte Martin.

»Aha, sehr witzig, fremder Mann, als wärst du mir nicht schon fremd genug! Wieso bist du überhaupt in Italien? Wo ist Sara? Und was willst du bei meiner Schwester? Und jetzt sag nicht, du bist nur eben auf einen Kaffee vorbeigekommen!«

So, jetzt war ich wieder ich selbst.

»Also, Sara ist bei Katrin, denn als Bianca mich wegen deines Opas angerufen hat …«

»Bianca? MEINE Bianca?«, rief ich. Ich konnte es nicht glauben, die Verräterin, die Hinterhältige, die Hexe! Und ich dachte, Ilaria wäre schlimm.

»Ja, natürlich, und ich dachte, da dein Opa mich immer gemocht hat …«

»Wieso eigentlich?«, fuhr ich ihn an.

»Äh … bitte?«

»Wieso mag er dich eigentlich?«

»Keine Ahnung, vielleicht hat er mein wahres Wesen verstanden«, es lag ein Grinsen in seiner Stimme.

»Aha, dein wahres Wesen also. Das, was ich wahrscheinlich aus lauter Pappschildern und Optimierungswut und Besserwisserei nicht gesehen habe?«

»Laura, mit dir ist es auch nicht gerade einfach …«

»Ha!«, konnte ich nur von mir geben, doch das gab mir zu denken. Katrin hatte etwas Ähnliches gesagt, hatten sich die beiden gegen mich verschworen? Wahrscheinlich trafen sie sich heimlich und lästerten über mich. Man sollte sich vor Kindsvätern und besten Freundinnen hüten. Und vor Schwestern natürlich auch. Bianca würde etwas zu hören bekommen, sollte ich je lebendig aus diesem Aufzug kommen.

»Jedenfalls habe ich auch noch an deine Oma gedacht und wie sie sich wahrscheinlich gerade vor den Leuten in den Boden schämt und …«

»Lass meine Oma aus dem Spiel, sie hat dich eh nie gemocht!«, rief ich und bereute es sofort. Musste das sein? Wieso hatte ich mich nie im Griff? Vielleicht hatte Katrin recht, ich war auch nicht gerade die heilige Maria.

Martins trockenes Schlucken war nicht zu überhören.

»Kunststück«, erwiderte er. »Wen mag deine Oma schon?«

Touché, fast musste ich lachen.

»Na ja, aber meine Familie kann dir doch egal sein! Du hast jetzt Kristin, die hat bestimmt eine normalere Familie.

Was natürlich auch kein Kunststück ist«, fügte ich fairerweise hinzu.

»HALLO! Sind Sie noch da?«, schrie es wieder aus dem Lautsprecher.

Der Witzbold, wo sollten wir denn hingegangen sein?

»JA, Mann!!!«, antwortete ich genervt.

»Äh … also, das dauert noch ein bisschen … ich finde … also, ich meine … äh … bleiben Sie bloß *moooolto calmi*! Ich habe es gleich!«, und dann rauschte und klickte es.

»Welche Kristin?«, nahm Martin gezielt den Gesprächsfaden wieder auf und klang reichlich irritiert.

»Ja, also, deine … äh … neue Freundin?«, stammelte ich. Die ganze Situation überforderte mich.

»Welche neue Freundin? Meinst du meine KOLLEGIN Kristin??«, fragte er.

»Na ja, also, Sara hat erzählt, du hättest eine neue Frau.«

Stille, aha, also doch.

Und dann:

»Ach so!!«, und dann hörte ich ein Klopfen, wie einen Schlag auf die Kabinenwand. »Ich habe Sara erzählt, ich hätte eine neue PUTZFRAU! Die hat sie doch gesehen! Und du dachtest, es wäre Kristin? Wie kann man eine sechzigjährige ukrainische Einwanderin mit einer … äh … ich meine mit Kristin verwechseln?«

Darauf wusste ich so schnell keine Antwort. Also prustete ich los. Und er tat es mir gleich.

»Und zum Thema, dass mir deine Familie egal sein soll … ja, also, falls du es noch nicht bemerkt haben solltest …«

»Sag nichts!«, unterbrach ich ihn. Denn ich hatte es durchaus bemerkt. Warum sonst war er hier? Extra nach Italien gekommen, nur weil der *nonno* sich in den Bergen versteckt hielt? Aber ich war einfach nicht bereit, das jetzt auszudiskutieren. Nicht jetzt, nicht hier, nicht nüchtern.

»Bitte?«

»Lass mal, ich will nichts hören! Ich bin völlig fertig mit den Nerven, und dann noch dieser blöde Aufzug… ICH HABE KOPFSCHMERZEN.« Und die hatte ich wirklich.

Doch dann geschah das Wunder, es ruckelte kurz, und wir fuhren weiter. Dann ging die Tür auf, und ich sprang ins Freie.

Grande Finale

Schon am nächsten Tag sahen wir uns bei der *nonna* wieder. Meine Oma hatte ein großes Essen organisiert, angeblich um die Wiederkehr meines Opas zu feiern, in Wirklichkeit aber nur, um den Verwandten zu zeigen, dass nun wieder Ordnung eingekehrt war und sie sich nicht mehr schämen musste.

Aus diesem Grund hatte sie zusätzlich zum engen Familienkern auch diejenigen eingeladen, die einen Mehrwert anboten: *la zia* Maria und Rachele waren mit von der Partie und sollten später bei den anderen Verwandten von unserer familiären Idylle zeugen. So der teuflische wie auch durchschaubare Plan meiner schlauen *nonna*.

Für diesen Anlass hatte sie die beste Tischdecke, das beste Geschirr, die besten Kristallgläser und das besten Silberbesteck ausgepackt. Außerdem hatte sie sich in Schale geworfen und das Kleid von Bertani angezogen. Goldene Ohrringe und mehrere Halsketten vervollständigten das Gesamtbild. Sie hatte so viele ihrer wertvollen, massiven Goldketten angelegt, dass ich befürchtete, sie würde mit ihren fünfundachtzig Jahren und dementsprechend fragilen Knochen unter dem Gewicht zusammenbrechen. Aber es hätte deutlich mehr gebraucht als ein paar Kilo Gold, um meine Oma in die Knie zu zwingen.

Als ich mit Bianca, Luca und den Kindern ankam, war Martin bereits da und ›unterhielt sich mit meinem Opa‹.

»WAS?«, schrie der *nonno* gerade und hielt sich eine Hand hinter das Ohr, als würde das noch was nützen. Zu Feier des Tages trug er seine militärgrüne Weste über einem gerippten Unterhemd mit roten Flecken in Brusthöhe. Rotwein, kein Blut, die Partisanenzeit war ja lange vorbei.

»Soll ich dir mal eine Flasche deutschen Wein mitbringen?«, schrie Martin auf Italienisch. Sein Italienisch-Kurs schien Früchte zu tragen.

»*Vino? Sì, sì*, trink! *È buono*!«, lachte mein Opa, goss Martins Glas voll und führte seines an den Mund. Ich fragte mich, wie Martin meinen Opa zur Rückkehr hatte überreden können. Verbal sicherlich nicht, vielleicht hatten die beiden eine telepathische Verbindung, aber das würde für immer ihr Geheimnis bleiben. Die *zia* Maria und meine Kusine Rachele standen in einer Ecke und schienen in eine leise Diskussion vertieft zu sein. Ich wollte sie nicht stören, und so ging ich zu meinem Opa, dem heimlichen Star des Tages, und küsste ihn auf die Stirn.

»Na, du alter Rambo? Bist du wieder raus aus dem Gebüsch?«, fragte ich liebevoll und strubbelte durch seine vier verbliebenen Haare. Ich wusste, er würde nichts davon verstehen. Es war so schön, meinen *nonno* wiederzusehen, wenn er auch in den letzten Monaten stark gealtert zu sein schien. Das war wahrscheinlich das harte Leben in der Hütte gewesen, oder das ganze harte Leben davor. Ich nahm mir vor, in Zukunft öfter nach Italien zu reisen, um meine italienische Familie zu besuchen. Denn obwohl ich mich immer darüber beschwerte, *la famiglia è sempre la famiglia*, und ewig würden sie alle nicht mehr leben.

Martin küsste ich nicht auf die Stirn und auch sonst nirgendwohin. Sein Einsatz für die *famiglia* hatte mich zwar beeindruckt, und irgendwo in mir schlummerten auch noch Gefühle für ihn, aber ich hatte noch ein paar Hühnchen zu rupfen mit ihm, und das würde Zeit brauchen. Immer schön ein Hühnchen nach dem anderen, da wären wir das ganze Leben lang beschäftigt. Immerhin bedachte ich ihn mit einem Lächeln, wie es lieblicher kaum sein konnte. Und auch er sah mich zärtlich an und lächelte mindestens ebenso lieblich zurück. Die Sonnenstrahlen fielen durch das Fenster direkt in sein Haar, das sich natürlich sofort in pures Gold verwandelte.

Wieso musste ich nur so schwach werden bei seinem goldenen Haar! Und wieso setzte er sich genau an diesen Platz in der Sonne?!

»*A TAVOLA*!!!«, rief uns meine Tante ohrenbetäubend zu Tisch. Sie stand direkt neben mir, und mein Trommelfell vibrierte.

»*Porco cane*, kannst du auch leiser schreien?«, beschwerte ich mich.

»Ja, wie soll der das sonst verstehen?«, antwortete sie mit einem Blick auf den *nonno*, der zwar wahrscheinlich trotzdem nichts gehört, doch die Töpfe gesehen und sich brav hingesetzt hatte.

Am Tisch saßen Martin und ich natürlich nebeneinander, denn auch wir hatten eine Rolle im Spiel der großen Familienidylle. Es war ein komisches Gefühl, auf einmal wieder mit ihm am Tisch zu sitzen, und ich war sogar ein bisschen aufgeregt, als wäre es das erste Date.

Meine Oma wollte in Anwesenheit der *zia* Maria natürlich auch kulinarisch auftrumpfen und brachte nun, mit Unterstützung der restlichen weiblichen Familienmitglieder, die unterschiedlichsten Speisen auf den Tisch: *lasagne*, *cannelloni ripieni*, einen Braten, *cotechino*[91] und natürlich gefüllte Fasane – der ganze Stress mit diesen Vögeln sollte sich doch zumindest auf diese Weise lohnen. Dazu gab es Polenta, Salat, jede Menge gegrilltes Gemüse und kross gebratene Pilze mit Knoblauch und Petersilie, meine Leidenschaft.

Die Gespräche brauchten natürlich keinen Trinkspruch oder Ähnliches, um sofort in Gang zu kommen:

»Gib mir das Brot rüber!«

»Hey, nicht nur so ein Stück ausgetrocknete Kruste! Damit kann man einen Fasan totschlagen!«

»*Fagiani*! Selbst erlegt«, schrie mein Opa bestätigend und nickte zufrieden, während er sich das Kinn mit dem Küchentuch abtrocknete, das er sich in den Halsausschnitt seines Feingerippten gesteckt hatte.

»Das Küchentuch kannst du dir jetzt auch sparen mit den ganzen Weinflecken auf dem Unterhemd! Und überhaupt: Hatte ich dir nicht ein Hemd rausgelegt? Eine Stunde habe ich daran gebügelt!«, schrie meine Oma und seufzte laut Richtung *zia* Maria, die zwar verständnisvoll nickte, doch wahrscheinlich innerlich für die spätere Berichterstattung notierte, dass ihre Schwägerin ihren Mann nicht in Griff hatte.

Mein Opa hörte anscheinend nichts und schaufelte weiter.

Manchmal hatte ich den Eindruck, dass es kein Zufall war, dass mein Opa taub war. Taub sein kann ganz praktisch sein.

»Ich will auch *polenta*«, schrie ich und hielt meinen Tel-

---

91 Cotechino: Schlackwurst (falls Sie etwas mit diesem im Internet gefundenen Begriff anfangen können. Na gut, also: Stellen Sie sich eine heiße, dicke, lange Salami vor, die mit einer Kordel zusammengehalten wird, aus der aus allen Poren das Fett herausquillt, und die einem nach dem Verzehr geschätzt eine Woche lang quer im Magen liegt.)

ler zu dem runden Holzbrett, von dem *polenta* typischerweise serviert wird.

»Nix da, du hast nicht geholfen zu decken«, maulte meine Schwester.

»Aber nur, weil ich ganz erschöpft bin«, maulte ich zurück.

»Glaubst du etwa, ich nicht??«, schrie sie mit einem Seitenblick auf ihre Kinder, die sich gegenseitig mit Brot bewarfen.

»Was soll ich erst sagen? Ich bin den ganzen Weg bis zur Hütte gelaufen und dann mit dem Opa im Schlepptau wieder zurück«, sagte Martin lächelnd.

Wie bedachten ihn mit einem Blick, der besagte: Warum tust du dir das auch freiwillig an? Lauf schnell weg, du Glücklicher, der du die Chance dazu hast!

Aber ich wusste, wieso er sich das angetan hatte.

»*Prendi, è buono*«, sagte meine Oma, offensichtlich dankbar für seinen Einsatz, und füllte seinen Teller wie immer wahllos mit irgendwas, Hauptsache viel.

»Schau, Rachele, das Kleid hatte ich extra für deine Hochzeit gekauft, nun kann ich es so anziehen«, stichelte meine Oma mit scheinbar harmlosem Lächeln.

»Alles halb so wild«, warf die *zia* Maria hastig ein. »Stefano hatte eine kleine Depression, aber jetzt nimmt er Medikamente, nicht wahr, Rachele?«

Rachele nickte, blickte tapfer in die Runde und hielt den Blicken aller stand. Sie tat mir leid, die Depression war ganz klar die offizielle Version, die sie zuvor einstudiert hatten. Aber wenn es doch so war? Vielleicht muss man Medikamente nehmen, um in dieser Familie zu überleben, dachte ich und erwog, mir alternativ noch etwas von dem lecker perlenden Roséwein einzuschenken, wobei mir Martin jedoch zuvorkam.

»Darf ich?«, fragte er galant und goss mir das Glas voll.

»Danke!«, hauchte ich,

»Kein Problem«, hauchte er zurück. »Hilft mit Sicherheit!«

Ich schaute ihn verwundert an. Verfügte er vielleicht tatsächlich über telepathische Kräfte? Oder kannte er mich und meine Familie mittlerweile einfach zu gut?

»Lass ihn dir nicht entwischen«, raunte mir Bianca halbleise zu und zwickte mir kräftig in den Oberschenkel. »Er ist Gold wert! Der tut sich das hier freiwillig an! Für dich!«, dann zwickte sie noch einmal so fest, dass ich aufschrie.

»*Aia*! Bist du verrückt??«

»Was schreist du denn so? DU bist verrückt!«

»NEIN, DU!«, brüllte ich empört und schlug sie leicht auf den Hinterkopf.

Biancas Kinder schauten uns mit offenen Mündern an und vergaßen dabei sogar, ihre Wassergläser mit *polenta* zu füllen. Schlagartig wurde Bianca wieder erwachsen, sie hatte keine Lust auf die möglicherweise fatalen Konsequenzen des Scharmützels für die Erziehung ihrer Kinder, obwohl unserer Familie ohnehin für mehrere Generationen Psychotherapiesitzungen sicher waren.

»*Nonna*, vererbst du mir dein Silberbesteck, wenn du stirbst?«, fragte sie daher trocken.

»Moment, wieso DIR?«, empörte ich mich.

»Weil ich mir das alles täglich antun muss und du so schlau warst, das Weite zu suchen, darum!«

»Aber … aber …«, stammelte ich.

»Aber Laura muss in Deutschland alles alleine machen. Du bringst die Wäsche zu eurer Mutter, wenn du zu müde dafür bist«, sagte Martin.

Ich starrte ihn an. Das hätte von mir sein können. Dankbar

drückte ich seinen Oberschenkel. Und er drückte meinen. Es fühlte sich richtig an.

Wer hatte gesagt, dass alles perfekt sein muss, um glücklich zu sein? Und wer hatte schon die perfekte Familie? Man konnte über Verfehlungen des anderen auch mal hinwegsehen, schließlich waren wir alle nicht unfehlbar, dachte ich und schaute meinen Opa an, wie er versuchte Wein zu trinken und dabei nun auch das Küchentuch bekleckerte. Auch wenn mir meine Oma regelmäßig auf die Nerven ging, ihre Moralvorstellungen aus dem vorletzten Jahrhundert waren und sie manchmal eine richtige Hexe sein konnte, so wusste ich doch eines mit Sicherheit: Sie wäre immer für mich da. Natürlich wünschte ich mir manchmal eine andere, eine normalere Familie. Aber ich war nun mal für diese hier auserwählt worden. Möglicherweise würde ich eines Tages den Grund dafür verstehen, bis dahin wollte ich mich überraschen lassen.

Und was Martin und mich betraf, so war es vielleicht genauso. Tief in mir, wenn ich alles beiseiteließ, alle Analysen unserer Unterschiede, alle Ärgernisse und alle noch zu rupfenden Hühnchen, wenn ich also den Kopf einmal ausschaltete und nur auf mein Gefühl hörte, dann war alles ziemlich klar.

Vielleicht war ich ein bisschen erwachsener geworden. Vielleicht aber auch nicht, und es war am Ende nur der Wein, der mich so locker stimmte. Auch das muss man wohl offen lassen.

Aber ich schaute Martin an, und er schaute mich an, und dann küssten wir uns, und zwar heftig. Das missbilligende Schnalzen meiner Oma störte uns nicht weiter.

Epilogo

»*Nonna!*«

»Pah!«, kam es nur von der anderen Seite. Das war seltsam.

»Wie geht es dem *nonno*?«, fragte ich verunsichert. War da womöglich etwas schiefgelaufen?

»Ach der! Der wurde schon operiert, ist wieder zuhause und nervt mich weiter!«

Na also, alles war wieder in bester Ordnung.

»Stell dir vor, er sagt, ich soll besonders nett zu ihm sein, weil er *convalescente* ist, tz!«, spuckte sie aus.

»*Ma nonna*, bist du nicht froh, dass er alles gut überstanden hat?«, grinste ich.

»Die Ärzte sagen, er wird bestimmt hundert!«, rief sie statt einer Antwort. »Und weißt du, was das Schlimmste ist?«

»Was, es geht noch schlimmer?«

»Ja, stell dir vor, jetzt heiratet Rachele doch noch!«

»Wen denn??«, fragte ich gespannt, denn welcher Mann lässt sich so schnell zum Gang vor den Altar überreden, nachdem ein anderer gerade abgesprungen war?

»Stefano, *naturalmente!* Einen anderen hat sie doch nie gehabt.«

»Aber er wollte doch nicht mehr! Das war doch DIE ganz große Schande!«

»Ja, aber jetzt ist er wieder angekrochen gekommen, wenn

man deiner Tante glauben will. Angeblich kann er doch nicht ohne Rachele leben, und er liebt sie über alles. Pah!«, spuckte sie noch einmal aus und schwieg dann gefährlich.

»Weißt du eigentlich, was das heißt, *nonna*?«

»Dass du auch heiratest?«, fragte sie hoffnungsvoll.

»*No*, *nonna*, dass die Liebe am Ende immer gewinnt«, lachte ich und legte auf.

FINE